Anna Johannsen

Enna Andersen und das weite Land

EDITION M

Das Buch

In Butjadingen, dem Land zwischen Nordsee, Jadebusen und der Wesermündung, werden durch Zufall die sterblichen Überreste von zwei Menschen gefunden. Die DNA-Analyse führt die Polizei zu einem alten Kriminalfall: Vor zwanzig Jahren haben die Ermittler einer SoKo vergeblich versucht, den Großbauer Tjark Feddersen und seine Frau Eefke zu finden.
Enna Andersen will den Fall gemeinsam mit ihrem Team neu aufrollen. Schnell gerät der Bruder des Opfers erneut unter Verdacht. Der Streit um das Hoferbe stellte seinerzeit das stärkste Motiv für eine mögliche Gewalttat dar. Eine andere Spur führt zu Feddersens politischem Engagement und Korruptionsvorwürfen.
Als der verdächtigte Bruder mit Erstickungsanzeichen tot aufgefunden wird, sehen sich Enna und ihr Team plötzlich nicht nur mit dem Cold Case, sondern auch mit einem Mörder in der Gegenwart konfrontiert.

Die Autorin

Anna Johannsen lebt seit ihrer Kindheit in Nordfriesland. Sie liebt die Landschaft und die Menschen der Region, besonders verbunden ist sie den Nordfriesischen Inseln, auf denen die Krimireihe »Die Inselkommissarin« spielt. Mit Begeisterung schreibt sie auch an ihrer Reihe um die alleinerziehende Kommissarin Enna Andersen. Beide Reihen werden parallel veröffentlicht.

ANNA JOHANNSEN

Enna Andersen und das weite Land

KRIMINALROMAN

EDITION M

Deutsche Erstveröffentlichung bei
Edition M, Amazon Media EU S.à r.l.
38, avenue John F. Kennedy, L-1855 Luxembourg
Februar 2024

Umschlaggestaltung: semper smile, München, www.sempersmile.de
Umschlagmotiv: © javarman © Stephen Rees © caesart
© Sander van der Werf / Shutterstock
1. Lektorat: Lektorat Kanut Kirches
2. Lektorat und Korrektorat: Rotkel Textwerkstatt
Gedruckt durch:
Amazon Distribution GmbH, Amazonstraße 1, 04347 Leipzig /
Canon Deutschland Business Services GmbH, Ferdinand-Jühlke-Str. 7,
99095 Erfurt /
CPI books GmbH, Birkstraße 10, 25917 Leck

ISBN 978-2-49671-218-6
e-ISBN 978-2-49671-217-9

www.edition-m-verlag.de

Eins

Hauptkommissarin Enna Andersen warf einen Blick ins Büro ihrer Kollegin Pia Sims.

Die junge Kommissarin schaute auf. »So früh heute?«

»Aaron hat sich einen freien Tag genommen und Elias zur Schule gebracht.«

»Die dritte Woche für Elias, oder?«

»Ja. Er fühlt sich pudelwohl in der Schule. Auch die Nachmittagsbetreuung ist prima angelaufen. Drück uns die Daumen, dass es so bleibt.«

»Mach ich«, sagte Pia. »Und grüß den kleinen Mann von mir.«

»Paulsen hat sich übrigens spontan einen Tag freigenommen. Es liegt ja auch nicht viel an.«

Jan Paulsen, Oberkommissar und ältestes Mitglied der kleinen Cold-Case-Einheit in Oldenburg, die im gesamten Norden alte, ungeklärte Fälle wieder aufgriff, stand kurz vor seiner Beförderung zum Hauptkommissar. Er war zwei Jahre zuvor auf seiner Osnabrücker Dienststelle nach einem Zwischenfall mit einem Verdächtigen degradiert worden.

»Seine Freundin?«, fragte Pia.

»Er hat mir nichts weiter gesagt. Dir?«

Pia schüttelte den Kopf. »Wenn du mich fragst, ist das eine *never-ending story*. Die beiden kommen auf keinen grünen Zweig mehr.«

Enna wiegte den Kopf. »Abwarten.« Sie zeigte mit dem Kopf zur Teeküche. »Kaffee?«

Enna legte die letzte Akte ihres letzten Falles auf einen Stapel. Sie hatten über mehrere Wochen zu einer Vergewaltigungsserie im Landkreis Friesland ermittelt, die sieben bis acht Jahre zurücklag und in zwei bis drei Jahren verjähren würde. Trotz intensiver Recherchen waren sie nicht weitergekommen und hatten beschlossen, die Ermittlungen eine Weile ruhen zu lassen, um sie später noch einmal aufzunehmen.

Die Türklingel ertönte. Enna stand auf, aber Jens Lange, der jüngste Zugang in ihrem Ermittlungsteam, lief bereits an Ennas offen stehender Bürotür vorbei.

Kurz darauf hörte sie, wie die Eingangstür geöffnet und auf dem Flur gesprochen wurde. Als jemand am Türrahmen klopfte, sah sie auf.

»Welch ein seltener Besuch.« Sie stand auf und ging auf Kriminaldirektor Heinzen, ihren ehemaligen Chef bei der Oldenburger Kriminalpolizei, zu. »Wie geht es dir, Albrecht?«

Der Kriminaldirektor lächelte. »So weit ganz gut, wenn man von der einen oder anderen Unannehmlichkeit des Alters einmal absieht.«

»Ein paar Jährchen hast du noch bis zur Pension, oder?«

Albrecht Heinzen hob die Hand und zeigte ihr zwei Finger. »Es sei denn, ich gehe in Frühpension. Aber bisher konnte ich mich dazu nicht durchringen.«

Enna zeigte auf den Besprechungstisch. »Tee, Kaffee, Wasser?«

»Nein danke. Ich habe auch nicht viel Zeit mitgebracht.« Er sah auf seine Armbanduhr. »Es geht um einen zwanzig Jahre zurückliegenden Fall in Butjadingen.«

Enna sah verwundert auf. Bisher hatte sich ihr Team die Fälle, in denen sie ermitteln wollten, selbst ausgesucht. Es gab reichlich zu den Akten gelegte Ermittlungen, von denen nur wenige Erfolg versprechend waren.

»Butjadingen?«, fragte Enna.

»Das war mein erster Fall als SoKo-Leiter. Ein vermisstes Ehepaar, Großbauer, angesehen und aktiv im politischen Leben des Landkreises. Du kannst dir vorstellen, was dort los war.«

»Ihr habt das Ehepaar gefunden?«

Albrecht Heinzen schüttelte den Kopf. »Nein, wir haben ganz Butjadingen und den halben Kreis Wesermarsch abgesucht. Nichts.«

Enna ahnte, was passiert war. »Sie sind aber jetzt gefunden worden?«

»Ja, vor fünf Tagen sind zwei skelettierte Leichen durch Zufall entdeckt worden. Es lag nahe, dass die DNA auch mit dem Ehepaar Feddersen abgeglichen wurde. Ich habe vor drei Tagen die Nachricht bekommen, dass sie es sind.«

»Und jetzt sollen wir ermitteln?«

»Ja, das ist euer Fall. Ich habe bereits gestern alles mit Nordenham abgeklärt. Du bekommst alle Unterstützung, die du brauchst. Sag mir einfach Bescheid.«

Albrecht Heinzen wirkte mitgenommen. Ihm schien der ungelöste Fall immer noch quer im Magen zu liegen.

»Die Akten?«

»Sobald ich dein Okay habe, rufe ich im Archiv an. Die sollten dann in ein oder zwei Stunden hier sein.«

»Wer ist vor Ort bis jetzt zuständig?«

»Ein Hauptkommissar aus Nordenham. Er war seinerzeit in der SoKo. Frisch von der Akademie, aber da er in der Gegend aufgewachsen ist, hatte ich ihn mit ins Boot geholt. Hajo Greven. Er wird nicht sehr erfreut sein, wenn du den Fall übernimmst, aber an deiner Stelle würde ich mich mit ihm gut stellen. Er ist ein fähiger Kriminalist und kennt sich wie kein Zweiter in der Region aus.«

»Er weiß schon Bescheid?«

»Nein, ich telefoniere aber gleich mit ihm. Vorausgesetzt, du übernimmst den Fall.« Er sah sie fragend an.

»Du hältst dich raus?«, fragte Enna.

Der Kriminaldirektor nickte.

»Gut.« Sie sah Heinzen direkt an. »Dir geht das Ganze nahe, oder?«

»Ja, schon damals. Ehrlich gesagt war ich kurz davor, mir einen anderen Job zu suchen. Zum Glück hatte ich ein paar Freunde unter den Kollegen, die mich aufgefangen haben. Es wird nun mal nicht jeder Fall geklärt. Aber wem erzähle ich das.«

Enna zog einen Notizblock zu sich her und griff nach dem auf dem Tisch liegenden Kugelschreiber. »Ein paar Fakten in Kurzform. Reicht dafür die Zeit noch?«

Eine Stunde später saß Enna zusammen mit Pia im Auto und fuhr auf die Autobahn 293 Richtung Wilhelmshaven auf. Sie würden bis Nordenham eine knappe Stunde brauchen. Enna hatte mit Hajo Greven telefoniert und sich angemeldet.

»Mit wem sprechen wir in Nordenham?«, fragte Pia.

»Einem Kollegen, der schon damals in der SoKo mitgearbeitet hat. Er ist in Butjadingen aufgewachsen und kennt sich dort gut aus.«

»Ich vermute mal, dass er nicht sehr erfreut über unsere Anwesenheit sein wird.«

Enna zuckte mit den Schultern. »Das waren genau die Worte des Kriminaldirektors. Aber wir werden sehen.«

»Hast du noch mehr erfahren?«, fragte Pia.

»Er hatte nicht viel Zeit, deshalb habe ich nur einen kurzen Überblick bekommen. Die SoKo-Kollegen sind damals davon ausgegangen, dass die Motive für eine mutmaßliche Entführung des Ehepaars Feddersen eher im Umfeld des Mannes zu finden seien.«

»Entführung?«

»Ja, das dachte man zunächst. Nachdem sich dann in den ersten Wochen niemand gemeldet hatte, wurde die These, dass beide einem Tötungsdelikt zum Opfer gefallen waren, verfolgt. Tjark Feddersen wurde als Mensch beschrieben, der keinem Konflikt aus dem Weg gegangen ist.«

»Nett formuliert«, sagte Pia. »Er hatte also mehr oder weniger mit allen Menschen um sich herum Ärger.«

»So sieht es aus. Albrecht Heinzen sprach von bis zu zwanzig potenziellen Verdächtigen, die befragt worden seien. Wir bekommen heute noch die Ermittlungsakten zugeschickt.«

»Familie?«

»Ein Sohn, Jan, der damals vierzehn Jahre alt war. Der Bruder von Tjark Feddersen hat nach dessen Verschwinden den Hof übernommen – also nicht geerbt, sondern sozusagen gepachtet –, bei ihm und seiner Frau ist Jan Feddersen aufgewachsen. Hinnerk und Sonja Feddersen. Die Brüder hatten wohl ihre Schwierigkeiten miteinander. Tjark hatte den Hof vom Vater übernommen, sein Bruder war mit einem relativ geringen Geldbetrag und etwas Land abgefunden worden. Hinnerk Feddersen wurde bis zuletzt als Hauptverdächtiger geführt, aber man konnte ihm nichts nachweisen.«

»Klassisch«, warf Pia ein. »Familienstreitigkeiten über Jahre, die irgendwann eskalieren.«

»Wie gesagt, ihm war nichts nachzuweisen.«

Sie fuhren inzwischen auf der A 29 und würden auf der Höhe der Ortschaft Jade von der Autobahn abfahren.

»Wie groß war die SoKo?«, fragte Pia.

»Zu ihren besten Zeiten ermittelten über dreißig Kollegen.«

»Und das ohne wirkliches Ergebnis. Klar, wenn die Leichen fehlen, sind einem Grenzen gesetzt. Was hat der Kriminaldirektor ansonsten erzählt?«

Enna setzte den Blinker und fuhr von der Autobahn ab. »Die Ermittlungen waren zu umfangreich, als dass er es in wenigen Worten zusammenfassen konnte. Er sah auf jeden Fall Tjark Feddersen im Mittelpunkt der Motivsuche.«

»Feddersen hatte Dreck am Stecken?«

Enna schmunzelte bei der Formulierung. »So hat er es nicht ausgedrückt, aber in der Tendenz wohl so gemeint. Es ging um EU-Gelder für Infrastrukturmaßnahmen in der gesamten Region Wesermarsch und besonders in Butjadingen.«

»Was genau muss ich mir darunter vorstellen?«, fragte Pia.

»In erster Linie ging es um neu gebaute und geplante Windkraftanlagen. Einflussnahme auf die Auswahl der Standorte, Beschleunigung der diversen Genehmigungsverfahren, Aufträge an örtliche Unternehmen, denen Arbeiten rund um die Errichtung der Anlage zugeschustert wurden, und so weiter.«

»Kam es zum Prozess?«

»Laut Albrecht Heinzen ist nach dem Verschwinden von Tjark Feddersen nicht mehr viel passiert. Zuvor gab es Versetzungen in einigen Behörden, Heinzen hat von einem Bauernopfer gesprochen, aber weiter ist nichts passiert. Die Staatsanwaltschaft hat die Ermittlungen eingestellt. Tjark Feddersen konnte nie etwas nachgewiesen werden.«

»Bauernopfer? Müssen wir da weiterbohren?«, fragte Pia.

»Die SoKo hatte auch diese Personen im Blick. Nichts. Und ja, wir werden alles noch einmal aufrollen müssen. Zumindest, soweit wir das mit unserem kleinen Team bewältigen können.«

»Wie waren die Feddersens privat?«

»Über Eefke Feddersen, Tjarks Frau, konnte mir Albrecht nicht viel erzählen. In den Ermittlungsakten werden wir aber sicher ausreichend Material zu ihr finden. Ihr Mann war laut Heinzen das klassische Oberhaupt der Familie. Er wird als autoritär beschrieben, als Mann, der sagt, wo es langgeht, und keinen Widerspruch akzeptiert.«

»Klingt nicht nach harmonischem Familienleben«, warf Pia ein. »Wie alt war der Sohn noch?«

»Vierzehneinhalb Jahre. Er stand nie unter Verdacht, seine Eltern getötet zu haben. Das war doch dein Gedanke?«

»Befanden sich Schusswaffen im Haus?«

»Ja, Feddersen war Jäger. Er hatte für zwei Jagdgewehre einen Waffenschein. Beide sind überprüft worden. Aus ihnen war eine Weile nicht mehr geschossen worden.«

»Und der Bruder? Du sagtest, dass er lange als Hauptverdächtiger galt.«

Enna nickte. »Die beiden Feddersen-Brüder waren seit Jahren zerstritten. Hinnerk Feddersen soll mit Leib und Seele Bauer gewesen sein, während sein Bruder in der Jugend wenig Interesse am Hof gezeigt haben soll, den er schließlich geerbt hat.«

»Das klingt alles nach einer tragischen Familiengeschichte mit schlimmem Ende.«

Zwei

Kurz vor Nordenham, einer Stadt an der Wesermündung mit fünfundzwanzigtausend Einwohnern, fuhr Enna von der Umgehungsstraße ab und erreichte über eine kilometerlange Straße das Polizeikommissariat.

Der dreigeschossige rote Backsteinbau mit grünen Fensterrahmen und grünem Eingangsbereich passte zur Bebauung der übrigen Stadt, die schlicht und gradlinig wirkte. Enna fuhr auf den Innenhof des Polizeigebäudes, um das Auto abzustellen.

»Auf in den Kampf«, murmelte Pia.

Enna, die ihre Wagentür bereits geöffnet hatte, ließ sich zurück auf den Sitz fallen. »Pia, wir werden die Unterstützung von Hajo Greven brauchen. Er kennt nicht nur die Menschen hier, sondern auch die damaligen Ermittlungen. Selbst wenn er verschnupft über unsere Anwesenheit ist, werden wir damit umgehen müssen.«

»Schon gut. Ich halte mich zurück.«

Enna stieg aus, Pia folgte ihr. Über den Hintereingang betraten sie das Gebäude und meldeten sich an. Hajo Greven, ein großer und stämmiger Mann Ende vierzig, kam kurz darauf auf sie zu und begrüßte sie mit Handschlag.

»Kriminaldirektor Heinzen hat mich informiert, dass Sie die Ermittlungen übernehmen«, sagte er, als Enna und Pia ihm durch einen langen Flur folgten.

Enna wartete, bis sie in einem kleinen Besprechungsraum Platz genommen hatten und Greven ihnen Tee eingeschenkt hatte. »Wir würden uns freuen, wenn Sie uns bei den Ermittlungen unterstützen und begleiten könnten.«

Hajo Greven zog die Augenbrauen zusammen und warf Enna einen skeptischen Blick zu. »Ist das eine offizielle Anfrage?«

»Ja, wenn Sie es schriftlich brauchen, kann ich gerne etwas aufsetzen.«

Hajo Greven schüttelte den Kopf. »Ich spreche mit meinem Chef. Er kann Sie ja anrufen, wenn er Fragen hat. Für heute stehe ich Ihnen auf jeden Fall zur Verfügung.«

»Wir sind erst vor knapp zwei Stunden ins kalte Wasser geworfen worden«, sagte Enna. »Die Ermittlungsakten sind wahrscheinlich gerade auf dem Weg zu uns ins Büro. Können Sie uns einen kleinen Überblick geben?«

Hajo Greven stand auf und trat an eine große Karte an der Wand, die den ganzen Landkreis Wesermarsch zeigte. »Hier oben im Norden liegt Butjadingen. Links der Jadebusen, oben die Nordsee und rechts die Wesermündung, letztlich sprechen wir hier von einer Halbinsel. Das Land liegt zum Teil unter dem Meeresspiegel und wird von drei Seiten durch hohe Deiche geschützt.« Er legte seinen Zeigefinger auf einen Punkt in der Mitte von Butjadingen. »Dort liegt der Feddersen-Hof. Mit etwa dreihundert Hektar Land ist er einer der größten Höfe in Butjadingen. Über fünfhundert Milchkühe, Zehntausende Puten und Ackerland, auf dem Getreide und Mais angebaut werden. Jan Feddersen, der Sohn der Familie, hat den Betrieb vor etwa acht Jahren von seinem Onkel übernommen, der ihn sozusagen für ihn bewirtschaftet hatte. Der Hof stand seinerzeit kurz vor der Schließung.«

»Aus welchem Grund?«, fragte Enna.

»Ich kann nur das berichten, was ich von Dritten gerüchteweise gehört habe. Von daher bitte ich, mit den Informationen sorgsam umzugehen.« Als Enna zustimmend nickte, fuhr er fort. »Hinnerk Feddersen hat oder hatte ein starkes Alkoholproblem und, so wird vermutet, trotz seiner Nähe zur Landwirtschaft nicht die ausreichende Erfahrung, um einen so großen Hof zu managen. Er soll weder ein Händchen für die Mitarbeiter gehabt haben noch ausreichende Kenntnisse in Betriebswirtschaft. Aber wie gesagt, das sind letztlich Gerüchte, die ich aufgeschnappt habe.«

»Wir werden mit den Informationen sehr vorsichtig umgehen«, sagte Enna. »Sie sind aber erst mal sehr wichtig für uns, damit wir uns ein Bild der Familienverhältnisse machen können.«

»Jan Feddersen hat Landwirtschaft studiert und scheint zu wissen, was er macht. Der Hof ist wohl seit Jahren auf Erfolgskurs.«

»Ist der Onkel freiwillig gegangen?«, fragte Pia.

»Was blieb ihm anderes übrig? Ihm hat der Hof nie gehört, er war Pächter, auch wenn es in der Familie geblieben ist.«

»Sie haben nichts von der Übergabe des Hofes gehört?«, fragte Pia weiter.

»Es soll Streit gegeben haben, aber irgendwie scheinen sich Neffe und Onkel ja geeinigt zu haben. Hinnerk Feddersen lebt seit der Zeit mit seiner Frau auf dem Altenteil des Bauernhofs. Er hat dort lebenslanges Wohnrecht.«

»Ende gut, alles gut?«, warf Pia ein.

Hajo Greven schüttelte den Kopf. »Wenn man den Gerüchten glaubt, sprechen die beiden nicht mehr miteinander.«

»Können Sie auch etwas über Feddersen junior erzählen?«, fragte Enna.

»Sicher, auch wenn er damals nicht im Fokus der Ermittlungen stand, haben wir uns natürlich mit ihm beschäftigt. Sein Vater war autoritär, was, wenn alle unsere Informationen stimmen, schon nett ausgedrückt ist.«

»Kriminaldirektor Heinzen erwähnte bereits so etwas.«

»Die Mutter, Eefke Feddersen, hatte unzählige Fehlgeburten. Dass Jan Feddersen ein Einzelkind war, hatte also nichts mit einer bewussten Entscheidung zu tun.« Hajo Grevens Handy klingelte. Der Hauptkommissar griff danach, sah aufs Display und meldete sich mit verärgerter Stimme. »Ich bin im Gespräch. Könnt ihr …« Er brach ab und schien auf die Worte seines Gesprächspartners zu hören. Nach einer Weile räusperte er sich. »Ich übernehme das.« Er steckte das Handy ein und stand auf. »Wir müssen hier leider abbrechen. Hinnerk Feddersen ist vor etwa einer Stunde tot von seiner Frau aufgefunden worden. Sie hat einen Arzt gerufen, der wiederum die Kollegen in Burhave informiert hat. Verdächtige Umstände. Sie wollen sicher mitkommen?«

Enna fuhr hinter Hajo Greven her, der sie aus Nordenham lotste und jetzt, wie Enna auf dem Display des Navis verfolgen konnte, parallel zur Wesermündung Richtung Norden fuhr.

»Zufall?«, fragte Pia.

»Möglich, aber extrem unwahrscheinlich.«

»Der damalige Hauptverdächtige fällt also schon mal für uns aus.«

»Er kann trotzdem seinen Bruder und seine Schwägerin getötet und anschließend vergraben haben.«

»Es wird also auf jeden Fall nicht einfacher für uns«, warf Pia ein.

»Das ist nicht gesagt. Wenn beide Fälle zusammenhängen, haben wir unter Umständen sogar mehr Ansatzpunkte als zuvor. Lass uns abwarten.«

Auf Höhe von Burhave bog Hajo Greven von der Hauptstraße auf einen schmalen asphaltierten Weg in Richtung

Westen ab. Nach etwa fünf Minuten Fahrt setzte Greven den Blinker nach rechts und verlangsamte die Geschwindigkeit. An beiden Seiten des Feldwegs standen in regelmäßigem Abstand hochgewachsene Birken. Nach etwa zweihundert Metern endete die Allee vor der Einfahrt zu mehreren Gebäuden und Stallungen. Greven hielt sich rechts und parkte vor einem eineinhalbstöckigen Haus am Rande der Hofanlage.

Neben einem Streifenwagen standen zwei Pkws. Enna vermutete, dass einer von ihnen dem gerufenen Arzt gehörte und der andere Hinnerk Feddersens Frau. Sie stiegen aus und folgten Hajo Greven, der auf die Eingangstür zulief. Ein Polizist in Uniform öffnete ihnen die Tür und führte sie durchs Haus in die große Wohnküche, in der eine Frau Mitte vierzig und ein Mann in den Fünfzigern saßen. Der Mann stand auf, stellte sich als Dr. Boysen vor und bat darum, außerhalb der Küche mit dem Verantwortlichen sprechen zu können.

Hajo Greven und Enna gingen zusammen mit dem Arzt auf den Flur des Hauses und schlossen die Küchentür.

»Ich habe Frau Feddersen ein Beruhigungsmittel gespritzt«, sagte Dr. Boysen. »Es sollte sie aber nicht daran hindern, Ihre Fragen beantworten zu können.«

»In Ordnung«, sagte Greven. »Sie haben unsere Kollegen gerufen, weil Sie sich nicht sicher sind, dass es sich um eine natürliche Todesursache handelt?«

Der Arzt nickte. »Wenn mich nicht alles täuscht, ist Herr Feddersen mit einem Elektroschocker niedergestreckt und anschließend erstickt worden. Am Hals habe ich zwei Brandstellen gefunden, die nach einem Elektroschocker aussehen. Außerdem gibt es typische Anzeichen eines Erstickungstods, die Ihnen sicherlich bekannt sind.«

»Sie betreuen die Familie schon länger?«

»Ja, Herr Feddersen war aber so weit gesund. Er ließ sich regelmäßig einmal im Jahr durchchecken. Seine Frau war nur wenige Male bei mir. Aber sie ist ja auch zwanzig Jahre jünger als ihr Mann. Mehr darf ich Ihnen aber dazu nicht sagen.«

»Wann ist Herr Feddersen nach Ihrer Einschätzung gestorben?«

»Eigentlich bin ich dafür nicht der richtige Ansprechpartner.«

Enna räusperte sich. »Die Rechtsmedizin wird das noch genau untersuchen, aber vielleicht könnten Sie uns trotzdem Ihre Einschätzung mitteilen.«

»Nun gut«, sagte Dr. Boysen. »Ich habe die Temperatur gemessen und auch kontrolliert, wie weit die Leichenstarre vorangeschritten ist. Ich gehe davon aus, dass er gestern Abend verstorben ist. Zwischen achtzehn Uhr und Mitternacht. Genauer kann ich es leider nicht eingrenzen.«

»Das reicht uns schon fürs Erste«, sagte Hajo Greven. »Vielen Dank, dass Sie so umsichtig reagiert haben. Ich schicke einen Kollegen bei Ihnen in der Praxis vorbei, damit Sie das Protokoll unterschreiben können.«

Dr. Boysen reichte ihm eine Visitenkarte und verabschiedete sich.

»Ich spreche gleich mit dem Staatsanwalt und veranlasse dann den Transport der Leiche nach Oldenburg zum rechtsmedizinischen Institut«, sagte Greven.

Enna zeigte auf die Tür zur Küche. »Wir könnten schon mal mit Frau Feddersen sprechen.«

Hajo Greven zögerte zu lange, als dass es Enna nicht aufgefallen wäre. Schließlich nickte er, wandte sich ab und lief zur Haustür.

Enna betrat die Küche. Pia saß neben der Frau, strich ihr über den Arm und sprach leise auf sie ein. Enna setzte sich zu den beiden und wartete einen günstigen Moment ab, in dem sie Sonja Feddersen ansprechen konnte.

»Darf ich Ihnen ein paar Fragen stellen?«

Es dauerte eine Weile, bevor Frau Feddersen aufsah und schließlich nickte.

»Wann haben Sie Ihren Mann gefunden?«

»Das war … also … ich war doch bei meinen Eltern in Wirdum. Mein Vater musste ins Krankenhaus und meine Mutter ist dement.« Sie stockte. »Wirdum ist in Ostfriesland.«

»Ja, ich kenne den Ort. Wie lange waren Sie dort?«

»Fast eine Woche. Am Samstag ist mein Vater entlassen worden. Aber ich bin noch zwei Tage geblieben, um zu schauen, ob alles klappt.«

»Sind Sie mit dem Auto gefahren?«

Sonja Feddersen schüttelte den Kopf. »Ich habe keinen Führerschein. Aber mit der Bahn geht es ganz gut. Hinnerk hat mich nach Nordenham gebracht und dann bin ich mit dem Zug nach Leer gefahren. Von da hat mich ein Nachbar meiner Eltern abgeholt.«

»Wann haben Sie das letzte Mal mit Ihrem Mann telefoniert?«

Sonja Feddersen schien sie nicht gehört zu haben. Sie wirkte, als sei sie plötzlich in Trance gefallen. Enna berührte vorsichtig ihren Arm, Sonja Feddersen schreckte hoch und sah sie erschrocken an. »Was haben Sie gefragt?«

»Wann Sie das letzte Mal mit Ihrem Mann telefoniert haben.«

»Gestern Nachmittag. So gegen vier Uhr. Ich habe ihm die Ankunftszeit durchgegeben.«

»Von dem ankommenden Zug?«, fragte Enna, als Frau Feddersen nicht weitersprach.

»Ja, genau. Hinnerk wollte mich doch abholen. Aber …« Sie schluckte schwer und senkte ihren Blick.

»Sie haben Ihren Mann dann angerufen?«

»Ja, aber er hat nicht geantwortet. Dann habe ich ein Taxi genommen. So weit ist das ja auch nicht bis Nordenham.«

»War die Tür offen, als Sie hier eintrafen?«

Sie schüttelte den Kopf und warf Enna einen skeptischen Blick zu. »Warum fragen Sie das alles?«

»Wir sind uns nicht sicher, ob Ihr Mann eines natürlichen Todes gestorben ist«, sagte Enna.

Sonja Feddersen riss die Augen weit auf. »Jetzt auch noch Hinnerk?«

Enna legte ihr die Hand auf die Schulter. »Wir sind verpflichtet, genau hinzuschauen, Frau Feddersen. Im Moment wissen wir noch nicht, was passiert ist.«

Hajo Greven betrat die Küche, nickte Enna zu und setzte sich zu ihnen an den Tisch.

»Ihr Mann wird untersucht werden müssen«, fuhr Enna fort. »Er wird in Kürze abgeholt werden.«

Sonja Feddersen atmete hektisch. »Abgeholt?«

»Er wird in Oldenburg untersucht. Das ist die normale Vorgehensweise, wenn die Todesursache nicht geklärt ist. Wahrscheinlich wissen wir dann morgen genau Bescheid.« Enna sprach langsam und achtete auf jedes ihrer Worte. Sonja Feddersen wirkte trotz der Beruhigungsspritze aufgewühlt. »Können wir jemanden benachrichtigen, der heute bei Ihnen bleibt?«

Sonja Feddersen starrte Enna an, als habe sie ihr gerade etwas Schreckliches mitgeteilt.

»Haben Sie meine Frage verstanden, Frau Feddersen?«

Schließlich nickte sie und nannte Enna den Namen einer Freundin, stand auf, holte ein Notizbuch aus einer der Schubladen und reichte es Enna kommentarlos.

»Finde ich da die Telefonnummer von Frau Marten?«

Sie nickte, griff nach dem Taschentuch, das Pia ihr hinhielt, und wischte sich die Tränen aus dem Gesicht.

Frau Marten stellte sich als Freundin von Sonja Feddersen vor. Sie erklärte sich bereit, Frau Feddersen für die nächsten zwei

Tage mit zu sich zu nehmen. Nachdem die beiden Frauen das Haus verlassen hatten, rief Hajo Greven in seiner Dienststelle an und sprach mit dem Leiter der Kriminaltechnik.

»Die Kriminaltechnik sollte spätestens in einer halben Stunde hier sein«, sagte Greven. »Der Leichnam wird auch gleich abgeholt. Mit Oldenburg ist alles so weit geklärt. Mit Glück haben wir heute noch die ersten Ergebnisse.«

»Haben Sie mit Ihrem Chef abgesprochen, wie die Zuständigkeiten sein werden?«, fragte Enna.

»Ja, ich habe mit ihm vorhin ebenfalls telefoniert. Wir übernehmen in Nordenham die Ermittlungen. Ich soll Ihnen ausrichten, dass wir uns freuen würden, wenn wir in den beiden Fällen eng zusammenarbeiten.«

Enna nickte. »Das liegt auch in unserem Interesse. Wenn Sie nichts dagegen haben, würde ich Sie zu Jan Feddersen begleiten. Ist er bereits informiert über den Tod seines Onkels?«

»Vermutlich nicht. Der Kollege aus Burhave meinte, er wäre nicht vor Ort gewesen.«

Pia schlug vor, dass sie auf die Kriminaltechniker warten könne, während Enna und Hajo Greven zum Haupthaus gehen würden, um mit Jan Feddersen zu sprechen.

Drei

Das Haupthaus des Hofes war an drei Seiten von alten Eichen umringt. Der eineinhalbstöckige lang gezogene Backsteinbau schien vor Kurzem neue Holzfenster bekommen zu haben. Auch das Dach sah aus, als sei es vor wenigen Jahren erneuert worden. Vor dem Haus parkte ein BMW-SUV. In den offenen Stallungen standen zwei Trecker und weitere landwirtschaftliche Geräte, die Enna nicht zuordnen konnte.

»Sein Auto steht vor der Tür«, sagte Hajo Greven.

Sie gingen auf die große Eingangstür zu und klingelten. Als niemand öffnete, drückte Enna ein zweites Mal auf die Klingel. Kurz darauf öffnete ihnen ein Mann mit kurzem blondem Haar und Dreitagebart in Arbeitskleidung die Tür. Er warf Hajo Greven einen leicht genervten Blick zu. »Sie schon wieder. Heute mit Verstärkung?«

»Moin, Herr Feddersen. Das ist meine Kollegin Enna Andersen. Dürfen wir Sie ein paar Minuten stören?«

»Was gibt's denn noch?«

»Ihr Onkel ist heute tot in seinem Haus aufgefunden worden«, sagte Enna. »Wir haben den Verdacht, dass es sich um ein Tötungsdelikt handelt.«

Jan Feddersen sah sie erschrocken an. »Was reden Sie da? Hinnerk ist tot? Das kann doch nicht sein.« Er hielt inne und schien zu realisieren, was er gerade gehört hatte. »Ermordet?«

»Können wir kurz mit Ihnen im Haus sprechen?«

Jan Feddersen trat zur Seite und schloss die Tür, als Enna und Greven im Flur standen. »Gehen wir doch in mein Büro.«

Die Wände des Flures waren weiß gestrichen, die Eichendielen vor nicht allzu langer Zeit abgeschliffen und neu geölt worden. Das Büro war modern eingerichtet, ein Schreibtisch mit großer Glasplatte, darauf ein geschlossener Laptop. Der Besprechungstisch mit einer edlen Kirschholzplatte und die filigranen Freischwinger mit Lederbezug passten zum restlichen Ambiente.

Jan Feddersen zeigte zum Tisch. »Bitte!« Er wartete, bis Enna und Hajo Greven Platz genommen hatten, bevor er sich zu ihnen setzte. »Mein Onkel ist wirklich tot? Hat seine Frau ihn …« Er brach ab.

»Wir stehen noch ganz am Anfang der Ermittlungen«, sagte Hajo Greven. »Wo haben Sie sich gestern Nachmittag und Abend aufgehalten?«

Jan Feddersen erstarrte für einen Moment und schüttelte dann fast unmerklich den Kopf. »Sie fragen jetzt aber nicht nach meinem Alibi, oder?«

»Sie arbeiten und wohnen ganz in der Nähe des Hauses, in dem mutmaßlich ein Verbrechen geschehen ist«, sagte Greven. »Wir befragen Sie als Zeugen.«

Feddersen zögerte und einen Moment dachte Enna, dass er sie jeden Augenblick des Hauses verweisen würde. Dann atmete er tief durch, als wenn er sich beruhigen wollte.

»Gestern war Sonntag. Ich habe morgens kontrolliert, ob die eingeteilten Mitarbeiter zur Arbeit erschienen sind, und habe anschließend ein paar Stunden Büroarbeit gemacht.« Er wandte sich um und zeigte auf seinen Schreibtisch. »Später bin ich nach Burhave ins Restaurant, wo ich mich mit zwei Freunden getroffen habe. Wir saßen eine Weile zusammen und haben anschließend noch einen kleinen Verdauungsspaziergang gemacht. Am frühen Nachmittag habe ich mich in Oldenburg mit einer Frau getroffen, die ich über Tinder kennengelernt habe. Wir waren bis zum späten Abend zusammen. So gegen zweiundzwanzig Uhr bin ich dann zurück.«

»Ihr erstes Treffen mit der Frau?«

Jan Feddersen nickte. »Und bevor Sie fragen, natürlich können Sie Namen, Telefonnummer und Adresse der Dame haben.« Er stand auf, setzte sich hinter seinen Schreibtisch und klappte den Laptop auf. Kurz darauf surrte ein Laserdrucker und Feddersen holte die bedruckte Seite aus dem im Regal stehenden Drucker.

»Bitte.« Er reichte Hajo Greven den Ausdruck und setzte sich wieder. »Die Dame weiß noch nicht allzu viel von mir. Vielleicht können Sie es ja dabei belassen. Als Landwirt ist es nicht so einfach, Beziehungen zu Frauen zu knüpfen, die länger als ein paar Stunden halten.«

Hajo Greven nickte. »Das wird sicher nicht notwendig sein.«

»Wie war Ihr Verhältnis zu Ihrem Onkel?«, fragte Enna.

Jan Feddersen ließ sich Zeit für die Antwort. »Sie wissen, was meiner Familie passiert ist?«

»Wenn Sie von Ihren Eltern sprechen, ja.«

»Ich war gerade vierzehn, als ich sie verloren habe. Hinnerk hat sich sofort angeboten, den Hof zu übernehmen. Meinen Hof. Mein damaliger Vormund und das Jugendamt hielten es für eine gute Idee, dass ich hierbleibe und von einem Verwandten betreut werde. Vielleicht war's das auch. Wer weiß das schon so genau. Nun gut. Letztlich war es in Ordnung. So in Ordnung, dass ich später Hinnerk lebenslanges Wohnrecht fürs Altenteil zugesagt habe.«

»Das klingt, als wenn Sie es heute bereuen würden«, warf Enna ein.

»Ist schon in Ordnung. Familie halt. Und jetzt ist es ja ohnehin vorbei mit ihm. Hatte ein schweres Leben, der Hinnerk. Aber das Ende habe ich ihm nun wirklich nicht gewünscht.«

»Klingt, als habe es hin und wieder Streit gegeben«, hakte Enna nach.

»Das liegt wohl in der Familie. Mein Vater war ein Choleriker, mein Onkel hatte auch eine Menge davon und ich leider auch. Mein Großvater soll der Schlimmste gewesen sein. Das hat zumindest Hinnerk immer behauptet. Ein Großbauer, wie er im Buche steht. Ja, genau so hat er ihn genannt. Zumindest soll er nicht mit den Nazis was am Laufen gehabt haben. Das hat Hinnerk ihm immer hoch angerechnet.« Jan Feddersen seufzte schwer. »Schöne Familie, in der es schon eine Heldentat ist, wenn man sich nicht mit Massenmördern eingelassen hat. Die Zwangsarbeiter während der Nazizeit hat er aber gerne genommen. Und seine Landarbeiter soll er wie Leibeigene behandelt haben. Zum Glück waren die Schiffe nach Amerika in Bremerhaven nicht weit entfernt.« Er sah Enna direkt an. »Aber das wollten Sie sicher nicht hören.«

»Erzählen Sie ruhig«, sagte Enna. »Häufig hat die Vergangenheit mehr mit der Gegenwart zu tun, als man sich vorstellen kann.«

Jan Feddersen nickte nachdenklich. »Ja, das ist wohl so.« Er hatte für die letzten Worte ins Plattdeutsche gewechselt und schien es selbst nicht bemerkt zu haben.

»Wann haben Sie das letzte Mal Ihren Onkel gesehen?«, fragte Hajo Greven.

Der Landwirt hob beide Hände in die Höhe als Zeichen, dass er sich nicht erinnerte. »Wir sind uns aus dem Weg gegangen. Sonja habe ich hin und wieder gesehen und auch ein paar Worte mit ihr gewechselt. Sie ist ja nur elf Jahre älter als ich, war aber damals so etwas wie meine Ersatzmutter und hat mir über die schwersten Zeiten geholfen. Das verbindet.«

»Wir konnten leider nur das Nötigste mit Ihrer Tante sprechen. Sie ist inzwischen von einer Freundin abgeholt worden, bei der sie ein paar Tage wohnen wird«, sagte der Hauptkommissar.

»Hat sie Ihnen erzählt, ob in den letzten Wochen oder Monaten etwas Besonderes passiert ist? Etwas Ungewöhnliches?«, fragte Enna.

Jan Feddersen warf ihr einen bissigen Blick zu. »Sie meinen, bis auf die Tatsache, dass meine Eltern endlich gefunden wurden?« Er hatte lauter als zuvor gesprochen – mit einem aggressiven Unterton.

»Uns ist klar, wie schwierig die Situation für Sie sein muss«, sagte Enna, die aufgrund ihrer eigenen Familiengeschichte nachempfinden konnte, was Jan Feddersen in den letzten Tagen vermutlich durchgemacht hatte. Sie wunderte sich deshalb auch nicht über Feddersens Reaktion, der bisher sachlich geantwortet hatte und einen kooperativen Eindruck gemacht hatte. »Leider sind die ersten Tage bei einem Tötungsdelikt die wichtigsten. Wir können daher nicht abwarten, bis der erste Schock sich gelegt hat.«

»Es tut mir leid, Frau …«

»Andersen.«

»Ja, Frau Andersen. Ich wollte Sie und Ihre Arbeit nicht kritisieren.« Er hielt kurz inne, lächelte verkrampft und fuhr fort. »Ich habe in den letzten Wochen niemanden auf dem Hof gesehen, der hier nicht hingehört. Es gab auch keine besonderen Vorfälle. Es war ein ganz normaler Sommer.«

»Vom Haupthaus her ist das Altenteil allerdings nicht einsehbar«, sagte Enna.

»Vom Weg her aber schon. Ich bin häufig unterwegs, fahre zigmal am Tag hin und her. Glauben Sie mir, wenn hier Fremde sind, bekommt man das schon irgendwann mit. In den letzten

Stunden war ich allerdings im Büro beschäftigt, habe viel telefoniert und Mails verschickt. Von daher habe ich tatsächlich nicht mitbekommen, was im Altenteil los war.« Er schaute auf die Uhr. »Brauchen wir noch lange? Ich habe gleich ein längeres Telefongespräch, das ich leider nicht absagen kann.«

»Sie haben in den letzten Tagen bereits mit Jan Feddersen gesprochen?«, fragte Enna, als sie zurück zum Haus von Hinnerk Feddersen gingen.

»Ja, natürlich. Er wirkte da nicht ganz so abgeklärt wie heute.«

»Der Tod seines Onkels schien ihm tatsächlich nicht sehr nahezugehen. Nicht einmal nach seiner Tante, die doch angeblich eine Art Ersatzmutter für ihn war, hat er gefragt.«

»Ist mir auch aufgefallen«, sagte Hajo Greven. »Ich überprüfe sein Alibi.«

»Sollen wir das übernehmen? Dann müssen Sie niemanden nach Oldenburg schicken.«

Wieder zögerte Hajo Greven, nickte aber dann. »Es geht ja wohl in erster Linie um das Überprüfen der Zeitangaben. Sollte da noch mehr dahinterstecken, würde ich die Frau noch einmal befragen.« Er hielt kurz inne und fuhr fort. »Wenn die Todesursache feststeht, werde ich erst mal ein Team zusammenstellen müssen. Mehr als fünf Kollegen bekomme ich im Moment sicher nicht zusammen. Die Schulferien sind zwar durch, aber Mitte September ist für viele kinderlose Kollegen ein guter Urlaubsmonat.«

Enna nickte. »Kenne ich. Wir sind zum Glück noch voll besetzt.«

Pia empfing sie vor der Haustür. »Die Kriminaltechniker sind an der Arbeit. So weit läuft alles.«

Enna wandte sich an Hajo Greven. »Haben Sie noch Zeit, uns den Fundort der Leichen zu zeigen?«

Enna parkte hinter dem Auto des Nordenhamer Hauptkommissars. Nachdem sie etwa vier Kilometer über Feldwege gefahren waren, standen sie jetzt neben einem abgeernteten Weizenfeld.

»Einige Wochen nach der Ernte wird der Boden eines Weizenfelds gelockert. Dabei ist dem Sohn des Bauern ein menschlicher Knochen aufgefallen. Oberarm. Wir hatten Glück, dass er Medizin studiert. Er hilft in den Semesterferien auf dem Hof aus. Ansonsten wären wir wohl kaum gerufen worden.«

»Wie tief wird umgepflügt?«, fragte Pia.

»Nein, der Boden wird hier nur gelockert. Das kann bis zu dreißig Zentimeter sein. Also nicht sehr tief. In den letzten Jahrzehnten ist dieses Feld lediglich als Weide benutzt worden. Erst seit drei Jahren wird hier Weizen angebaut.« Hajo Greven zeigte auf eine mit Polizeiband abgesperrte Stelle etwa zwanzig Meter vom Weg entfernt. »Wollen wir?«

Die Kriminaltechniker hatten ein Quadrat von ungefähr vier mal vier Metern mit einer Tiefe von etwa einem Meter ausgegraben.

»Der Boden ist, wie überall in der Marsch, feucht und fest. Das Grundwasser hat man schnell erreicht.« Er zeigte auf die ausgehobene Stelle, in der Wasser stand. »Das kann man hier gut sehen.«

»Deshalb sind die beiden Leichen auch nicht so tief eingegraben worden?«, fragte Pia.

»Davon kann man ausgehen. Der rechte Arm von Tjark Feddersen war nach oben gerichtet. Ich vermute, dass die Zeit knapp wurde und der oder die Täter nicht darauf geachtet haben.«

»Das war vor zwanzig Jahren eine Weide?«, fragte Enna.

»Ja, zumindest ist das die Auskunft des Bauern, dem das Land hier gehört. Er konnte uns nicht sagen, ob damals hier Kühe gegrast haben.«

»Vermutlich nicht«, sagte Enna. »Ansonsten wäre ja wohl aufgefallen, dass hier jemand gegraben hat.«

»Wir werden heute das Feld freigeben. Haben Sie Einwände?«

»Nein.« Enna nahm ihr Handy und fotografierte zunächst von mehreren Seiten die Grabungsstelle und anschließend die Umgebung.

»Was sagt uns jetzt dieser Fundort?«, fragte sie. »Kannte sich jemand aus oder war es ein Fremder, der einfach die nächstbeste Stelle gesucht hat?«

Hajo Greven zuckte mit den Schultern. »Schwer zu sagen. Letztlich ist beides möglich. Die Weide ist in den letzten zwanzig Jahren nicht umgegraben worden, und wie mir der Bauer sagte, auch viele Jahrzehnte davor nicht. Ein Einheimischer hätte das wissen können.«

»Würden Sie hier zwei Leichen verschwinden lassen?«, fragte Pia. »Gibt es keine besseren Stellen?«

Hajo Greven hob den Arm. »Schauen Sie sich um. So sieht es hier überall aus. Waldbestand gibt es kaum. Die Nordsee wäre noch eine Möglichkeit gewesen, aber die Gefahr, dass die Leichen wieder angespült werden, ist groß.«

»Mit einem Schiff rausfahren?«, warf Pia ein.

»Das müsste schon etwas größer sein. Der nächstgelegene Hafen ist Fedderwardersiel. Dort liegen neben Sportbooten auch Kutter. Die Leichen dort unbemerkt aufs Boot zu bekommen, wäre nicht so einfach. Gerade Tjark Feddersen war über ein Meter neunzig und hat vermutlich über hundert Kilo gewogen.«

»Ist damals hier gesucht worden?«, fragte Enna.

»Ob hier genau, kann ich nicht mehr nachvollziehen. Es gab zwei Ermittlungsansätze. Zunächst sind wir davon ausgegangen, dass es sich um eine Entführung handelt. Deshalb lag der Ermittlungsschwerpunkt natürlich auf dieser These. Als sich nach zwei Wochen niemand gemeldet hatte, haben wir ein Tötungsdelikt nicht mehr ausgeschlossen. Zunächst wurde in einem Kilometer Umkreis vom Feddersen-Hof gesucht, später ist der Radius immer weiter ausgedehnt worden.« Er zeigte zum Weg, an dem die Fahrzeuge standen. »Sie sehen aber die Entfernung. Wenn dort jemand auf einer Kontrollfahrt vorbeigefahren ist, konnte er die Stelle hier sehr wahrscheinlich nicht sehen.«

»Also hat der Täter bewusst diesen Platz ausgesucht?«, fragte Pia.

»Ich denke schon. An Stelle des Täters hätte ich vor dem Graben Grasstücke ausgehoben und sie zur Seite gelegt. Wenn sie dann später sorgfältig wieder zusammengelegt worden wären, hätte man nach ein paar Tagen kaum noch etwas gesehen.«

»Der Fundort bringt uns also nicht weiter«, sagte Enna und drehte sich einmal im Kreis. »Wie weit liegt der nächste Hof oder das nächste Haus entfernt?«

Der Hauptkommissar zeigte nach Norden. »Sehen Sie die Baumgruppe? Dahinter liegt der Hof, der dieses Stück Land bewirtschaftet. Ansonsten ist keiner in Sichtweite.«

»Was wiederum dafürspricht, dass jemand doch wusste, wo der beste Platz ist«, warf Pia ein.

Greven wiegte den Kopf. »Ja, das könnte man so sehen. Aber mit einer halbwegs guten Karte wäre es auch kein Problem gewesen, diesen Standort zu finden.«

»Ich schlage vor, wir brechen hier ab«, sagte Enna. »Wir werden uns morgen in die Akten einarbeiten. Anschließend sehen wir weiter.«

»Das wird erst mal das Beste sein.« Hajo Greven lief Richtung Autos voraus über das Feld.

Bei den Fahrzeugen angekommen, verabschiedeten sie sich. Während Enna und Pia parallel zum Jadebusen Richtung Varel fuhren, musste Hajo Greven in die entgegengesetzte Richtung.

»Das wird ein heftiger Fall«, sagte Pia, als sie zwanzig Minuten später auf die A 29 auffuhren.

»Ehrlich gesagt sehe ich im Moment auch noch keine Ansatzpunkte, wie wir die Ermittlungen neu aufrollen sollen.«

»Es sei denn, der Tod von Hinnerk Feddersen bringt neuen Schwung in die Sache. Hätten wir nicht darauf dringen sollen, auch den Fall zu übernehmen?«

»Ob wir das hätten durchsetzen können, halte ich für mehr als fraglich. Ich glaube kaum, dass die Kollegen uns dann noch unterstützt hätten. Aber wir brauchen die Kollegen hier vor Ort. Ich schätze Hajo Greven als kooperativ ein. Und wenn nicht, muss ich den Kriminaldirektor einschalten. Aber so weit wird es vermutlich nicht kommen.«

»Da bin ich mir nicht ganz so sicher«, murmelte Pia.

Vier

Paulsen hielt Katja die Eingangstür auf, sie lächelte und trat nach draußen auf den Bürgersteig. Paulsen folgte ihr. »Hast du noch Zeit für einen Spaziergang?«

»Ich habe mir den Tag freigenommen. Wo gehen wir hin? An die Hunte?«

Paulsen nickte. »Mein Auto steht hier gleich um die Ecke.«

Seit über zwei Monaten trafen sich Paulsen und Katja jede Woche zu einer Sitzung bei einer Paartherapeutin. Zuvor hatte ihre Beziehung unter den ständigen Hochs und Tiefs gelitten. Eine On-off-Beziehung, zu viel Alkohol, zu viel Sex und zu wenig Gespräche. Auf ihre lautstarken Trennungen folgten nach wenigen Tagen die tränenreichen Versöhnungen. Paulsen hatte die Reißleine gezogen und von Katja seinen Wohnungsschlüssel zurückverlangt. Zunächst schien es so, als habe ihre Beziehung ein jähes Ende gefunden, bis Katja eingewilligt hatte, mit Paulsen eine Paartherapie zu machen. Beiden war klar, dass es ihre letzte Chance war.

»Es muss schwer für dich gewesen sein«, sagte Katja, als sie nebeneinander den Weg entlang der Hunte gingen. »Ich meine, damals.«

Paulsen hatte in der Therapiestunde von seiner Kindheit erzählt, von den Heimaufenthalten und seinen Pflegeeltern, die ihn streng katholisch erziehen wollten.

»Lange her«, murmelte Paulsen, dem es tatsächlich nicht leichtgefallen war, vor der Therapeutin und vor allem vor Katja sein Leiden als Kind und Jugendlicher auszubreiten.

Katja blieb stehen. »Paulsen, wenn ich eins begriffen habe nach den ganzen Stunden, dann ist nichts zu lange her. Es steckt alles auf die eine oder andere Weise in uns.«

»Mag sein.« Er stieß mit dem Fuß ein Steinchen weg, das im hohen Bogen in den Fluss flog. »Ich träume immer noch von dem Scheiß. Keine Ahnung, warum.«

»Weil es dich belastet. Immer noch.« Katja hakte sich bei Paulsen unter und zog ihn mit. »Herrliches Wetter heute.« Sie hob ihren Kopf und ließ sich die Sonne einen Moment ins Gesicht scheinen.

»Ich will aber nicht, dass mich dieser ganze elende Mist immer noch runterzieht«, sagte Paulsen.

Erneut blieb Katja stehen. »Ich habe vor zwei Wochen nicht alles erzählt.«

Paulsen sah sie mit zusammengekniffenen Augen an. »Dein Vater?«

Katja nickte. »Es war noch viel schlimmer.«

Paulsen schluckte schwer. »Er hat dich angepackt?«

»Vergewaltigt«, flüsterte Katja. »Als ich vierzehn war, fing es an. Wenn meine Mutter außer Haus war und ich im Haus, hat er oft eine Pause gemacht. Unser Hof war nicht groß, die Felder lagen gleich nebenan und die Schweine waren ja im Stall. Der lag auch nur fünfzig Meter vom Haus entfernt.«

Paulsen sah sie fassungslos an. »Und deine Mutter?«

»Ich habe ihr nichts erzählt. Es war unglaublich schwer, darüber zu sprechen. Ich hatte wohl Angst, dass alles auseinanderbrechen würde. Die Familie, der Hof, alles. Und ich hatte

Panik vor dem Jugendamt. Dass sie kommen und mich ins Heim stecken. Die kleine Hure, die den Vater verführt hat.« Katja hatte leise gesprochen und den Blick gesenkt.

»Ja, das kann ich verstehen.« Paulsen ballte die Fäuste. »Was für ein elendiges Schwein. Er hat verdammtes Glück, dass er nicht mehr lebt. Ich würde mich sonst sofort ins Auto setzen und zu ihm fa…«

»Paulsen«, unterbrach Katja ihn. »Natürlich würdest du das nicht tun. Du würdest deinen Job verlieren, und wenn du zu stark zuschlügest, vielleicht in den Knast kommen.«

»Das wäre mir egal«, brummte er.

Katja strich ihm zärtlich über die Wange. »Mir aber nicht. Ich brauche dich.«

»Er hätte es mehr als verdient.«

Katja stöhnte leise. »Ja, das hätte er, aber lass uns über etwas anderes reden.« Sie schaute nach vorne. »Und wenn wir jetzt nicht weitergehen, wird es noch dunkel, bevor wir zurück beim Auto sind.«

Sie liefen schweigend weiter. Katja griff nach seiner Hand und hielt sie fest in ihrer. Erst auf dem Rückweg brach Paulsen das Schweigen.

»Kommst du noch mit zu mir?«

Vor Wochen hatte Paulsen darauf gedrängt, dass sie sich vorerst nur noch bei der Therapeutin, zum Spazierengehen oder im Café treffen würden. Katja hatte seine Bedingungen akzeptiert und seitdem nicht wieder nachgefragt.

»Bist du sicher?«

»Ja, ganz sicher.«

Paulsen rieb sich die Augen und richtete sich im Bett auf. Wo war Katja? War sie, wie so häufig zuvor, mitten in der Nacht aus seiner Wohnung geflohen? Paulsen atmete auf, als er Geräusche aus der Küche hörte und kurz darauf Katja mit zwei Bechern in der Hand auf ihn zukam.

»Guten Morgen«, sagte sie lächelnd. »Kaffee?«

»Ja, perfekt.« Er nahm einen der Becher entgegen. »Danke!«

Sie setzte sich neben ihn ins Bett und trank einen Schluck. Am Abend hatten sie sich lange unterhalten, hatten sich eng aneinandergekuschelt und waren irgendwann eingeschlafen.

»Wann musst du zur Arbeit?«, fragte sie.

Paulsen warf einen Blick auf den Wecker. »Im Moment ist alles ruhig. Ob ich eine halbe Stunde früher oder später komme, ist nicht so wichtig.« Er wunderte sich über seine eigenen Worte. Zwar hatte ihr Team keinen neuen Fall, aber Paulsen hatte in der Vergangenheit darauf geachtet, dass er spätestens um neun Uhr im Büro war.

Katja strich ihm sanft über die Schulter. »Das war gestern das erste Mal, dass wir zusammen im Bett lagen und keinen Sex hatten.«

Paulsen nickte.

»Ist das jetzt ein gutes oder schlechtes Zeichen?«, fuhr Katja fort.

»Wenn es für uns beide okay war, sicher ein gutes.«

»Ja, vielleicht hast du recht. Ich habe mich gestern so unheimlich wohl in deinen Armen gefühlt, dass ich an nichts anderes denken konnte.«

»Es ging mir ähnlich«, sagte Paulsen.

»Und jetzt? Ich hätte noch etwas Zeit.«

Paulsen grinste und stellte seinen Becher ab. »Ich auch.«

»Das wird auch Zeit«, sagte Pia, die in der Küchentür stand, als Paulsen den Flur entlang zu seinem Büro lief. »Wir warten auf dich. Neuer Fall.«

»Okay.« Paulsen zog die Jacke aus und folgte Pia in die Küche. »Moin allerseits.« Er nahm sich den letzten freien Stuhl und setzte sich.

Pia schob ihm einen Becher Kaffee zu, während Enna bereits von den neuen Ermittlungen berichtete und den gestrigen Tag in Butjadingen zusammenfasste.

Jens Lange hatte einen Aktenstapel neben sich auf dem Tisch liegen. Paulsen nahm an, dass er bereits einen Teil der Ermittlungsakten quergelesen hatte und gleich davon erzählen würde.

»Klingt nach schwierigen Ermittlungen«, sagte Paulsen, als Enna sich zurücklehnte.

»Durchaus«, sagte Jens und tippte auf den Papierstapel. »Ich habe mich gestern schon mal an die Ermittlungsakten gemacht. Die Kollegen damals waren sehr gründlich. Ungewöhnlich für einen Vermisstenfall bei Erwachsenen.«

»Tjark Feddersen war ein VIP im Landkreis«, warf Pia ein.

»Wie auch immer«, sagte Jens. »Sie haben jede Spur ernst genommen und akribisch verfolgt. Ich habe beim Querlesen keine Ansatzpunkte für eine Neuaufnahme des Falles gefunden.«

»Sind das alle Akten?«, fragte Enna.

»Nein, keinesfalls. Ich habe noch fünfmal so viel in meinem Büro stehen. Wir sollten sie aufteilen und Punkt für Punkt durchgehen. Ich habe mir schon Gedanken gemacht, wer was nehmen könnte. Soll ich das kurz erklären?«

Enna schüttelte den Kopf und griff nach ihrer Tasche. »Wir vertrauen dir. Bring mir meinen Teil bitte ins Büro. Ich habe den Nordenhamer Kollegen versprochen, bei einer Zeugin vorbeizuschauen, die hier in Oldenburg wohnt. Wahrscheinlich dauert es nicht lange.«

Fünf

Isabell Kramer, die Jan Feddersen über Tinder kennengelernt hatte, wohnte im Norden von Oldenburg. Das dreigeschossige Mietshaus stand an einer der Hauptausfallstraßen und hatte schon bessere Zeiten erlebt.

Eine schlanke Frau Anfang dreißig öffnete Enna die Tür und sah sie fragend an. Enna hatte vom Büro aus ihre Festnetznummer gewählt und wieder aufgelegt, als Isabell Kramer sich gemeldet hatte.

Enna zeigte ihr den Ausweis. »Hätten Sie ein paar Minuten Zeit für mich?«

»Polizei? Ist es wegen Jan?«

Als Enna nickte, trat Isabell Kramer zur Seite und bat sie herein.

In der kleinen Küche bot die Frau ihr etwas zu trinken an, was Enna dankend annahm. Kurz darauf stand eine Tasse frisch gebrühter Tee vor ihr. »Jan hat mich angerufen. Ich soll bestätigen, dass er vorgestern bei mir war?«

»Ja, auch deshalb bin ich hier.« Enna nahm ihr Handy in die Hand. »Haben Sie etwas dagegen, wenn ich unser Gespräch aufnehme?«

»Nein.«

Enna schaltete die Aufnahme ein und sah auf. »Von wann bis wann war Herr Jan Feddersen am Sonntag bei Ihnen?«

»Jans Nachnamen kenne ich gar nicht. Aber wir werden wohl über den gleichen Mann sprechen.«

Enna hatte am Vortag Jan Feddersen darum gebeten, von ihm ein Foto machen zu dürfen. Sie öffnete jetzt die App auf ihrem Handy und zeigte Isabell Kramer die Aufnahme.

»Ja, das ist Jan.« Sie hielt kurz inne. »Wir haben uns am Nachmittag in der Fußgängerzone verabredet, dort im Café einen Kaffee getrunken und anschließend einen Gang durch den Schlossgarten gemacht.«

»Das war Ihr erstes Treffen?«

»Ja. Anschließend ist Jan noch zu mir mitgekommen.«

»Darf ich fragen, ob Sie sich wiedersehen werden?«

Isabell Kramer lächelte. »Sie dürfen. Ich kann Ihnen aber noch keine Antwort geben. Ich weiß es schlichtweg noch nicht.«

»Wie lange war Herr Feddersen am Sonntagabend hier?«

»Ich habe nicht so genau auf die Uhrzeit geachtet, aber kurz vor zehn könnte schon stimmen.«

»Sie haben sich gut verstanden?«

Isabell Kramer zog die Augenbrauen zusammen. »Stellen Sie immer solche Fragen, wenn Sie ein Alibi überprüfen?«

Enna entschloss sich, mit offenen Karten zu spielen. »Nein. Hat Herr Feddersen Ihnen am Telefon gesagt, warum wir Sie befragen werden?«

»Sein Onkel ist tot, ermordet, sagte Jan. Stimmt das?«

»Was genau geschehen ist, untersuchen wir gerade.«

»Und Jan ist verdächtig?«

»Nein«, sagte Enna. »Es ist Routine, dass man nahe Angehörige fragt, wo sie sich zum Todeszeitpunkt aufgehalten haben.«

»Er war hier. Das habe ich ja schon gesagt.«

»Darf ich noch einmal fragen, ob Sie sich gut verstanden haben?«

Isabell Kramer sah sie fragend an. »Wenn Sie mir verraten, warum Sie die Frage stellen.«

»Wir sind immer bemüht, mehr über die Menschen zu erfahren, die wir im Zusammenhang mit einem Verbrechen befragen. Mich würde Ihr erster Eindruck von Herrn Feddersen interessieren.«

Isabell Kramer zögerte eine Weile, bevor sie schließlich leise seufzte. »Es bleibt unter uns?«

»Selbstverständlich.« Enna beugte sich vor und schaltete die Aufnahme-App am Handy aus. »Das garantiere ich Ihnen. Es wird auch nicht im Protokoll stehen.«

»Ich war gerade nicht ganz ehrlich. Eigentlich habe ich schon beschlossen, Jan nicht wieder zu treffen. Er sieht gut aus, hat Manieren und scheint auch Geld zu haben. Aber so richtig habe ich keinen Draht zu ihm gefunden.« Sie machte eine kurze Pause. »Ja, wir hatten Sex. Er hat nicht darauf gedrängt, sondern abgewartet, bis ich aktiv geworden bin. Alles, wie man sich das wünscht.«

Enna hielt sich zurück, um Isabell Kramer nicht zu verunsichern. Sie hätte auf ihre Frage nicht antworten müssen und konnte jederzeit das Gespräch abbrechen.

»Klingt doch alles ganz gut für den Anfang, denken Sie sicher. Ich bin aber noch vorsichtiger geworden, seit ich mich über Tinder mit Männern verabrede. Was Sie nicht wissen, ich habe eine kleine Tochter. Sie ist jetzt fünf Jahre alt. Am Wochenende war sie bei ihrem Vater, deshalb konnte ich mich überhaupt mit Jan treffen.«

»Mein Sohn ist sechs und gerade in die Schule gekommen«, sagte Enna. »Ich kann das gut verstehen.«

»Sie sind auch alleinerziehend?«

»Ja, allerdings ist mein Mann bei einem Unfall ums Leben gekommen.«

»Oh, das tut mir leid. Das war sicher ein großer Einschnitt für Sie.«

Enna zögerte einen Augenblick. Sie sprach selten über Simons Tod und hielt sich vor allem bei Befragungen mit Privatem zurück. Isabell Kramer war ihr aber vom ersten Augenblick an sympathisch gewesen.

»Ja, das war es«, sagte Enna.

»Sicher auch für Ihren Sohn. Wenn ich mir vorstelle, dass mein Ex … Wir haben uns zwar getrennt, kommen aber sehr gut miteinander aus, gerade wenn es um unsere Tochter geht.«

Enna nickte.

»Jan weiß nicht, dass ich eine kleine Tochter habe. Ich habe schlechte Erfahrungen damit gemacht, wenn man bei dem Thema gleich mit der Tür ins Haus fällt. Trotzdem habe ich schon durchblicken lassen, dass ich Kinder mag. Jan hat gleich abgeblockt. Er könne sich nicht vorstellen, Vater zu sein. Das kam nicht wie ›ja mal sehen, was noch kommt‹, sondern wie eine unumstößliche Tatsache.«

»Ja, Männer haben da manchmal in der Hinsicht Probleme.« Enna musste an Aaron denken, der Elias von Anfang an in sein Herz geschlossen hatte und sich um ihn kümmerte, als sei er sein eigener Sohn.

»Ja, das weiß ich natürlich. Und viele reden auch so daher, aber bei Jan klang das anders.«

»Das ist der Grund, weshalb Sie sich nicht noch ein zweites Mal mit ihm treffen?«

Isabell Kramer schüttelte den Kopf. »Schon, aber nicht ausschließlich.« Sie wiegte den Kopf hin und her. »Wenn ich das doch beschreiben könnte. Irgendetwas Dunkles steckt in ihm. Etwas Gewalttätiges. Als wir miteinander geschlafen haben, da …« Sie brach ab, legte den Kopf in den Nacken und schloss die Augen. »Ich möchte Jan nichts Böses, verstehen Sie mich nicht falsch. Und er kann ja auch gar nicht seinem Onkel etwas angetan haben, weil er ja bei mir war.«

»Sie hatten ein ungutes Gefühl bei Herrn Feddersen? Kann man das so sagen?«

»Jan ist ein sehr kontrollierter Mensch. Er kam mir vor wie jemand mit Asperger-Syndrom. Man merkt es diesen Menschen manchmal kaum an, weil sie viele Verhaltensweisen und Reaktionen des Gegenübers sozusagen auswendig gelernt haben. Verstehen Sie, was ich meine?«

»Er spielt den empathischen Mann, der er aber eigentlich nicht ist.«

»Genau. So kam es mir vor. Als wenn er mir etwas vorspielen würde. Nicht um mich bewusst zu täuschen. Er hat mich nicht im eigentlichen Sinne angelogen, er hat nur gelernt, was sein Gegenüber von ihm erwartet, und reagiert entsprechend. Nur immer und in jeder Situation klappt das nicht. Dafür ist menschliche Kommunikation einfach zu vielfältig und nicht vorhersehbar.« Sie stockte. »Bitte legen Sie meine Worte nicht auf die Goldwaage. Ich bin keine Psychologin und sollte eigentlich auch nicht so über einen Bekannten oder Freund herziehen. Es ist wirklich nur mein ganz persönlicher Eindruck, der vollkommen falsch sein kann. Ich war ja auch nur ein paar Stunden mit ihm zusammen.«

»Machen Sie sich keine Sorgen«, sagte Enna. »Ich behandle alles, was ich von Ihnen gehört habe, absolut vertraulich. Und ich weiß auch, damit umzugehen.« Sie hielt kurz inne. »Sie wollten vorhin noch etwas sagen. Es ging um die Situation, als Sie mit Herrn Feddersen geschlafen haben.«

Isabell Kramer zögerte lange, bevor sie leise seufzte und aufsah. »Ja, ich weiß. Ich habe mich davor gedrückt. Diese Dinge sind nun mal sehr intim.« Als Enna sich leicht nach vorne beugte und etwas einwenden wollte, hob Isabell Kramer die

Hand. »Ich weiß, Sie behandeln es vertraulich. Nun gut, es gibt Frauen, die mögen es, wenn Männer beim Sex sehr dominant sind. Manche genießen es ja sogar, wenn sie am Bett fixiert oder sogar ausgepeitscht werden. Ich stehe nicht darauf. Jan war mir einfach zu forsch, um es nett auszudrücken. Ich mag es nicht, wenn mir jemand beide Hände um den Hals legt und zudrückt. Aber ich will ja niemanden wegen seiner Vorlieben im Bett verurteilen, das muss jeder selbst für sich entscheiden. Es ist ja letztlich nur ein Spiel oder sollte es sein.«

»War es kein Spiel bei Jan Feddersen?«

Sie lächelte. »Ich lebe ja noch. Er hat aufgehört, als ich ihm signalisiert habe, dass das nicht mein Ding ist. Aber ich habe die Wut in seinen Augen gesehen, darüber, dass ich nicht so weit gehen wollte, wie er es vorgegeben hat. Das war mehr als Enttäuschung. Ich hatte das Gefühl, als wenn er sich in der Situation kaum noch unter Kontrolle hatte. Verstehen Sie, was ich meine?«

Enna nickte.

»Als ob ihm jemand sein Spielzeug weggenommen hätte. Da kam kein Achselzucken, sondern unbändige Bitternis darüber, dass ich nicht funktionierte, so wie er sich das vorgestellt hatte. Er hat nichts gesagt oder sich beschwert oder mich gar angegiftet. Nein, es war nur dieser Blick, der mich zu einer Salzsäule hat erstarren lassen. Er war für einen kurzen Augenblick ein anderer Mensch.« Isabell Kramer stöhnte leise. »Jetzt habe ich ihn doch schlechtgemacht, obwohl ich mich eigentlich zurückhalten wollte.« Sie sah Enna ängstlich an. »Jan erfährt aber sicher nichts darüber, was ich Ihnen erzählt habe?«

»Nein. Ganz sicher nicht.«

Enna ging zu ihrem Dienstwagen und setzte sich ans Steuer. War das, was sie gerade gehört hatte, relevant für ihre Ermittlungen? BDSM-Praktiken standen weder unter Strafe noch wurden sie wie in früheren Zeiten im Verborgenen gelebt. Dass Isabell Kramer daran nicht interessiert war, konnte Enna nachvollziehen, aber war Jan Feddersen deshalb verdächtig? Sicher nicht. Wichtiger schien ihr da Isabells Eindruck, dass Jan Feddersen sehr kontrolliert agierte und darauf achtete, sich anzupassen. Sie würde mit Hajo Greven in Nordenham telefonieren und ihm ihre Eindrücke von der Befragung schildern, ohne zu viel zu verraten. Er würde entscheiden müssen, ob er Hinnerk Feddersens Neffen von seiner Verdächtigenliste streichen würde oder ihn weiter im Fokus hatte.

Enna startete den Motor und fädelte sich in den Verkehr ein.

Sechs

Enna tippte die letzten Zeilen des Protokolls der Befragung, verschickte es an Hajo Greven und fragte, ob sie am späten Nachmittag telefonieren könnten.

Nachdem sie sich einen neuen Becher Kaffee geholt hatte, griff sie nach dem ersten Ordner von dem Stapel, den Jens ihr zugeteilt hatte.

Tjark Feddersen war als Kreistagsabgeordneter des Kreises Wesermarsch in den Verdacht geraten, einer Firma, die in Butjadingen mehrere Windparks bauen wollte, massive Vorteile gegenüber Mitbewerbern verschafft zu haben. Der Staatsanwalt hatte ein halbes Jahr vor Tjark Feddersens Verschwinden nach einem anonymen Hinweis Ermittlungen aufgenommen. Zwei der Anlagen befanden sich zu dem Zeitpunkt im Bau, eine war bereits ans Netz gegangen.

Enna arbeitete sich ein weiteres Mal durch die vierzigseitige Zusammenfassung der staatsanwaltlichen Ermittlungsakten. Die vollständigen Unterlagen würden sie in Nordenham anfordern müssen. Enna hoffte, dass sie noch nicht vernichtet waren. Eine der unter Korruptionsverdacht stehenden Firmen war in Oldenburg ansässig. Tjark Feddersen hatte nicht nur unter Verdacht gestanden, sich dafür eingesetzt zu haben, dass die für die Windkraftanlage vorgesehenen Flächen günstig abgegeben wurden, sondern sollte auch Einfluss auf das Genehmigungsverfahren genommen haben.

Enna notierte sich die Namen der Personen, die befragt worden waren, und stellte sich eine Liste zusammen. Neben dem Vorstandsvorsitzenden des Windkraftunternehmens ALOH AG fanden sich hier Mitglieder der Bürgerinitiative, Kreistagsabgeordnete aus Tjark Feddersens Partei und Oppositionsparteien, Mitarbeiter der Kreistagsverwaltung in Brake und Anwohner der gebauten und geplanten Windkraftanlagen.

Nach zwei Stunden intensiver Arbeit schob sie die Unterlagen zur Seite und rief Albrecht Heinzen an.

»Hast du kurz Zeit für mich, Albrecht?«

»Ja, natürlich. Die Akten sind gut bei euch angekommen?«

»Wir sind schon dabei, sie durchzuarbeiten. Ich habe mir den Bereich der Korruptionsermittlungen vorgenommen. Du erinnerst dich daran?«

»Sicher. Ob ich noch jedes Detail im Kopf habe, kann ich dir nicht versprechen. Es ging da um Windkraftanlagen, die Planung und das Genehmigungsverfahren.«

»Genau. Leider habe ich nur eine Zusammenfassung der Staatsanwaltschaft auf dem Tisch. Könntest du dafür sorgen, dass uns die Originalakten nach Oldenburg geschickt werden?«

»Ja, ich kümmere mich darum.«

»Die Protokolle und Berichte der SoKo, die sich auf diese Sache beziehen, habe ich noch nicht durch. Da scheint mir auch einiges im Argen zu liegen.« Sie blätterte durch den Ordner. »Mir ist aber schon jetzt aufgefallen, dass die Durchsuchungen von Geschäftsräumen und Büros zu nichts geführt haben. Was entweder ein Zeichen dafür ist, dass die Anschuldigungen falsch waren, oder die Firmen und Personen wussten im Vorfeld von den geplanten Durchsuchungen.«

Kriminaldirektor Heinzen stöhnte leise auf. »Dachte ich mir schon, dass dir das nicht entgeht. Ich persönlich hatte ja mit den Ermittlungen im Korruptionsfall nur indirekt etwas zu tun, hatte aber auch den Verdacht, dass irgendwo ein Maulwurf sitzt. Entweder bei uns oder in der Staatsanwaltschaft.«

»Gab es Untersuchungen?«

»Ja, aber ohne Ergebnis.« Er hielt inne. »Hast du die anderen Akten auch schon gelesen?«

»Da sind die Kollegen mit beschäftigt.« Enna ahnte, worauf Albrecht Heinzen hinauswollte.

»Ich bin den Verdacht nie losgeworden, dass jemand aus meiner SoKo Informationen weitergegeben hat. Einige Vernehmungen liefen zu glatt, manche Aussagen klangen wie abgesprochen. Mein Stellvertreter Hans Ullrich hat sich der Sache angenommen, aber du weißt ja, wie schwierig solche internen Untersuchungen sind. Man will keine schlechte Stimmung unter den Kollegen und geht extrem vorsichtig vor.«

»Wo kann ich den Kollegen Ullrich finden?«

»Er ist schon eine Weile nicht mehr im Dienst. Frühpensioniert. Ich muss gestehen, dass ich nicht einmal weiß, warum er früher gegangen ist. Brauchst du seine Kontaktdaten? Ich kann mich gerne umhören.«

»Ja, wenn du dafür Zeit hast. Ich würde gerne mit ihm sprechen. Vielleicht hatte er ja einen Verdacht, den er aber nicht laut ausgesprochen hat.«

»Ich schick dir die Daten, sobald ich sie habe.«

Sie verabschiedeten sich. Enna war froh, dass ihr alter Chef und Freund nicht nach dem Stand der Ermittlungen gefragt hatte. Sie hatte kurz gezögert, ihn anzurufen, aber dann darauf vertraut, dass Albrecht Heinzen professionell mit der Situation umgehen und sie nicht unter Druck setzen würde.

Eine Viertelstunde später bekam sie von Heinzen eine Nachricht mit der Adresse und Telefonnummer. Sie griff nach dem Telefonhörer und gab die Nummer ein.

»Ullrich!«

»Hauptkommissarin Enna Andersen. Albrecht Heinzen hat mir Ihre Telefonnummer gegeben. Es geht um den Fall …«

»Ich weiß«, unterbrach er sie. »Tjark Feddersen und seine Frau sind gefunden worden. Oder das, was von ihnen noch übrig war.«

»Hätten Sie einen Moment Zeit für mich? Ich würde gerne kurz bei Ihnen vorbeikommen.«

»Selbstverständlich. Jetzt gleich?«

Das kleine Einfamilienhaus stand im Süden Oldenburgs in einem Baugebiet der Sechzigerjahre. Das Gartentor quietschte leise, als Enna es aufdrückte. Sie ging auf die Haustür zu, die geöffnet wurde, bevor sie klingeln konnte.

»Frau Andersen?«, fragte der grauhaarige schlanke Mann.

Enna nickte und reichte ihm die Hand. »Danke, dass Sie so spontan für mich Zeit haben, Herr Ullrich.«

Er führte sie in die Küche, in der bereits die Teekanne auf dem Stövchen stand. »Sie trinken doch eine Tasse Tee mit mir?«

»Gerne.«

Hans Ullrich schenkte ihr ein, nachdem Enna ein Kluntje in die Tasse gelegt hatte.

Enna trank einen Schluck Tee und setzte die Tasse wieder ab. »Wir haben nach dem Fund der skelettierten Leichen die Ermittlungen wieder aufgenommen.«

»Das habe ich mir schon gedacht. Ich habe die Arbeit Ihres Teams in der Presse verfolgt. Tadellose Bilanz, Respekt.«

»Danke. Darf ich Ihnen ein paar Fragen zu den damaligen Ermittlungen stellen?« Als Hans Ullrich nickte, fuhr Enna fort. »Albrecht Heinzen hat mir erzählt, dass er und Sie Angst hatten, jemand aus der SoKo würde Informationen weitergeben. Er sagte mir, dass Sie deshalb intern ermittelt haben.«

»Beides ist richtig. Ich konnte aber niemandem etwas nachweisen.«

»Aber?«, fragte Enna.

Hans Ullrich lächelte. »Oliver Denzin. Seinerzeit Oberkommissar in der SoKo. Er war einer von drei Kollegen, die Einblick in die Korruptionsermittlungen rund um Tjark Feddersen hatten. Ich konnte ihm nichts nachweisen und habe schließlich die Sache auf sich beruhen lassen, Denzin allerdings von bestimmten Informationen ferngehalten. Albrecht wusste nichts davon. Er hatte genug um die Ohren. Der Druck von allen Seiten war hoch. Ich muss aber noch mal betonen, dass ich ihm nie etwas nachweisen konnte. Ich würde Sie bitten, die Informationen absolut vertraulich zu behandeln und sich nicht darauf zu beziehen.«

»Das ist selbstverständlich«, sagte Enna. »War das Loch damit gestopft?«

»Dachte ich zumindest. Da sich das alles gegen Ende der SoKo abgespielt hat, war es nur schwer zu beurteilen. Und anschließend ist die SoKo Woche um Woche verkleinert worden, bis sie ein halbes Jahr nach dem Verschwinden des Ehepaars ganz eingestellt wurde. Um auf Ihre Frage zurückzukommen, aus heutiger Sicht habe ich es mir wohl etwas zu einfach gemacht. Vielleicht war Denzin in irgendeiner Weise in die Angelegenheit verstrickt, aber sicher nicht der entscheidende Trumpf im Spiel.« Hans Ullrich hielt inne. »Fragen Sie mich jetzt bitte nicht nach Fakten. Es ist so ein Gefühl, Intuition. Ich habe mich zu sehr auf Denzin versteift. Heute frage ich mich, warum ich keine Beweise gefunden habe, wo Denzin doch nicht der hellste Kopf war. Ich hätte etwas finden müssen.«

»Ist Oliver Denzin noch im Dienst?«

»Von seinem Alter her sollte er noch dabei sein. Er kam aus dem Polizeikommissariat Brake.« Hans Ullrich schenkte Enna Tee nach. »Sie werden es sicher schnell herausbekommen.«

»Vielen Dank für die Information. Sie könnte weiterhelfen.«

»Ich habe übrigens nie angenommen, dass Denzin der Täter sein könnte. Nur für den Fall, dass Sie gerade darüber nachgedacht haben.«

Enna lächelte. »Gut zu wissen. Sie brauchen aber keine Bedenken bezüglich Ihrer Informationen zu haben. Mein Team und ich nähern uns den alten Fällen von allen Seiten und versuchen, uns so unvoreingenommen wie möglich mit allen Personen im Umfeld des oder der Opfer zu beschäftigen.«

»Stelle ich mir nach so langer Zeit schwer vor«, warf Hans Ullrich ein. »Es ist doch für Zeugen und Verdächtige ein Einfaches, sich auf fehlende Erinnerung zu berufen.«

»Ja, das passiert häufig. Aber es gibt auch Menschen, denen bestimmte Zusammenhänge erst auffallen, wenn sie Jahre her sind.«

»So habe ich das bisher noch nie betrachtet«, sagte Hans Ullrich nachdenklich. »Für uns waren die berühmten achtundvierzig Stunden nach der Tat immer im Fokus. Aber es stimmt schon, die Aufregung und Anspannung der Zeugen ist in dieser Phase sicher nicht zu unterschätzen.«

»Sie hatten auch Hinnerk Feddersen in Verdacht?«

»Wir alle. Die beiden Männer lagen zu der Zeit schon lange im Streit, der nach unseren Recherchen zu einem regelrechten Kleinkrieg angewachsen war. Hinnerk Feddersen verstrickte sich immer wieder in Widersprüche, hatte für die Zeitspanne, in der das Ehepaar verschwunden ist, kein nachprüfbares Alibi und hat schließlich jede weitere Aussage verweigert. Wie Sie wissen, reicht ein solches Verhalten nicht, um jemand in U-Haft zu bringen. Eine Wohnungsdurchsuchung haben wir gerade noch genehmigt bekommen – mehr war nicht drin.«

»Gab es für die Streitigkeiten zwischen den Brüdern einen konkreten Anlass? War aktuell etwas passiert, was einen Streit hätte auslösen können?«

»Durchaus, auch wenn es erst später ans Tageslicht gekommen ist, also nach der Einstellung der Ermittlungen. Deshalb werden Sie es wohl auch nicht in den Akten finden.«

Enna warf dem ehemaligen Hauptkommissar einen fragenden Blick zu. »Später?«

»Hinnerk Feddersen wollte vor Gericht die Verteilung des Erbes anfechten. Er hatte zu Lebzeiten seiner Eltern eine Abfindung bekommen und auf sämtliche Ansprüche aus dem Erbe verzichtet. Der Anwalt, den er beauftragt hatte, starb ein Dreivierteljahr nach der Einstellung der Ermittlungen bei einem Unfall. Seine Frau hat die laufenden Fälle an eine befreundete Kanzlei übergeben. Dabei sind ihr die Unterlagen bezüglich der Erbangelegenheit in die Hände gefallen. Es ist ja nie eine Klage bei Gericht eingereicht worden, da Tjark Feddersen als vermisst galt. Hinnerk Feddersen hatte den Anwalt für seine Dienste bezahlt und alles auf Eis gelegt.«

»Und die Witwe hat die Akte der Polizei übergeben? Nicht ganz korrekt, oder?«

»Nein, natürlich nicht. Die Schweigepflicht war ja nicht durch den Tod des Anwalts erloschen. Der Frau war das wohl auch klar, deshalb hat sie sich privat an mich gewandt und mir die Akte gezeigt. Ich habe ihr dann abgeraten, sie offiziell zu übergeben. Da wäre nur erheblicher Ärger auf sie zugekommen und ich sah zu dem Zeitpunkt keine Möglichkeit, dass die Ermittlungen wieder aufgenommen werden würden. Da Hinnerk Feddersen jetzt ebenfalls nicht mehr lebt, spielt es ohnehin keine Rolle mehr.«

»Nicht für ihn, aber für uns. Sollte er der Täter sein, könnten wir zumindest den Fall ad acta legen.«

»Schwierig, wenn der Verdächtige schon tot ist. Vielleicht ist es ja kein Zufall. Ist schon klar, wie Hinnerk Feddersen gestorben ist?«

Enna hatte, kurz bevor sie zu Hans Ullrich aufgebrochen war, einen Anruf von Hajo Greven bekommen. Einer der Rechtsmediziner aus Oldenburg hatte ihm bestätigt, dass ein Tötungsdelikt vorlag.

»Die Kollegen in Nordenham gehen von Fremdeinwirkung aus.«

»Sieh an, welch ein merkwürdiger Zufall.« Ullrich schenkte sich und Enna Tee nach. »Aber um auf unsere damaligen Ermittlungen zurückzukommen – weswegen Sie ja zu mir gekommen sind –, wir hatten tatsächlich irgendwann das Gefühl, als würden wir Hase und Igel spielen. Immer schien jemand vor uns da gewesen zu sein. Um Spuren zu verwischen, um Aussagen abzusprechen, um uns auf falsche Fährten zu locken. Vielleicht waren wir nach den Wochen und Monaten schon paranoid geworden. Vielleicht aber auch nicht.«

»Hatten Sie keinen Verdacht über Oliver Denzin hinaus?«

Hans Ullrich zuckte leicht mit den Schultern. »Zu meiner Schande muss ich das verneinen. Aber ein Nobody hätte das nicht stemmen können und wie schon gesagt, Denzin war keine große Leuchte. Ich weiß, der große mächtige Unbekannte ist eine beliebte Variante, wenn man nicht weiterkommt. Aber ich bin, so sehr ich mich dagegen gewehrt habe, das Gefühl, etwas übersehen zu haben, nie losgeworden. Heute sehe ich die Angelegenheit etwas klarer als damals.«

Enna wiegte den Kopf hin und her. »An was denken Sie dabei? Könnte ein möglicher Maulwurf etwas mit den Korruptionsermittlungen gegen Tjark Feddersen zu tun haben? Vielleicht hat Feddersen vor seinem Verschwinden jemanden bei uns eingeschleust oder die Firmen, die von seiner«, sie malte Anführungszeichen in die Luft, »Unterstützung profitiert haben?«

»Das kann ich nicht beurteilen. Da wurde auch viel aufgebauscht. Letztlich ist kein Geld bei Feddersen gefunden worden, das nicht sauber zugeordnet werden konnte. Klar, er wird getrickst haben, aber es ging ihm meiner bescheidenen Meinung nach nur um Butjadingen. Das war sicher politisch nicht korrekt und vielleicht sogar ein Fall für den Staatsanwalt, aber persönlich hat er sich wohl kaum bereichert. Alles, was wir über ihn im Laufe der Ermittlungen erfahren haben, deutete hin auf einen Mann, der sich durchgesetzt hat, dem aber gleichzeitig seine weiße Weste wichtig war. Auf den Punkt gebracht: Ich glaube kaum, dass er im eigentlichen Sinne bestechlich war.«

»Und die Firmen, die von seiner Hilfe profitiert haben? Sie waren sicher nicht daran interessiert, dass ihre Rolle ans Tageslicht kommt.«

»Vermutlich nicht. Aber da kann ich Ihnen nicht weiterhelfen. Ich möchte auch keinen weiteren Kollegen aus der damaligen SoKo belasten. Es wäre unredlich. Das verstehen Sie sicher.«

Enna nickte. »Sie haben mir schon sehr weitergeholfen. Kann ich mich wieder an Sie wenden, wenn ich noch Fragen habe?«

»Gerne. Sie wissen ja, wo Sie mich finden. Etwas Kopfarbeit im Alter tut mir gut. So einfach ist das doch nicht mit dem Ruhestand. Ich vermisse die Arbeit mehr, als ich gedacht hätte.«

Sieben

Pias Handy machte sich bemerkbar. Alina, ihre Lebensgefährtin. Kurz überlegte sie, den Anruf abzulehnen, schob aber schließlich den Aktenberg zur Seite und nahm das Gespräch an.

»Weißt du schon, wann du nach Hause kommst?«, fragte Alina.

»Wir haben um fünfzehn Uhr noch ein Meeting. Das kann schon etwas dauern.«

»Wir wollten doch ins Theater. Hast du das vergessen?«

»Nein, natürlich nicht. Zwanzig Uhr, oder?«

»Heißt das, du willst direkt von der Arbeit ins Theater kommen?«

Pia atmete tief durch. Sie hasste diese Diskussionen. Alina studierte und passte hin und wieder auf Ennas Sohn auf. Sie war als Au-pair nach Deutschland gekommen und geblieben. »Es könnte knapp werden, aber ich versuche, spätestens eine Stunde vor dem Theater zu Hause zu sein.«

Alina schwieg.

»Ich verspreche es. Okay?«

»Soll ich dir schon etwas rauslegen? Weißt du, was du anziehen willst?«

»Nein, darüber habe ich überhaupt nicht nachgedacht.« *Und jetzt auch keinen Kopf dafür*, fügte sie in Gedanken hinzu. »Ich finde schon was.« Pia ahnte, dass Alina ihr eins ihrer wenigen Kleider heraussuchen und bügeln würde.

»Gut, ich kann ja schon mal schauen, was sauber ist.«

»Ja. Bis später, Alina.«

»Bis später.«

Pia legte das Handy zur Seite. Seit Alinas Heiratsantrag hatte Pia das Gefühl, dass ihre Beziehung nicht mehr so rund lief wie zuvor. Lag es an ihr? Hatte sie Angst vor einer Bindung, die ein Leben lang halten sollte? Alina ließ sich nichts anmerken, obwohl sie ganz sicher bemerkt hatte, dass Pia sich häufig hinter ihrer Arbeit versteckte. Alinas Coming-out bei ihren Eltern in Polen war nicht gut verlaufen. Ihr Vater weigerte sich seitdem, mit ihr zu sprechen, ihre Mutter weinte häufig am Telefon. An einen gemeinsamen Besuch in Polen war im Moment nicht zu denken. Alina schreckte selbst davor zurück, alleine zu fahren.

»Alles klar bei dir?«

Pia schaute auf, sie hatte nicht bemerkt, dass Paulsen in der Tür stand.

»Muss ja«, murmelte Pia.

»Hey, den Spruch hast du von mir geklaut.« Paulsen trat ins Büro und zog einen Stuhl zu sich her. »Ich sehe doch, dass es dir nicht gut geht.«

»Alles gut.« Sie deutete auf den Aktenstapel. »Bist du schon durch?«

»Willst du ablenken?«

»Verdammt, Paulsen, du hast mir besser gefallen, als du noch ein unsensibler Klotz warst.« Pia zuckte zusammen und ärgerte sich über ihre eigenen Worte. Paulsen meinte es gut mit ihr und hatte ihren Spott nicht verdient.

Paulsen lächelte gequält. »War ich das? Schlimm genug, oder?« Er sah sie direkt an. »Alina?«

Pia zuckte mit den Schultern. »Sie ist so verdammt fürsorglich. Ich bin das nicht gewohnt.« Sie sah Paulsen an. »Sorry für den Spruch gerade. War nicht so gemeint.«

»Kein Thema. So falsch lagst du ja nicht damit.«

Pia lächelte. »Trotzdem. So etwas sagt man keinem Freund.«

»Oder gerade. Schwamm drüber.« Er hielt kurz inne. »Ihr beide seid doch ein Traumpaar. Versau das nicht. Alina ist eine wunderbare Frau.«

»Ich weiß.«

»Aber?«

»Ach, Paulsen. Manchmal holt einen der Alltag halt ein. Man reagiert nicht richtig und nach und nach türmen sich die Probleme auf.«

»Man?«

»Verdammt, ich natürlich. Das war mein großer Traum, für immer mit Alina zusammen zu sein. Und jetzt …« Sie brach ab.

»… bekommst du kalte Füße?«, sagte Paulsen. »Dir ist schon klar, dass du gerade mit einem Experten in dieser Disziplin sprichst, oder?«

Pia musste unwillkürlich lächeln. »Weiß ich doch. Und? Hast du einen Rat für mich, du Experte?«

»Na ja, den ersten Schritt hast du ja schon gemacht. Du weißt um das Problem und machst dir Gedanken darüber.«

»Und der nächste Schritt?«

»Du musst einen Weg finden, wie du beides miteinander ausbalancierst. Eure gemeinsame Zeit und die, die du für dich brauchst. Werde dir darüber klar, wie weit du gehen willst oder kannst. Rede mit Alina darüber, findet Kompromisse, die für euch beide gut sind.«

»Reden. Einfacher gesagt als getan. Manchmal kommt es mir so vor, als wenn wir in zwei Welten leben würden.«

»Ein Stück weit ist das doch immer so. Alina ist in Polen aufgewachsen, ist katholisch und hängt an ihrer Familie. Habt ihr darüber gesprochen, wie es ihr damit geht, dass ihr Vater sie quasi verstoßen hat?«

»Nicht wirklich«, sagte Pia. »Ich kann nur schwer mit solchem Verhalten umgehen. Wie können die Eltern so hartherzig sein?«

»Das ist doch gar nicht die Frage. Weißt du, wie es Alina damit geht? Du musst ihr jetzt beiseitestehen. Sie sieht deine Eltern, die locker mit der Situation umgehen, und wird Angst haben, ihre zu verlieren.«

»Sie kann ihren Vater nicht zwingen, mit ihr zu reden«, sagte Pia.

»Es geht um Alina. Kümmere dich um sie und du wirst sehen, dass dir das auch hilft.«

Pia stöhnte leise. Was sollte sie machen? Sie sprach weder Polnisch noch konnte sie sich auf einer anderen Sprache mit den Eltern verständigen. *Aber darum geht es Paulsen doch gar nicht*, flüsterte ihr eine innere Stimme zu.

»Ich denke drüber nach«, sagte Pia und schaute auf die Uhr. »Ich bin noch nicht ganz durch. Wir sehen uns gleich in der Besprechung.«

Enna berichtete von dem Gespräch mit Hans Ullrich und fasste ihren Teil der Akten zusammen. Pia konnte ihr nur mit Mühe folgen. Ihre Gedanken kreisten um Alina und den Ratschlag, den Paulsen ihr gegeben hatte. Ausgerechnet er, der sich bisher immer als Beziehungslegastheniker bezeichnet hatte.

Enna öffnete ihren Laptop. Die altehrwürdige Flipchart war seit Kurzem aus dem Büro verschwunden. Sie hatte einem Beamer, der an der Decke montiert war, weichen müssen. Auf der Wand vor ihnen erschien die Oberfläche von Ennas Grafikprogramm, auf dem bereits Namen verzeichnet waren.

»Oliver Denzin«, sagte Enna und zog eine Linie zu dem getöteten Ehepaar und eine zweite zu Hinnerk Feddersen. »Gab es Kontakte zwischen Denzin und Tjark oder Hinnerk Feddersen?«

»Ist Denzin noch Kollege?«, fragte Jens.

»Nein. Er hat sich zwei Jahre nach Ende der SoKo verabschiedet und arbeitet seitdem bei einem Windkraftunternehmen als Sicherheitschef.«

»Bei *dem* Unternehmen?«, fragte Paulsen.

»Ja, es handelt sich um die ALOH AG, die damals auch unter Verdacht stand, Einfluss auf Entscheidungen genommen zu haben.«

»Lustig«, sagte Pia. »Manchmal toppt die Realität doch jedes Klischee.«

»Denzin wohnt weiter in Nordenham, arbeitet aber wohl überwiegend in Oldenburg. Wir werden morgen mit ihm sprechen. Wer will mich begleiten?«

Paulsen hob leicht die Hand, Enna nickte. »Gut. Hans Ullrich hat sich schwer damit getan, mir weitere Kollegen zu nennen, die er im Verdacht hatte. Ich habe das akzeptiert. Trotzdem sollten wir überprüfen, wer von den SoKo-Mitgliedern noch an den Korruptionsermittlungen beteiligt war oder in irgendeiner Weise damit in Kontakt gekommen ist.« Sie warf einen Blick zu Jens. »Kannst du dich darum kümmern?«

Als Jens nickte, tippte Enna einen weiteren Namen ein. »Gerrit Hansen.« Sie blendete ein Foto ein. »Er war seinerzeit in der Kreistagsopposition und Tjark Feddersens erbitterter Gegenspieler. Alles sah danach aus, als wenn er Feddersen gefährlich werden könnte. Allerdings ist er über einen Skandal gestolpert. Er hatte eine Affäre mit der Frau eines Parteikollegen. Eigentlich keine Meldung wert, aber die beiden Männer konkurrierten um einen Erfolg versprechenden Platz auf der Landesliste zur Landtagswahl. Hansen hatte sich durchgesetzt, mutmaßlich indem er Gerüchte über das Privatleben seines Konkurrenten verbreitete. Die Ehefrau des Kandidaten ging mit dem anderen ins Bett und versorgte ihn mit schmutzigen Informationen über ihren Ehemann. Da stand natürlich im Raum, ob Hansen die Frau ausgenutzt hatte oder die Frau Hansen, um ihren Ehemann fertigzumachen. Als die Sache schließlich öffentlich wurde, hat der Ehemann Suizid begangen. Es ist nie herausgekommen, wer der Presse die Information gesteckt hat.«

»Tjark Feddersen?«, warf Pia ein.

»Der Provinzjournalist hat sich kurz nach der Geschichte einen neuen Job in Bayern gesucht und verweigerte die Aussage zu seiner Quelle.«

»Gerrit Hansen lebt noch?«

»Ja, er wohnt in einem Haus direkt am Weserdeich. Wir werden ihn befragen.« Enna schrieb den nächsten Namen. »Karsten Schmidt. Er arbeitete vor zwanzig Jahren in der Kreisverwaltung in Brake. Im Zuge der Korruptionsermittlungen ist er zwar nicht angeklagt worden, aber er wurde zwei Monate vor dem Verschwinden des Ehepaars gekündigt beziehungsweise sein Vertrag wurde im gegenseitigen Einverständnis aufgehoben. Die SoKo ging damals davon aus, dass Schmidt eine Art Bauernopfer war, mit dem Feddersens Partei ihren Vorsitzenden schützen wollte. Karsten Schmidt ist anschließend nach Bremen, hat dort in einer Firma als Sachbearbeiter gearbeitet und ist inzwischen pensioniert. Vor einem Jahr ist er zurück nach Butjadingen in sein Elternhaus gezogen, das er zuvor vermietet hatte. Auch ihn werden wir befragen müssen.«

Enna schloss ihren Bericht mit weiteren Details und übergab an Paulsen. Seine Akten befassten sich mit dem Umfeld der Partei, der Tjark Feddersen angehört hatte. Er war zum Zeitpunkt seines Verschwindens zwölf Jahre Kreisvorsitzender gewesen, hielt laut Zeugen wenig von Teamarbeit und viel von zentraler Führung. Alle Aktivitäten liefen über seinen

Schreibtisch oder das Parteibüro, das auf Feddersens Drängen von Brake nach Nordenham verlegt worden war. Dort arbeiteten zwei Frauen und ein Mann, die von Feddersen ausgesucht worden waren.

»Ich habe bisher nie Einblick in die Arbeit einer Partei gehabt«, sagte Paulsen. »Vielleicht ist das ja überall so, aber laut Zeugenaussagen war das ein Hauen und Stechen in der Organisation. Da hat niemand dem anderen die Butter auf dem Brot gegönnt. Sich da so lange als Vorsitzender durchzusetzen, bedeutet, dass man sich nicht nur Freunde gemacht hat. Es sind eine Reihe von Parteikollegen befragt worden, von denen einer mit Feddersen einen Dauerkonflikt hatte, der am Schluss – das war vier Monate vor dem Verschwinden der Feddersens – in einer körperlichen Auseinandersetzung gipfelte. Tjark Feddersen hat Peet Thamen angezeigt, der wiederum Feddersen. Die Ermittlungen sind nie aufgenommen worden und die Akte wurde nach Feddersens Verschwinden geschlossen. Peet Thamen ist Bauunternehmer und lebt und arbeitet in Brake. Wir sollten ihn auf jeden Fall auf die Liste setzen.«

Enna tippte seinen Namen ein und umkreiste ihn mit einer blauen Linie. »Was ist mit den Mitarbeitern des Parteibüros?«

»Wollte ich gerade zu kommen. Interessant ist eine Frau, damals Mitte zwanzig, also jetzt Mitte vierzig, die dort als Assistentin des Vorsitzenden gearbeitet hat.«

»Ich kann mir schon denken, was passiert ist«, warf Pia ein.

»Sie hat ihn wegen sexueller Übergriffe angezeigt, die Ermittlungen sind allerdings eingestellt worden, da die Anzeige zurückgezogen wurde. Die Frau hat gleich nach dem Vorfall gekündigt und ist nach Bremen gezogen, wo sie immer noch wohnt und arbeitet. Das Ganze hat sich ein halbes Jahr vor Feddersens Verschwinden abgespielt.«

»Und du denkst, sie hat etwas mit dem Tod von Feddersen und seiner Frau zu tun?«, fragte Pia. »Nicht dein Ernst, oder?«

»Pia, seit wann gehen wir so an die Ermittlungen ran?«, sagte Paulsen. »Weder bekommt jemand einen Persilschein noch einen ungerechtfertigten Verdächtigenstempel.«

Pia hob die Hand. »Sorry, ich habe überreagiert. Mach doch weiter.«

»Sandra Larsen ist ihr Name. Ich konnte sie bisher telefonisch nicht erreichen. Ich versuche es weiter.«

»Ist Frau Larsen seinerzeit befragt worden?«, fragte Jens. »Ich habe nichts zu ihr gefunden.«

»Nein, ist sie nicht. Sie befand sich auf einer einmonatigen Reise mit einem Wohnmobil. Später ist es offensichtlich vergessen oder als nicht mehr wichtig eingeschätzt worden.« Paulsen warf einen Blick auf seine Notizen. »Ich bin so weit durch. Es gibt noch einige Personen, die damals befragt wurden, aber ich konnte aus den Protokollen keine Anhaltspunkte herauslesen, die für uns relevant sein könnten.«

»Jens, willst du weitermachen?«

Jens Lange richtete sich auf dem Stuhl auf und warf einen schnellen Blick auf seine Aufzeichnungen. Er berichtete, dass er zusammen mit Pia die Berichte und Protokolle durchgegangen sei, die sich auf das persönliche Umfeld des Ehepaars bezogen. Er hatte sich auf die Verwandten des Ehepaars konzentriert, während Pia für den Freundeskreis und die Mitarbeiter des Hofes zuständig gewesen war.

»Neben dem Sohn und dem Bruder plus Ehefrau gibt es eine große Verwandtschaft«, sagte Jens. »Die Großeltern väterlicherseits hatten zwölf Kinder, die wiederum alle zwischen drei und sechs Kinder bekommen haben. Viele von ihnen leben noch in der Region, andere sind in Deutschland und der ganzen Welt verstreut. Die SoKo hat sich auf die regionalen Verwandten konzentriert. Hier natürlich zunächst auf den Sohn und den Bruder.«

Jens hatte sich den Sohn vorgenommen. Jan Feddersen war vierzehn Jahre und fünf Monate alt gewesen, als seine Eltern als vermisst gemeldet wurden. Er besuchte zu der Zeit die neunte Klasse des Gymnasiums in Nordenham.

»Ein Psychologe hat mit dem Jungen gesprochen. Er war der Meinung, dass er für sein Alter ausgesprochen erwachsen wirkte. Emotional hat er laut dem Psychologen, der zwei Tage nach der Vermisstenmeldung mit Jan Feddersen gesprochen hat, das Verschwinden seiner Eltern gut verkraftet.« Jens sah in die Runde. »Was immer das auch heißen mag.«

Jan Feddersen war ausschließlich in Anwesenheit des Psychologen oder einer Person des Jugendamts befragt worden. Er war am Tag des Verschwindens seiner Eltern in der Schule gewesen und erst am Nachmittag nach Hause gekommen. Am späten Nachmittag hatte er seinen Onkel angerufen und berichtet, dass seine Eltern nicht auf dem Hof seien und auch die Mitarbeiter nicht wüssten, wo sie seien. Hinnerk Feddersen war daraufhin aus Nordenham direkt zum Hof gefahren, hatte dort mit seinem Neffen gewartet und noch am selben Abend die Polizei informiert.

»Erst am nächsten Morgen sind die Kollegen dort aufgetaucht«, fuhr Jens fort. »Zunächst eine Streife, später zwei Kollegen in Zivil.«

»Ist der Junge nie verdächtigt worden?«, fragte Paulsen. »Wie ich gehört habe, hat er heute eher meine Statur. Da wird er doch als Jugendlicher kein Dreikäsehoch gewesen sein.«

»Nein«, antwortete Jens. »In den Protokollen ist nichts zu finden. Es scheint nicht einmal überprüft worden zu sein, ob er in der Schule war und ob seine Angaben für den Nachmittag korrekt waren. Zumindest finden sich darüber keine Angaben in den Akten.«

»Na super«, murmelte Paulsen.

»Dagegen ist sein Onkel umso mehr unter die Lupe genommen worden. Sie haben sein Haus und sein ganzes Leben auf den Kopf gestellt, aber nichts gefunden. Und in diesem Fall heißt nichts wirklich ganz und gar nichts. Er war absolut sauber.«

»Hatte er ein Alibi für den Tag?«, fragte Pia.

»Ja und nein. Er war zu der Zeit bei einer Firma beschäftigt, die Landmaschinen verliehen hat. Unter anderem auch im Außendienst. Bis kurz vor sechzehn Uhr an diesem Tag konnte er lückenlos nachweisen, wo er war. Anschließend hat er einen Kunden besucht, den er aber nicht angetroffen hat. Von daher hätte er theoretisch danach die Möglichkeit gehabt, seinen Bruder und die Schwägerin zu töten und sie anschließend zu vergraben.«

Jens berichtete von den Ermittlungen im weiteren Verwandtenkreis, die alle keine Ergebnisse gebracht hatten. Auch wenn Tjark Feddersen nicht sehr beliebt gewesen war, konnte in der Familie kein Motiv für eine Entführung oder Ermordung gefunden werden. Seine Frau Eefke hingegen wurde als ausgesprochen angenehme Person beschrieben, der der Kontakt zu ihren weitläufigen Verwandten wichtiger gewesen sei als ihrem Mann.

»Dann bin ich wohl dran«, sagte Pia, die während der letzten halben Stunde immer wieder auf die Uhr geschaut hatte. »Die Mitarbeiter des Hofes wurden gründlich durchleuchtet. Tjark Feddersen hat sich ihnen gegenüber aber offensichtlich fairer verhalten als in der Branche üblich. Ich habe mal etwas recherchiert. Es war schon zu der Zeit schwierig, gute oder überhaupt Mitarbeiter für die Landwirtschaft zu bekommen. Ich vermute, dass er deshalb seine Leute sehr zuvorkommend behandelt hat. Kurzum: Es haben sich keine Motive für die Tat gefunden.«

»Wie viele Mitarbeiter waren dort angestellt?«, fragte Enna.

»Zu dem Zeitpunkt fünf. Einer von ihnen, Johann Dirks, war so eine Art Vorarbeiter. Und rechte Hand von Tjark Feddersen. Er blieb auch noch eine Weile nach der Übernahme des Hofes durch den Bruder. Wenn Zeit ist, sollten wir ihn vielleicht befragen. Er war an dem Tag nicht auf dem Hof. Zur fraglichen Zeit hat er in Oldenburg einen Freund besucht, der das bestätigt hat.«

Enna tippte den Namen ein und die Funktion des Mannes. »Wo lebt er?«

»Er hat, drei Jahre nachdem Hinnerk Feddersen den Hof übernommen hatte, gekündigt und einen kleinen Bauernhof erworben. Den betreibt er im Nebenerwerb. Sprich, er hat noch einen Brotjob im Raiffeisen-Landhandel.«

»Was ist mit dem Freundeskreis?«, fragte Paulsen und schaute auf die Uhr. »Ich müsste in einer halben Stunde los. Ist das in Ordnung?«

Pia hatte aus dem Augenwinkel gesehen, dass Paulsen ihr immer wieder einen kurzen Blick zugeworfen hatte. Er schien bemerkt zu haben, dass sie auf heißen Kohlen saß.

»Ja, wir sollten spätestens in einer halben Stunde Schluss machen«, sagte Enna.

Pia berichtete weiter vom Freundeskreis der Familie. Eefke Feddersen hatte nach Zeugenaussagen den Kreis zusammengehalten, Einladungen ausgesprochen und die eine oder andere Ungeschicklichkeit ihres Mannes ausgeglichen.

»Die Kollegen haben damals keine Anhaltspunkte für ein Motiv gefunden und nach unzähligen Zeugenbefragungen den Ermittlungsstrang ad acta gelegt.«

»Hatte die Familie besonders gute Freunde?«, fragte Enna.

»Als Familie wohl nicht. Aber Eefke Feddersen hatte eine Freundin, mit der sie wohl sehr viel zusammen gemacht hat. Doris Bruhn. Sie betreibt ein Café in Fedderwardersiel. Das liegt ganz oben an der Wesermündung und ist ein beliebter kleiner Touristenort. Vom Hof der Feddersens ist das etwa zehn Kilometer entfernt. Mit ihr sollten wir vielleicht sprechen. Wenn jemand etwas über die Ehe der Feddersens erzählen kann, dann sie. Bei der Befragung damals hat sie sich sehr zurückgehalten, was ja nachvollziehbar ist, da ihre Freundin zu der Zeit noch als vermisst galt.«

»Heute könnte es durchaus anders sein«, stimmte ihr Enna zu und tippte den Namen ein. »Es gab also keine Gerüchte über eine Ehekrise?«

»Nicht direkt. Aber zwischen den Zeilen war hier und da schon etwas zu spüren. Wie gesagt, wir sollten Doris Bruhn befragen.«

»Ist von den Familienfreunden etwas zum Sohn gekommen?«, fragte Paulsen.

»Da wollte ich gerade zu kommen.« Pia schlug die Seite in ihrem Notizbuch um. »Er war nur selten bei den Freundschaftstreffen dabei. Zwei Zeuginnen beschreiben ihn unabhängig voneinander als ruhig und in sich gekehrt.«

»Was er ja nach Ennas Beschreibung jetzt nicht mehr ist«, warf Paulsen ein.

Pia nickte. »Ja, da muss eine erhebliche Wandlung stattgefunden haben. Eine weitere Zeugin meinte, dass der Sohn sehr unter seinem Vater leiden würde. Also, zu dem Zeitpunkt war ja noch nicht klar, dass Tjark Feddersen und seine Frau tot waren.«

Enna fasste noch einmal kurz die Ergebnisse zusammen, verteilte die Aufgaben für den nächsten Tag und schloss das Meeting.

Acht

Am nächsten Morgen holte Enna Paulsen vor dem Kommissariat ab. Er öffnete die Beifahrertür und ließ sich in den Sitz fallen.

»Was ist eigentlich mit Pia los?«, fragte Enna.

»Die nächste Phase der Partnerschaft.«

»Die beiden haben doch keinen Streit?«

»Nein, Pia bekommt kalte Füße. Aber erzähl ihr nicht, dass ich dir das gesagt habe. Die beiden bekommen das schon hin. Ist halt nicht so einfach, wenn man noch jung ist.« Paulsen grinste. »Manchmal auch nicht, wenn man so alt ist wie ich.«

Enna fragte nicht weiter und startete den Motor.

Der Firmensitz der ALOH AG lag in einem großen Gewerbegebiet am Rand der Stadt. Das dreigeschossige moderne Gebäude aus Beton und Glas wirkte trotz der rustikalen Umgebung repräsentativ. Auf dem großen firmeneigenen Parkplatz standen an die fünfzig Fahrzeuge. Enna parkte auf einem der Besucherplätze und stieg aus.

»Chic«, murmelte Paulsen.

Enna sah an dem Gebäude hoch. »Ja, durchaus.« Sie bemerkte an einem der Fenster im dritten Stock einen Mann, der sie zu beobachten schien. Eine halbe Stunde bevor Enna aufgebrochen war, hatte sie Oliver Denzin telefonisch erreicht und sich angemeldet.

»Ist er das?«, fragte Paulsen, dem der Mann auch aufgefallen war.

»Ich denke schon.«

Im Foyer meldeten sie sich an, bekamen einen Besucherausweis und wurden kurz darauf von dem Mann am Fenster begrüßt, der sich als Oliver Denzin vorstellte und sie in sein Büro führte.

Denzin musterte Ennas Visitenkarte. »Ich habe von Ihrer Einheit gelesen. Respekt.« Er zeigte auf einen Besuchertisch mit sechs Stühlen. »Möchten Sie etwas trinken?«

»Danke, im Moment nicht.«

»Bitte!« Denzin wartete, bis Enna und Paulsen sich gesetzt hatten. »Was kann ich für Sie tun?«

»Tjark und Eefke Feddersens Leichen sind gefunden worden. Wir haben die Ermittlungen wieder aufgenommen.«

»Oh, davon hatte ich noch gar nichts gehört.«

»Das ist auch noch nicht veröffentlicht worden«, sagte Enna. »Dürfen wir Ihnen ein paar Fragen stellen?«

»Gerne, auch wenn ich nicht weiß, was ich als kleines Mitglied der damaligen SoKo zu Ihren Ermittlungen beitragen kann.«

»Wir arbeiten im Moment die alten Akten durch und haben natürlich bereits mit Albrecht Heinzen, Hans Ullrich und weiteren Kollegen gesprochen, die seinerzeit in der SoKo waren. Als Beamter aus Nordenham kannten Sie die Gegend und Menschen ja besonders gut.«

»Ja, auch aus dem Grunde war ich wohl in der SoKo.«

»Kannten Sie Tjark Feddersen und seine Frau bereits vor den Ermittlungen?«, stellte Enna ihre erste Frage.

»Seine Frau nicht, aber er war ja eine bekannte Persönlichkeit im Kreis Wesermarsch. Ob ich ihm einmal persönlich begegnet bin, kann ich überhaupt nicht sagen, aber …« Er dachte einen Moment nach. »Nun ja, wenn Sie die Akten haben, werden Sie wissen, dass gegen Herrn Feddersen Ermittlungen liefen. Ich war daran auch beteiligt.«

»Kriminaldirektor Heinzen sprach davon. Allerdings haben wir die Akten zu den Korruptionsvorwürfen noch nicht durchgearbeitet. Worum ging es dabei genau?«

»Die Ermittlungen waren sehr umfangreich. Es ging um verschiedene Bauvorhaben im Kreis und vor allem in Butjadingen. Unter anderem war auch mein jetziger Arbeitgeber mit im Fokus. Die Ermittlungen sind allerdings eingestellt worden.«

»Ihre Firma hat Windkraftanlagen in Butjadingen errichtet?«

»Nicht nur dort.« Er griff nach einer Broschüre, schlug sie auf und reichte sie Enna. »Jeder rote Punkt ist ein Standort. Wir sind zwischen Ems und Weser sehr aktiv.«

»Wie kamen Sie dazu, gerade hierher zu wechseln?«, fragte Paulsen.

»Das hat sich so ergeben. Ein gutes Angebot, ich habe die Chance genutzt.« Er sah sich um in dem großzügigen Büro. »Wer träumt als Polizist nicht von so einem Ambiente, geregelte Arbeitszeiten bei doppeltem Gehalt.«

»Sie waren an den Vernehmungen von Hinnerk Feddersen beteiligt?«, fragte Enna, die die Antwort allerdings schon kannte.

»Nicht an allen, aber wenn ich nicht selbst mit im Raum saß, habe ich es auf dem Bildschirm verfolgt. Es ist allerdings schon so lange her, dass ich mich an Details nicht erinnere.« Er lächelte. »Dafür sind ja auch die Akten da.«

»Wie war Ihr Eindruck von Hinnerk Feddersen?«, fragte Enna. »Daran können Sie sich doch sicher erinnern?«

»Mein Eindruck? Ein sehr ambivalenter Mensch. Auf der einen Seite schien er seinen Bruder dafür zu hassen, dass er ihm seinen Lebenstraum geraubt hatte, auf der anderen Seite machte er sich durchaus Sorgen um seinen Bruder. Gerade in der Anfangszeit gingen wir ja von einer Entführung aus. Später haben wir natürlich auch in andere Richtungen ermittelt.«

»Sie hatten ihn in Verdacht? Sie persönlich, meine ich.«

»Nicht nur ich. Wir alle haben auf ihn getippt. Es stimmte einfach alles. Aber letztlich haben wir wohl unsere Zeit damit vergeudet. Wir hätten uns lieber auf andere Spuren konzentrieren sollen.«

»Zum Beispiel?«

»Der Sohn. Haben Sie ihn schon kennengelernt?«

Enna nickte.

»Kommt er immer noch nach seinem Vater? Eigensinnig, rechthaberisch, von oben herab?«

»Sie waren bei seinen Befragungen dabei?«

»Per Videoübertragung. Er hat auf kleinen Jungen gemacht, aber seine Augen erzählten mir etwas anderes. Hass, lodernder Hass.«

»Das haben Sie über die Aufzeichnung sehen können?«, fragte Paulsen.

»Nein, selbstverständlich nicht. Eine halbe Stunde durfte ich mit ins Vernehmungszimmer. Das hat mir gereicht.« Er hob entschuldigend die Arme. »Aber niemand wollte auf mich hören.«

Enna hatte, als der Ex-Polizist Jan Feddersen als Verdächtigen ins Spiel brachte, der Atem gestockt. Sie musste unwillkürlich daran denken, wie es ihr damals ergangen wäre, wenn sie des Mordes an ihren Eltern verdächtigt worden wäre. Machte ihr dieser Fall persönlich mehr zu schaffen, als sie sich selbst eingestehen wollte?

»Ich würde gerne noch einmal auf die Korruptionsvorwürfe gegen Tjark Feddersen zurückkommen«, übernahm sie wieder die Gesprächsführung. »Sie hatten in der Sache wie in dem Vermisstenfall einen guten Einblick in die Ermittlungen.«

»Das ist richtig.«

»Glauben Sie persönlich, dass etwas an den Anschuldigungen dran war?«

»Definitiv nein. Tjark Feddersen stand über viele Jahre im Zentrum der politischen Auseinandersetzungen. Er konnte austeilen wie kein anderer. Das Ergebnis war, dass ihm etwas angehängt werden sollte. Wehren konnte er sich nicht mehr richtig, da die Ermittlungen zunächst vertraulich geführt wurden. Offengelegt wurden sie – und auch nur in Teilen – erst zwei Wochen vor seinem Verschwinden. Ich bin immer davon ausgegangen, dass es sich um eine Intrige seiner politischen Gegner gehandelt hat. Aus seiner eigenen Partei oder aus der Opposition.«

»Danke für Ihre offenen Worte«, sagte Enna. »Einen wichtigen Punkt haben wir noch. Es gab seinerzeit Gerüchte, dass Informationen aus dem Kreis der SoKo weitergegeben wurden. Haben Sie eine Ahnung, um wen es sich gehandelt haben könnte?«

Der plötzliche Themenwechsel schien Oliver Denzin zum ersten Mal aus dem Konzept zu bringen. Er räusperte sich leise, schob den leeren Block, der vor ihm auf dem Tisch lag, zur Seite und wieder zurück, lächelte schließlich mit leicht verkrampfter Miene. »Ein Maulwurf? Ihr Ernst? Davon habe ich nie etwas mitbekommen.«

»Es gab interne Untersuchungen, nicht öffentlich.«

Denzin drückte seinen Rücken durch, nickte. »Dann kann ich ja auch nichts davon wissen.« Er hielt inne und sah zwischen Enna und Paulsen hin und her. »Sie wollen jetzt aber nicht behaupten, dass mein Name in diesem Zusammenhang genannt wurde. Das wäre zu billig. Weil ich bei der Truppe hingeschmissen und zum Feind gewechselt habe? Ist es das, was Sie andeuten wollen?«

Oliver Denzin schien vollkommen ruhig zu sein. Seine Stimme klang, als habe er ihnen etwas zu trinken angeboten, und nicht, als wäre er gerade der Korruption verdächtigt worden.

»Das war erst mal nur eine Frage«, sagte Enna und hielt seinem Blick stand. »Niemand von uns hat gesagt, dass Sie etwas damit zu tun haben.« Enna zog die Augenbrauen zusammen. »Oder haben Sie?«

Oliver Denzin erstarrte für einen Moment, lächelte Enna aber im nächsten an. »Was für eine Frage. Würde ich sie wirklich mit Ja beantworten, wenn etwas dran wäre? Wohl kaum. Warum fragen Sie dann? Um mich zu provozieren? Tut mir leid, das wird nicht funktionieren. Ich habe weder etwas von einem Maulwurf gehört noch irgendetwas damit zu tun. Sollten Sie etwas anderes verlauten lassen, wäre ich gezwungen, juristisch gegen Sie vorzugehen. Das verstehen Sie sicher …«, er sah auf die Visitenkarte und ließ sich einen Augenblick länger Zeit, als zum Lesen nötig gewesen wäre, »… Frau Hauptkommissarin Andersen.« Er stand auf. »Und jetzt entschuldigen Sie mich. Ich habe Termine.«

»Das war doch mal ein bühnenreifer Auftritt«, spottete Paulsen, als sie auf Ennas Dienstwagen zugingen. »In der Kneipe hätte ich dem Typen eine verpasst. Schade, dass wir das nicht dürfen.«

»Sag mir lieber, was du von ihm hältst.«

Paulsen wandte sich ruckartig zum Firmengebäude um und winkte in den dritten Stock hoch.

»Und?«, fragte Enna, die zwar stehen geblieben war, sich aber nicht umgedreht hatte.

»Er stand am Fenster und schaute uns nach. Das Handy am Ohr. Muss ich noch mehr sagen?«

»Wie alt ist Karsten Schmidt heute?«, fragte Paulsen, der kurz zuvor die Adresse von Schmidt ins Navi eingegeben hatte.

»Achtundsechzig. Ich habe ihn gestern noch angerufen und uns für heute Vormittag angemeldet.«

»Bauernopfer hast du ihn genannt. Verurteilt wurde er aber nie, oder?«

»Nein. Das schien mehr zur Beruhigung der Lage gewesen zu sein. Er hat drei Abmahnungen bekommen und ist schließlich im gegenseitigen Einverständnis gegangen. In den Befragungen hat er sich sehr zurückgehalten und quasi die Aussage verweigert. Ob das jetzt Strategie war, um sich nicht zu belasten, oder er keinen weiteren Ärger aus der Kreisverwaltung haben wollte, konnte ich nicht herauslesen.«

Sie schwiegen eine Weile, bis Paulsen laut seufzte. »Ich habe kein gutes Gefühl bei der ganzen Sache. Wir hätten das den Kollegen vor Ort überlassen sollen. Sie hätten noch einmal die Akten gewälzt und den Fall irgendwann geschlossen. Klappe zu, Affe tot.«

»Und Hinnerk Feddersen?«

»Ist nicht unser Fall und du weißt, dass das ein Fehler ist. Wie groß ist die Wahrscheinlichkeit, dass sein Tod nichts mit dem alten Fall zu tun hat? Ein Prozent oder vielleicht zwei. Das wäre schon hoch gegriffen. Wenn überhaupt, ist der Tod des Bruders der Schlüssel. Das riecht mir alles nach einem großen beschissenen Kompromiss. Ja niemandem auf die Füße treten. Arbeiten wir neuerdings so oder hat das mit deiner speziellen Beziehung zum Kriminaldirektor zu tun?«

»Bist du fertig?«, fragte Enna in unwirschem Ton. Sie ärgerte sich im gleichen Augenblick, ihre Emotionen nicht im Griff gehabt zu haben. Paulsen hatte recht mit dem, was er sagte, trotzdem hätte er es etwas vorsichtiger formulieren können.

Er hob die Hände. »Sorry, wollte dir nicht zu nahe treten.«

»Schon gut. Ich bin bei dem Thema etwas dünnhäutig. Ich bin mit Albrecht Heinzen befreundet und er war für mich da, als ich ihn brauchte. Aber das heißt nicht, dass ich oder wir unsere Ermittlungen nach seinen Wünschen ausrichten. Das würde er auch gar nicht verlangen. Es war meine Entscheidung, die Trennung der Ermittlungen zu akzeptieren.«

»Du glaubst, Hajo Greven holt uns freiwillig mit ins Boot?«

»Wie du schon gesagt hast, die Fälle hängen mit hoher Wahrscheinlichkeit zusammen.«

»Und du meinst, er springt über seinen Schatten? Wir haben ihm schon den einen Fall vor der Nase weggeschnappt.«

»Warten wir's ab. Druck ausüben können wir immer noch, wenn wir uns einen Überblick über unseren Fall verschafft haben.«

Neun

Enna bog von der Deichstraße in den Wurpweg ein. Auf dem Navi konnte sie sehen, dass sie direkt auf den Weserdeich zufuhren. Das Haus von Karsten Schmidt war älteren Datums, eins der typischen Backsteinhäuser, die in den Fünfzigerjahren des letzten Jahrhunderts gebaut worden waren. Große Grundstücke mit Garten, in denen in früheren Zeiten Gemüse für den Eigenbedarf angebaut wurde.

Sie fanden problemlos einen Platz zum Parken und gingen auf das Haus zu. Enna klingelte, ein Mann, den Enna auf Ende sechzig schätzte, öffnete ihnen die Tür und ließ sich zuerst die Ausweise zeigen, bevor er sie ins Haus bat.

»Man muss heutzutage ja vorsichtig sein«, sagte Karsten Schmidt auf dem Weg in die Küche. »Möchten Sie etwas trinken? Ich habe Kaffee aufgesetzt.«

Kurz darauf saßen Enna und Paulsen in der gemütlichen Küche auf einer Eckbank, Schmidt schenkte ihnen ein, stellte Milch und Zucker auf den Tisch und setzte sich zu ihnen.

»Ich habe schon gehört, dass die Feddersens gefunden wurden. Sind Sie deshalb hier?«

»Wir haben die Ermittlungen wieder aufgenommen und uns die alten Akten angesehen. Im Moment verschaffen wir uns einen Überblick.«

Karsten Schmidt beugte sich leicht vor. »Wollen wir wirklich lange um den heißen Brei herumreden? Sie sind hier, weil ich damals verdächtigt wurde, Geld von Feddersen angenommen zu haben.«

»Sollte es so gewesen sein, wäre das lange verjährt«, sagte Enna. »Uns interessieren die Hintergründe. Wir suchen nach Motiven, weshalb das Ehepaar Feddersen getötet worden sein könnte.«

»Und nach einem Mörder«, fügte Karsten Schmidt hinzu.

»In der Konsequenz, ja.«

»Also bin ich auch verdächtig und sollte lieber schweigen.«

»Das steht Ihnen frei. Wir befragen Sie lediglich als Zeugen. Sich selbst müssen Sie natürlich nicht belasten.«

»Ich habe nichts mit den Morden zu tun. Wenn Sie mehr wissen wollen, brauche ich von Ihnen die Zusicherung, dass niemand davon erfährt. Und wir müssen unter vier Augen sprechen.«

Enna wandte sich zu Paulsen und nickte ihm zu. Er stand auf, verließ die Küche und kurz darauf hörte Enna, wie die Haustür ins Schloss fiel.

»So, jetzt sind wir alleine«, sagte Enna.

»Wie kann ich sicher sein, dass das, was ich Ihnen erzähle, nicht in die falschen Hände gerät?«

»Ich gebe Ihnen mein Wort. Einen anderen Weg sehe ich nicht. Sie müssen mir schon vertrauen.«

Karsten Schmidt warf einen Blick auf Ennas Visitenkarte. »Sind Sie die aus der Zeitung? Diese Polizisten, die alte Fälle aufgreifen?«

»Ja, das ist unsere Aufgabe.«

»Sie wurden sehr gelobt für Ihre Arbeit. Das ist selten.« Karsten Schmidt schien zu zögern. Schließlich nickte er. »Ich habe nie Geld angenommen, obwohl ich nicht nur ein Angebot bekommen habe.«

»Von wem?«

»Das tut nichts zur Sache und ist alles lange her. Tjark Feddersen war nicht dabei. Nur damit eins klar ist, ich mochte diesen Mann nicht. Er war ein Machtmensch, wie er im Buche steht, und hat rücksichtslos seine Interessen durchgedrückt. Allerdings habe ich nie miterlebt oder davon gehört, dass er sich illegaler Methoden bedient hat. Allein die Vorstellung, dass er einer kriminellen Handlung überführt werden könnte und somit sein ganzes Lebenswerk zerstört würde, wäre für ihn undenkbar gewesen.«

»Sie kannten Herrn Feddersen persönlich?«

»Nur über die Arbeit, aber da ich an zentraler Stelle in der Kreisverwaltung gearbeitet habe, hatte ich häufig mit ihm zu tun.«

»In den Akten finden sich Vermerke zu einem Oldenburger Unternehmen, das im ganzen Norden Windparks erstellt hat. Unter anderem im Landkreis Wesermarsch.«

»Und da sind wir auch gleich beim Thema. Diese Firma, deren Name ich ungern in den Mund nehme, wusste ihre Interessen durchzusetzen. Um es einmal nett zu formulieren.«

»Ihnen wurde auch Geld angeboten?«

»Nein, dafür waren sie zu klug. Es scheint allgemein bekannt gewesen zu sein, dass ich mich für kein Geld der Welt hätte korrumpieren lassen.«

»Sie haben aber davon gehört?«

»Dazu möchte ich nichts sagen. Es ist mir schlicht und einfach zu gefährlich.«

»Wieso sind gerade Sie abgemahnt worden?«, fragte Enna weiter.

»Ganz einfach. Ich wusste zu viel.«

»War die Gefahr nicht groß, dass Sie auspacken würden?«

»Nein. Im Gegenteil. Das war ein Warnschuss, oder sollte ich sagen, drei Warnschüsse? Ich habe sie verstanden und mir einen neuen Job gesucht.«

»Klingt einfach«, warf Enna ein.

»War es nicht. Aber was blieb mir übrig? Den Heldentod sterben? Dazu hatte ich damals nicht die Nerven.«

»Warum haben Sie sich nicht an Tjark Feddersen gewandt?«

»An ihn oder an wen auch immer – hätte man mir geglaubt? Es ist einfach, jemandem ein paar Beweise unterzuschieben. Dann wäre ich tatsächlich vor Gericht gelandet. Ausgang ungewiss.«

»Wenn Sie mir keine Namen nennen, klingt das tatsächlich mehr nach Verschwörungstheorie.«

Karsten Schmidt lächelte. »Wenn Sie meinen. Ich bin schon lange komplett raus aus der Nummer. Und ich will mit alledem nichts mehr zu tun haben. Sie haben gefragt, ich habe so weit geantwortet, wie es für mich gesund ist.«

»Sie haben also nach zwanzig Jahren immer noch Angst vor …« Enna ließ den Satz unvollendet.

»Ich will meine Ruhe haben und keine gebrochenen Finger oder andere Nettigkeiten.«

Enna ließ den Satz nachklingen. Spielte der Mann ihr eine Show vor? Genoss er jedes seiner Worte als Revanche für seine damalige Demütigung? Es gab keine Anzeichen, dass er log. Auch die Angst, die er beschrieb, spiegelte sich in seinen Augen wider. Entweder war er ein begnadeter Schauspieler oder er sagte die Wahrheit. Enna entschied sich, alles auf eine Karte zu setzen.

»So kommen wir nicht weiter, Herr Schmidt. Ich habe Ihnen mein Wort gegeben, dass niemand etwas davon erfährt, was Sie mir gerade erzählen. Natürlich wird es unsere Ermittlungen beeinflussen, was aber nicht heißt, dass Sie in den Fokus von wem auch immer kommen. Es wird weder ein Protokoll geben noch werden wir uns auf Sie beziehen. Sobald ich Ihr Haus verlassen habe, wird es dieses Gespräch nie gegeben haben.«

Karsten Schmidt zögerte lange. Schließlich schloss er die Augen und atmete tief durch. Nach einer Weile sah er auf. »Ich traue seit damals niemandem mehr. Das wird sich auch so schnell nicht ändern.« Er hielt inne. »Ich bin bedroht worden, massiv bedroht. Mein Hund wurde vergiftet, merkwürdige Gerüchte wurden gestreut, mehrmals wurde ein Reifen meines Autos aufgeschnitten. Ja, ich habe daraufhin geschwiegen, habe meine … wie soll ich das nennen? … meine Nachforschungen eingestellt. Und ich habe mich darauf eingelassen, die Kreisverwaltung zu verlassen. Und? Bin ich deshalb ein schlechter Mensch? Nein. Es war nie meine Aufgabe, Korruption zu bekämpfen. Ich habe dafür weder die Ausbildung noch den Schneid gehabt. Und ja, in gewisser Weise hadere ich immer noch mit mir, weil ich nicht mutiger war.«

Enna ließ sich Zeit für ihre Antwort. »Ich kann Sie verstehen. Auch ich und meine Familie wurden schon mehrmals persönlich bedroht. Sie haben nichts falsch gemacht.«

»Danke«, sagte er matt lächelnd. »Windkraftanlagen sind ein Milliardengeschäft. Die Planungs- und Genehmigungsphase ist in Deutschland viel zu lang. Das können andere Staaten besser. Aber solang die Gesetze und Verordnungen so sind, wie sie sind, müssen sich alle daran halten. Trotzdem ist es durchaus förderlich, wenn jemand in der Verwaltung sitzt, der einem wohlgesonnen ist. Da wird einiges leichter und geht auch manches Mal schneller.«

»Wer war Ihr Nachfolger?«

»Meine Stellvertreterin. Frauke Niemann. Wir hatten damals eine Affäre. Sie war verheiratet, ich hatte eine

Lebensgefährtin, mit der ich zusammenlebte. Sie ist zehn Jahre jünger als ich, war ausgesprochen attraktiv und ehrgeizig.«

»Wer hat die Beziehung beendet?«

»Ich. Das war der Anfang vom Ende.«

»Arbeitet sie noch immer in der Kreisverwaltung?«, fragte Enna.

»Das würde mich wundern. Aber ich weiß es schlicht und einfach nicht. Sie werden es sicher schnell herausbekommen.«

»Frau Niemann hatte mit den Bedrohungen zu tun?«

»Das weiß ich nicht. Es sind alles nur Vermutungen. Ich habe Schluss gemacht, weil sie Privates und Berufliches vermischen wollte. Mehr möchte ich dazu nicht sagen.«

Enna nickte. »Sie haben die Windparkanlagen genannt. Gab es andere Bereiche, die ebenso lukrativ waren?«

»Durchaus. Es gab in meiner Zeit einen Schub an öffentlichen Bauten. Schulen, Kindergärten, Verwaltungsgebäude. An den Aufträgen waren viele Bauunternehmen interessiert. Und Herr Feddersen, um wieder auf Ihr eigentliches Thema zu kommen, hat sich sehr dafür eingesetzt, dass Firmen aus der Region berücksichtigt wurden.«

Enna versuchte eine weitere Viertelstunde, Karsten Schmidt Informationen zu entlocken, aber er blieb vage und nannte keine weiteren Namen. Sie dankte ihm und verabschiedete sich.

»Jetzt bin ich aber gespannt«, sagte Paulsen, als Enna zu ihm in den Wagen stieg. »Hat der gute Mann geplaudert oder nur eine große Show abgezogen?«

Zehn

Hajo Greven empfing Enna und Paulsen am Eingang und führte sie in sein Büro. Enna berichtete vom Stand ihrer Ermittlungen und fragte, ob sich im Fall Hinnerk Feddersen etwas Neues ergeben habe.

»Wir haben eine SoKo mit zehn Beamten zusammengestellt«, sagte Hajo Greven. »Im Moment befragen wir Freunde, Bekannte und Nachbarn des Ehepaars. Berufliche Kontakte gab es quasi keine mehr. Auch Frau Feddersen ist zurzeit nicht berufstätig.«

»Hat die Rechtsmedizin einen Todeszeitraum festgelegt?«, fragte Enna.

»Der Hausarzt lag schon ganz richtig. Die Zeit ist jetzt auf Sonntagabend, zwanzig bis vierundzwanzig Uhr eingegrenzt worden. Hinnerk Feddersen ist mit einem Elektroschocker ruhiggestellt und anschließend mit einem Kissen, das die Kriminaltechnik auch sichergestellt hat, erstickt worden. Wir haben es also jetzt definitiv mit einem Tötungsdelikt zu tun.«

»Ist Frau Feddersen wieder ansprechbar?«, fragte Enna.

»Nein, ihr Gesundheitszustand hat sich laut ihres Arztes weiter verschlechtert. Sie steht unter starken Beruhigungsmitteln und ist nicht in der Lage, mit uns zu sprechen.«

»Jan Feddersen hat Oldenburg kurz vor zweiundzwanzig Uhr verlassen«, sagte Enna. »Er wäre spätestens eine Stunde später auf seinem Hof gewesen – wenn er schnell gefahren ist, sogar früher.«

»Sein Alibi ist also mehr als löchrig. Wir wollten ihn gestern noch einmal befragen, aber er hat sich geweigert, mit mir und einem Kollegen zu sprechen. Die staatsanwaltliche Vorladung ist ihm noch gestern zugestellt worden. Er wird am nächsten Montag hier im Kommissariat vernommen.«

»Hat die Kriminaltechnik Spuren im Haus der Feddersens gefunden?«, fragte Paulsen, dem Enna ansah, dass es ihm nicht gefiel, wie wenig Hajo Greven von den Ermittlungen preisgab.

»Wir haben Fingerabdrücke gefunden, die weder Hinnerk noch Sonja Feddersen zuzuordnen sind. Ob fremde DNA am Tatort war, steht noch nicht fest.«

»Von wie vielen Personen sind Abdrücke gefunden worden?«, fragte Paulsen weiter.

»Vermutlich von sechs Personen. Zum Teil handelt es sich nur um Teilabdrücke, die für eine offizielle Identifizierung nicht ausreichen würden. Leider haben wir noch kein Vergleichsmaterial. Jan Feddersen konnten wir nicht einmal fragen, ob er freiwillig Fingerabdrücke und DNA abgibt.« Hajo Greven deutete eine Handbewegung an. »Wir stehen noch ganz am Anfang der Ermittlungen.«

»Ich würde gerne bei der Befragung von Jan Feddersen dabei sein«, sagte Enna. »Spricht etwas dagegen?«

Hajo Greven zögerte einen Tick zu lange, als dass Enna es nicht bemerkt hätte. »Ich werde mit dem Staatsanwalt darüber sprechen und sage Ihnen dann Bescheid.«

»Enna, das funktioniert so nicht«, sagte Paulsen, als sie vor dem Gebäude des Polizeikommissariats Nordenham standen. »Wir mussten dem guten Mann alles aus der Nase ziehen und bei der

Vernehmung von unserem einzigen potenziellen Verdächtigen will er dich nicht dabeihaben.«

»Ich muss gestehen, dass ich nicht darauf vorbereitet war, dass Kollege Greven so mauert.«

»Wir können die Ermittlungen gleich ruhen lassen und irgendwann einstellen. Das ist …«

»Paulsen, lass uns da später drüber sprechen.« Sie wies mit dem Kopf zum Polizeigebäude. »Auch hier werden wir beobachtet. Kollege Greven steht am Fenster.«

»Soll er doch. Wo geht es hin? Zum ehemaligen Oppositionspolitiker, der über seine Affäre gestolpert ist?«

Das Haus von Gerrit Hansen lag nur etwa zwanzig Meter vom Nordseedeich entfernt. Enna schätzte das gut erhaltene Gebäude auf über hundert Jahre. Fenster und Türen schienen vor nicht allzu langer Zeit erneuert worden zu sein, das Reetdach sah aus, als habe es erst ein paar Jahre hinter sich.

»Chic, auch wenn ich hier in der Einsamkeit nicht wohnen wollte«, sagte Paulsen.

Enna sah sich um. Auf der rechten Seite erkannte sie in etwa dreihundert Metern Entfernung einen Bauernhof, auf der linken lag das nächste Gebäude noch weiter abgelegen. Auf der Fahrt hierher waren sie etwa fünf Minuten zuvor durch ein Dorf gekommen, in dem es neben einem kleinen Lebensmittelladen nur eine Gastwirtschaft gegeben hatte. »Warum nicht, wenn man die Einsamkeit sucht.«

»Falls es dir nicht aufgefallen ist, wir sind hier am Ende der Welt. Nein danke.«

»Ich glaube, wir werden erwartet.« Enna hatte bemerkt, wie jemand kurz eine Gardine in der alten Bauernkate zur Seite geschoben hatte. Sie sah auf die Uhr. »Lass uns gehen.«

Ein Mann Mitte sechzig empfing sie an der Tür. Er war groß und hager, hatte graue zurückgekämmte Haare und ein scharf geschnittenes Gesicht. Enna vermutete, dass er in jungen Jahren auf viele Frauen durchaus anziehend gewirkt hatte. Mit tiefer männlicher Stimme begrüßte er sie, ließ sich kurz Ennas Ausweis zeigen und bat sie ins Haus.

Die Küche hatte den Charme des vorletzten Jahrhunderts und strahlte eine wohlige Wärme aus. Neben einem alten Kachelofen stand ein Holzherd. Die Eckbank und der Tisch waren ebenfalls antik.

Gerrit Hansen stellte Teetassen auf den Tisch und schenkte ein. »Sie trinken doch eine Tasse Tee?«

»Gerne«, sagte Enna, während Paulsen lediglich nickte.

»Sie kommen wegen des Ehepaars Feddersen?«, fragte Gerrit Hansen. »Ich vermute, dass ich damals auf der Verdächtigenliste stand?«

»Sie haben gehört, dass Tjark und Eefke Feddersens Leichen gefunden wurden?«

»Ja, so etwas spricht sich schnell herum.«

»Meine Einheit ist auf alte Fälle spezialisiert. Wir haben die Ermittlungen wieder aufgenommen und befragen alle Personen, die privat oder beruflich mit Tjark oder Eefke Feddersen zu tun hatten.«

»Und verdächtig waren«, wiederholte Gerrit Hansen. »Oder liege ich da falsch?«

»Das eine schließt das andere nicht aus«, sagte Enna. »Sie waren viele Jahre Mitglied im Kreistag und hatten dort mit Tjark Feddersen zu tun. Wie würd…«

»Nicht zu tun«, unterbrach er Enna. »Wir waren in politisch unterschiedlichen Lagern. Er rechts, ich links. Weder mochte ich ihn noch mochte er mich. Persönlich wie politisch. Er hat alle Hebel in Bewegung gesetzt, um mich kaltzustellen, und es letztlich auch geschafft. Sozusagen eine Glanzleistung politischer Intrige mit allem Drum und Dran. Liebe, Tod, Leidenschaft und, obwohl man es damals noch nicht so genannt hat, ein exzellent in Szene gesetzter Shitstorm, der einen Menschen das Leben gekostet hat. Zurückgefallen ist es auf mich. Die klassische Täter-Opfer-Umkehr. Ich war der Böse, er der Gute. Und ja, ich habe ihn spätestens dafür gehasst. Aber nicht umgebracht. Und schon gar nicht seine Frau.« Er hob die Teekanne. »Möchten Sie noch Tee? Ich hoffe, er schmeckt Ihnen.«

»Sehr gut sogar«, sagte Enna und hielt ihm ihre Tasse hin. Paulsen schüttelte den Kopf und schwieg.

»Sie fragen mich aber jetzt nicht nach meinem Alibi, oder? Ich habe zwar noch Kalender aus der Zeit, aber ich fürchte, so detailliert sind sie nicht.« Er zog die Augenbrauen zusammen. »Gibt es überhaupt so etwas wie eine Tatzeit? Wird nicht immer danach gefragt?« Er griff nach einem Buch, das auf dem Küchenschrank lag. »Ich bin leidenschaftlicher Krimileser. Das soll ja alles nicht so realistisch sein, aber das eine oder andere bekommt man schon mit.«

Enna blieb ruhig und zeigte sich unbeeindruckt von Gerrit Hansens Redeschwall. »Gegen Tjark Feddersen ist in den Monaten vor seinem Tod ermittelt worden. Es ging um einen Korruptionsverdacht.«

»Alte Kamellen! Punkt eins: Feddersen hatte es nicht nötig, Geld oder was auch immer anzunehmen. Punkt zwei: Er war ein Politiker der alten Schule. Ein Rechter, schon klar, ein Machtmensch, wie er im Buche steht, und von demokratischen Strukturen hielt er auch nicht viel. Die Dinge sollten laufen, wie er und seine Partei es für gut hielten. Aber niemals im Leben hätte Feddersen sich korrumpieren lassen. Punkt drei: Klar, er hat gemauschelt, was das Zeug hielt. Hat Firmen Vorteile verschafft, die in Butjadingen ansässig sind oder manchmal auch im ganzen Kreis. Die Leute müssen hier Arbeitsplätze haben und nicht in Bremen oder Bremerhaven oder weiß der Teufel wo. Unsere Investitionen sollen auch den Menschen hier zugutekommen. Im doppelten Sinne: Arbeitsplätze und das, was erschaffen wird, zum Beispiel eine schicke neue Schule oder Sporthalle.«

»Was ist mit der Windkraft?«, fragte Paulsen. »Sind die Anlagen auch im Kreis hergestellt worden?«

»Wie das heute so ist, weiß ich nicht. Damals, vor weit über zwanzig Jahren, als es mit der Welle losging, kamen sie natürlich von außen. Da ging es mehr darum, wer ernsthaft an der Wesermarsch interessiert ist und hier nicht nur schnelles Geld machen will.«

»Auch in dem Bereich sind keine Gelder geflossen?«, fragte Paulsen weiter.

»Vermutlich schon. Aber Sie haben nach Tjark Feddersen gefragt. Meine Meinung dazu habe ich ja schon gesagt.«

Enna beugte sich vor. »Wie hätte Herr Feddersen darauf reagiert, wenn er herausgefunden hätte, dass sich Politiker oder Mitarbeiter der Verwaltung bestechen lassen?«

»Das wäre ihm gegen den Strich gegangen, ziemlich sogar.«

»Er hätte also nicht geschwiegen, weil es dem Kreis Vorteile gebracht hätte?«

Gerrit Hansen kratzte sich am Kopf. »Gute Frage, die ich so spontan doch tatsächlich nicht beantworten kann. Er wäre sicher in einen ziemlichen Konflikt reingeschlittert.« Er verzog das Gesicht. »Fragen können wir ihn ja nun nicht mehr. Schon klar, deshalb sind Sie hier. Abklopfen, ob ich Dreck am Stecken habe, und Informationen abgreifen, die Sie später mit anderen vergleichen. Mühsam ernährt sich das Eichhörnchen. Langer Rede kurzer Sinn: Feddersen hätte vielleicht eine Weile geschwiegen, aber auf Dauer wäre das für ihn unerträglich gewesen. Gerade wenn es eine Firma betroffen hätte, die mit der Wesermarsch nichts zu tun hat.«

»Tjark Feddersen hat nach unseren Informationen ziemlich polarisiert. Gab es Personen, die besonders unter seiner Art gelitten haben?«

Gerrit Hansen zuckte mit den Schultern. »Wo soll ich da anfangen, wo soll ich aufhören? Wie sagt man so schön – Leichen pflasterten seinen Weg? Nicht wörtlich nehmen, aber Feddersen war nicht zimperlich. So sind die Menschen hier. Jahrhunderte haben wir gegen das Meer angekämpft, mussten uns jeden Meter mühsam erarbeiten. Es gab Rückschläge, ganze Dörfer sind im Laufe der Zeit untergegangen, und zwar im wahrsten Sinne des Wortes. Wussten Sie, dass Butjadingen schon einmal eine Insel war, also komplett vom Wasser umgeben? Die Menschen hier sind gradlinig, handeln eher, als dass sie groß darüber reden. Wir haben diesen Willen zum Überleben mit der Muttermilch aufgesogen.« Er fuhr sich mit der Hand durch die Haare. »Sorry, ich schweife ab. Was war noch Ihre Frage?«

»Gab es Menschen, die unter Tjark Feddersens Art besonders gelitten haben?«

»Klar, einer sitzt vor Ihnen.«

Enna nickte. »Wir haben in den Akten von dem damaligen Skandal gelesen. Ist Tjark Feddersen dafür verantwortlich?«

»Das weiß ich nicht. Aber er hätte ihn verhindern können, sich für mich einsetzen können. Hat er aber nicht. Er hat geschwiegen. Das reichte schon und war vermutlich raffinierter, als wenn er ins gleiche Horn geblasen hätte wie manch ein anderer.«

»Sie haben ihn als eine Art Ehrenmann geschildert. Da passt es eigentlich nicht ins Bild, dass er jemandem die Hilfe in großer Not verweigert«, hakte Enna nach.

»Ehebruch. Schönes Wort, oder? Feddersen konnte nicht über seinen Schatten springen. Das war für ihn eine Todsünde. Auch wenn er nicht bei den Steinewerfern dabei war, sie nicht einmal angefeuert hat, er hat sie auch nicht davon abgehalten. Wie gesagt, vielleicht hatte er es genau so geplant.« Gerrit Hansen senkte den Blick und sprach jetzt leiser. »Ich war bei ihm und habe ihn um Hilfe gebeten. Können Sie sich das vorstellen?

In meiner Not bin ich zu meinem größten Widersacher gegangen und habe ihn angebettelt. Der Gang nach Canossa. Ich bin im Boden versunken, als ich da vor ihm stand.«

»Er hat Ihnen nicht geholfen?«

»Nein. Feddersen hat nur mit dem Kopf geschüttelt. Mehr nicht. Damals habe ich gedacht, dass Ehebruch für ihn einfach nicht hinnehmbar wäre.«

»Und das haben Sie einfach so akzeptiert?«, warf Paulsen mit deutlich skeptischer Stimme ein.

»Ja. Was sollte ich machen? Wir alle haben Prinzipien, die für uns unumstößlich sind. Hatte und habe ich auch. Ich bin wortlos gegangen.«

Elf

»Glaubst du diesen Quatsch?«, fragte Paulsen auf der Rückfahrt. »Alte Schule, Ehre und der Kampf gegen die Nordsee? Feddersen hat doch bei der Intrige mitgemischt, wenn nicht sogar sie eingefädelt. Hansen muss natürlich behaupten, dass Feddersen nicht beteiligt war. Und damit es nicht ganz so unglaubwürdig aussieht, bekommt Feddersen einen kleinen Heiligenschein.«

»Möglich, dass er uns angelogen hat. Allerdings ist das die zweite Zeugenaussage, die in eine ähnliche Richtung geht. Tjark Feddersen scheint ein sehr widersprüchlicher Mensch gewesen zu sein, mit vielen Facetten. Gerrit Hansen klang glaubwürdig für mich. Wir sollten das erst mal so stehen lassen und sehen, wie sich die Ermittlungen weiterentwickeln.« Enna sah kurz zu Paulsen. »Erinnert dich Feddersen an deinen Adoptivvater?«

Er rollte mit den Augen. »Ich kann das schon trennen. Mag ja sein, dass ich etwas allergisch auf solche Alphatiere reagiere. Die ticken doch alle gleich.«

»Glaube ich nicht. Sag mir lieber, was du noch aus der Befragung von Gerrit Hansen herausgehört hast.«

»Viele Worte um nichts. Er hört sich selbst gerne reden. Nun gut, das war sein Job als Abgeordneter.« Paulsen hielt einen Moment inne. »Aber das hast du sicher nicht gemeint.«

»Nein.«

»Ehebruch?«

Enna nickte. »Wir sollten uns mehr mit Eefke Feddersen beschäftigen. Die damalige SoKo hat sie komplett außen vor gelassen. Vielleicht war das ein Fehler.«

Elias kam auf Enna zugelaufen. Er lachte übers ganze Gesicht. Enna ging in die Knie und umarmte ihn. »Wie war dein Tag?«

»Super! Wir hatten heute wieder einen neuen Buchstaben.«

»Lass mich raten. War es das H oder doch das A?«

»Die hatten wir doch schon, Mama. Heute haben wir das N geübt.«

»In ein paar Wochen seid ihr bestimmt mit dem Alphabet durch.«

Elias nickte freudestrahlend, wandte sich um und winkte zwei Jungen in seinem Alter zu, die von einer Frau abgeholt wurden.

»Das sind Noah und Benjamin. Wir spielen zusammen.«

»Vielleicht willst du sie mal zu uns einladen.«

»Darf ich das denn?«, fragte Elias.

»Natürlich.« Enna schmunzelte. »Allerdings musst du dann dein Zimmer vorher aufräumen.«

Elias sah sie empört an. »Das ist gemein.«

Enna lachte. »Ich helfe dir doch.« Sie hielt ihm die Hand hin. »Komm, wir fahren nach Hause. Aaron ist vielleicht auch schon da.«

»Schläft er?«, fragte Enna, als Aaron zu ihr ins Wohnzimmer kam. Elias hatte darauf bestanden, dass Aaron ihm etwas vorlas.

»Ja, er ist eingeschlafen. Das war wohl ein ereignisreicher Tag für ihn.« Er setzte sich neben Enna aufs Sofa. »Und du? Wart ihr wieder in Butjadingen?«

»Ja, und wahrscheinlich nicht das letzte Mal. Schwieriger Fall.«

»Sind sie das nicht immer? Zwanzig Jahre, hast du gesagt.«

Enna nickte. »Es gab seinerzeit umfangreiche Ermittlungen, bei denen auf den ersten Blick nichts oder nicht viel falsch gemacht wurde.«

»Ich hoffe, dass Albrecht Heinzen weiß, was er dir damit zumutet. Erinnert dich das nicht sehr an dein Leben?«

Ennas Eltern waren, als sie dreizehn Jahre alt war, ermordet worden. Ein Mann wurde für die Tat verurteilt, beteuerte aber während seiner gesamten Haftzeit seine Unschuld. Aaron hatte Enna kennengelernt, als er als Anwalt des verurteilten Mannes das Wiederaufnahmeverfahren anstoßen wollte. Erst Ennas private Ermittlungen hatten vor einigen Monaten dazu geführt, dass die gesamten Umstände der Tat aufgeklärt wurden.

»Ich hätte ablehnen können. Außerdem liegt der Fall noch etwas anders. Meine Eltern waren nicht vermisst, sondern wurden gleich gefunden. Es gab einen Prozess und eine Verurteilung. Trotzdem hat mich Jan Feddersen, das ist der Sohn des Ehepaars, sehr an mein eigenes Schicksal erinnert.«

Aaron legte seine Hand auf ihre. »Das ist mehr als verständlich.«

»Alles gut, Aaron. Ich kann damit umgehen. Inzwischen besser als je zuvor.«

Bist du dir wirklich so sicher?, fragte eine Stimme in Ennas Kopf. *Bin ich*, antwortete sie im Stillen. *Glaube ich nicht! Warum liegt dir sonst dieser Kloß im Magen?* Enna schüttelte sich leicht. Sie hasste diese Stimme, die immer zur falschen Zeit auftauchte. Ja, es war nicht einfach, und ja, sie hatte sich diesen Fall nicht ausgesucht, sondern Albrecht Heinzen einen Gefallen tun wollen. Hätte sie ablehnen sollen? Das wäre unprofessionell gewesen. Albrecht hatte ihr unzählige Male in schweren Zeiten geholfen. Ohne ihn wäre sie vermutlich nicht mehr Polizistin.

»Trotzdem, pass auf dich auf«, holte Aaron sie aus ihren Gedanken heraus.

»Die besten Kollegen der Welt sind auch noch da.« Enna beugte sich vor und küsste Aaron. »Musst du noch arbeiten oder …« Sie ließ den Satz unvollendet.

Aaron schmunzelte. »Ich bin für jeden Vorschlag offen.«

»Guten Morgen«, sagte Enna und schaute in die Runde. »Sollen Paulsen und ich anfangen?«

Sie berichtete von den drei Befragungen und ihrer Besprechung mit Hajo Greven. »Im Moment ergibt sich ein eher widersprüchliches Bild von Tjark Feddersen. Auf der einen Seite war er gefürchtet und scheint wenig Freunde gehabt zu haben, auf der anderen Seite haben wir bisher noch niemanden gefunden, der ihn mit den Korruptionsvorwürfen direkt in Verbindung bringt.«

»Was ist mit dem Staatsanwalt, der seinerzeit ermittelt hat?«, fragte Jens.

»Er stand kurz vor der Pensionierung und ist inzwischen verstorben. Die eigentlichen Ermittlungsakten sind, wie ich heute Morgen erfahren habe, vernichtet worden. Wir haben also nur die Unterlagen der SoKo zu diesem Thema.«

»Sieht im Augenblick nicht so aus, als wenn wir mit diesem Ermittlungsstrang weiterkommen«, warf Pia ein. »Sollten wir uns nicht mehr auf das private Umfeld der Feddersens konzentrieren?«

Jens hob die Hand. »Vielleicht kann ich erst noch meinen Bericht einbringen. Ich habe mir die Korruptionsvorwürfe einmal von der anderen Seite aus angeschaut. Ich bin davon ausgegangen, dass in der Windkraftbranche vor allem zwei Dinge wichtig sind: Wo finde ich geeignete Bauplätze für einen möglichst großen Windpark und wie schaffe ich es, schneller durch das Genehmigungsverfahren zu kommen. Nur ein Beispiel:

Wenn alle Genehmigungen nach etwa fünf bis sieben Jahren auf dem Tisch liegen, muss eine Schwertransportgenehmigung her. Selbst die kann bis zu einem halben Jahr dauern. Der Teufel liegt also im Detail. Es geht nicht nur um eine große Genehmigung, sondern um viele verschiedene. Ob ein Platz tatsächlich geeignet ist und alle Prüfverfahren positiv durchlaufen kann, hängt von vielen einzelnen Faktoren ab. Zum Beispiel wird intensiv geprüft, welche Auswirkungen die Anlage auf Vögel hat. Wie ist hier der übliche Vogelflug, wo sind die Brutplätze, gibt es bedrohte Arten in der Umgebung, die durch die Schwingungen gestört werden können und …«

»Die Maulwürfe nicht zu vergessen«, warf Paulsen ein. »Und die Ameisen. Sind die nicht auch empfindlich?«

Jens warf ihm einen strengen Blick zu. »Ihr habt schon verstanden, was ich sagen wollte. Es laufen auf jeden Fall unzählige Untersuchungen und Gutachten von den verschiedensten Stellen. Da ist natürlich die Verwaltung beteiligt, aber auch Firmen und Interessensvertretungen. Jeder einzelne Vorgang kann sich über viele Monate bis Jahre hinziehen.«

»Komm auf den Punkt, Jens«, sagte Paulsen.

Pia, die neben Paulsen saß, stieß ihn leicht mit dem Ellbogen an, er rollte mit den Augen.

»Kann ich jetzt weitermachen?«, fragte Jens und fuhr gleich darauf fort: »Wie gesagt, es geht ums Detail, um viele einzelne Gutachten und Genehmigungen. Das als Vorabinfo. Ich habe jetzt geprüft, wie der Stand der Genehmigungsverfahren der einzelnen Windparks vor Tjark Feddersens Tod war und was danach passiert ist. Das Ergebnis war erstaunlich. In den Jahren nach Feddersens Verschwinden beziehungsweise, wie wir heute wissen, seinem Tod liefen die Genehmigungsverfahren von drei Windparkanlagen erheblich schneller. Was ich damit sagen will: Vielleicht haben wir es von der falschen Seite betrachtet und Tjark Feddersen stand einem schnelleren Verfahren im Weg.«

Enna nickte. »In eine ähnliche Richtung hatte ich auch schon gedacht. Aber es passt nicht so richtig damit zusammen, dass Feddersen alles in Bewegung gesetzt hat, um Arbeitsplätze in Butjadingen und dem Kreis zu schaffen oder zu sichern.«

»Aber ihr habt doch mehrere Zeugenaussagen, dass Feddersen nicht bestechlich war«, warf Pia ein. »Ist es da verwunderlich, wenn er strikt Gesetze und Verordnungen eingehalten hat? Solche Windparkanlagen können ja durchaus ein erheblicher Einschnitt für Tier und Mensch sein. Und die Teile stehen nicht nur zwei Jahre da herum.«

»Also stand Feddersen jemandem im Weg?«, fragte Paulsen. »Ist Oliver Denzin damit wieder im Spiel?«

»Wir sollten Parteikollegen von Feddersen befragen«, sagte Enna. »Die, die ihm wohlgesonnen waren, und auch die, die in der Partei, wie Peet Thamen, eher zu seinen Gegnern gehörten.« Sie wandte sich an Jens. »Hast du auch zu den anderen Bauvorhaben recherchiert?«

»Bin ich noch nicht zu gekommen. Steht aber auf der Liste.«

»Okay, spielen wir es einmal durch«, schlug Enna vor. »Gehen wir einmal davon aus, dass Windkraft-Interessengruppen Feddersen angesprochen haben, um von ihm unterstützt zu werden. Dabei geht es um ein erheblich schnelleres Genehmigungsverfahren, was, wie wir gerade gehört haben, nicht ein einziges ist, sondern aus vielen einzelnen, langwierigen Genehmigungen besteht. Feddersen lehnt ab und droht sogar damit, den Spieß umzudrehen und die Leute anzuzeigen.«

»Was er allerdings im ersten Zug sicher nicht tun würde, da dadurch Arbeitsplätze und Investitionen bedroht wären«, warf Paulsen ein.

»Richtig! Aber konnten sich die Interessengruppen sicher sein, dass Feddersen weiter mitzieht? Er war als eigenwillig und stur bekannt. Also keine sichere Bank.«

»Es wird ein Skandal inszeniert, der für Feddersen ein Warnschuss sein soll«, nahm Pia den Faden von Ennas vorgetragenen Gedanken auf.

»Die Staatsanwaltschaft schaltet sich ein und die Untersuchungen starten«, übernahm wieder Enna. »Mit welchem Ziel? Dass Feddersen zurücktritt? Es wäre nichts Ungewöhnliches gewesen, wenn ein Politiker allein aufgrund von staatsanwaltlichen Ermittlungen zurücktritt. Selbst wenn später alles im Sand verlaufen wäre, wäre Feddersen politisch tot gewesen.«

»Aber warum ist dann das Ehepaar getötet worden?«, fragte Jens. »Das wäre doch gar nicht nötig gewesen. Und viel zu riskant.«

»Genau das ist die Frage. Sprechen wir hier von zwei voneinander unabhängigen Ereignissen?«

»Oder ist der, wie du sie nennst, Interessengruppe die Sache zu heiß geworden und sie musste die Notbremse ziehen?«, warf Paulsen ein.

»Auch das wäre eine Variante«, sagte Enna. »Wir brauchen mehr Informationen, um das eine oder andere ausschließen zu können.« Sie wandte sich an Pia. »Willst du erst mal weitermachen?«

Pia nickte. »Ich habe mich gestern weiter mit dem familiären Umfeld und dem Freundeskreis des Ehepaars beschäftigt. Zuerst Hinnerk Feddersen. Von Hans Ullrich, dem damaligen stellvertretenden SoKo-Leiter, wissen wir, dass Hinnerk Feddersen eine Klage vorbereitet hatte, um die Erbschaft anzufechten.«

»Hätte er Chancen gehabt, mehr zu bekommen?«, fragte Jens.

»Schwer zu sagen. Eigentlich verjährt so ein Anspruch ziemlich schnell, allerdings kommt es wie immer auf die konkreten Umstände an. Ich habe mit einem Rechtsanwalt gesprochen, der auf Erbrecht spezialisiert ist, und ihm den Fall geschildert. Er meinte, dass eine Klage zu dem damaligen Zeitpunkt wenig Erfolgsaussichten gehabt hätte. Und der Prozess hätte sich lange hinziehen können.«

»Das klingt ja durchaus nach einem Motiv«, warf Paulsen ein.

»Das sehe ich genauso. Gehen wir jetzt einmal davon aus, dass Hinnerk Feddersen seinen Bruder und die Schwägerin getötet hat. Jan Feddersen hat es jetzt herausbekommen und …«

»Wie?«, unterbrach Paulsen sie.

»Genau dazu wollte ich gerade kommen. Der einzige neue Anhaltspunkt, den er hat, ist der Fundort der Leichen. Ich habe mir also aus dem Grundbuchamt die Auszüge besorgt. Und siehe da. Hinnerk Feddersen muss die Weide gekannt haben.« Pia legte eine Kunstpause ein und sah ihre Kollegen an. »Es war ursprünglich sein Grundstück.«

»Wie bitte?«, fragte Enna erstaunt.

»Hinnerk Feddersen hat als Abfindung für den Erbverzicht hunderttausend D-Mark und zwei Grundstücke bekommen, die er später beide verkauft hat. Auf einem von ihnen wurden die Überreste seines Bruders und der Schwägerin gefunden.«

»Wenn das jetzt nichts zu bedeuten hat, wäre es schon ein großer Zufall«, sagte Paulsen kopfschüttelnd.

»Würde Hinnerk Feddersen ausgerechnet auf seiner ehemaligen Weide die Leichen vergraben?«, überlegte Jens. »Wäre ich an seiner Stelle gewesen, hätte ich das nicht gemacht.«

»Denkt man groß darüber nach, wenn man gerade seinen Bruder und dessen Frau getötet hat?«, gab Pia zu bedenken. »Er musste handeln. Die Felder und Wiesen des Feddersen-Hofs sind laut Aktenlage alle untersucht worden. Sie liegen auch überwiegend in unmittelbarer Nähe des Hofes. Dieses Grundstück lag weiter entfernt. Hinnerk wusste, dass es nur als Weide genutzt wurde und ein Grab kaum jemandem auffallen würde, es sei denn, die Wiese würde gleich nach dem Verschwinden des Ehepaars genau in Augenschein genommen werden. In einer solchen Stresssituation reagiert man nicht logisch. Es musste schnell gehen. Und halbwegs sicher sein.«

»Es gibt allerdings noch eine weitere Möglichkeit«, sagte Enna. »Vielleicht wollte jemand, dass die Polizei genau so denkt und die Weide unter die Lupe nimmt. Ein guter Plan, um den Verdacht auf Hinnerk Feddersen zu lenken.«

Zwölf

»Wen befragen wir zuerst?«, wollte Paulsen wissen. Enna und er waren wieder auf dem Weg nach Butjadingen. Das Meeting hatten sie vor einer halben Stunde beendet, nachdem Pia weiter über ihre Recherchen im privaten Umfeld berichtet hatte.

»Ich habe uns zuerst bei Eefke Feddersens Freundin angemeldet. Sie hat gleich eingewilligt, mit uns zu sprechen, und erwartet uns in ihrem Café.«

»In diesem Ort an der Wesermündung?«

»Fedderwardersiel.«

»Hat dieses Siel im Namen eine Bedeutung?«, fragte Paulsen.

»Ein Siel ist ein Wasserdurchlass im Deich. Es gab in früheren Zeiten viele dieser Siele. Sie waren und sind immer noch notwendig für die Entwässerung hinter dem Deich. Bei Ebbe fließt das Wasser in die Weser, bei Flut schließen sich automatisch die Tore. Schau dir mal eine Karte an. Da wirst du sehen, dass das ganze Land hinter dem Deich von unzähligen Gräben durchzogen ist, die alle in Entwässerungskanäle fließen, die wiederum in die Elbe abgeleitet werden.«

»Wieder einmal in Heimatkunde nicht aufgepasst«, sagte Paulsen. »Und dieser Sielort ist jetzt ein Touristenmagnet?«

»Ja, zumindest in der Region Butjadingen.«

»Muss ganz schön hart gewesen sein, hier in früheren Jahrhunderten zu leben. Ich habe gestern Abend noch etwas im Internet gesurft. Ein ständiger Kampf mit dem Wasser auf der einen Seite und den Bremer Pfeffersäcken oder Oldenburger Grafen auf der anderen Seite. Hat ja wohl eine Weile gedauert, bis sie den widerspenstigen Friesen ihre Eigenständigkeit genommen hatten.«

»Ja, um hier zu überleben, war schon eine starke Gemeinschaft erforderlich. Kennst du den Spruch: Wer nich will dieken, de mutt wieken?«

»Nein, ich verstehe ihn nicht mal.«

»Wer nicht mit deichen will, der muss weichen«, übersetzte Enna. »Alle Männer waren letztlich verpflichtet, beim Deichbau zu helfen. Das war keine einmalige Angelegenheit, sondern der Kampf ums Land hat sich über Jahrhunderte hingezogen. Mal war die Nordsee stärker, mal hatten die Menschen die Oberhand.«

»Wenn wir so weitermachen, ziehen wir bald den Kürzeren«, sagte Paulsen. »Ich habe gelesen, dass die Deiche aus rein statischen Gründen nicht mehr viel höher gemacht werden können, als sie an manchen Orten schon sind.«

»Ich glaube, ein bis eineinhalb Meter können sie noch wachsen«, erwiderte Enna.

»In der Zukunft wird Norddeutschland anders aussehen«, murmelte Paulsen. »Zum Glück erlebe ich das nicht mehr.«

Aber Elias, fügte Enna in Gedanken hinzu und fragte sich nicht zum ersten Mal, wie seine Welt aussehen würde, wenn er im Rentenalter sein würde. »Es geschieht zu wenig. Ich habe auch das Gefühl, dass die Menschheit das Rennen verlieren wird. Wenn die Sommer weiter so warm und die Winter so kalt werden, wird es immer schwieriger sein, hier zu leben. Aber bevor die Deiche überlaufen, wird nicht wirklich viel passieren.«

»Vermutlich nicht«, seufzte Paulsen.

Sie schwiegen eine Weile, bis sich kurz vor Nordenham Paulsen räusperte. »Sag mal, das Gespräch gleich, da wird es vermutlich um Frauensachen gehen, oder?«

Enna verstand, was Paulsen meinte. Sie hatte sich auch schon überlegt, ob es nicht besser gewesen wäre, Pia mitzunehmen. »Ja, wenn wir mit unserer Vermutung richtigliegen, könnte es darauf hinauslaufen.«

»Was hältst du davon, wenn du allein mit der Freundin sprichst? Ich könnte schon zu dem ehemaligen Vorarbeiter auf dem Feddersen-Hof weiterfahren und ihn befragen.«

»Wenn dir das nichts ausmacht.«

»Nein, im Gegenteil.«

Das Café von Doris Bruhn war bereits geöffnet. Der rote eineinhalbstöckige Backsteinbau mit den weißen Holzfenstern stand in der Nähe des Hafens. Enna betrat den Gastraum und sah sich um. Eine Frau Mitte sechzig stand hinter dem Tresen und sprach mit einer jüngeren Frau. Sie ging auf die beiden zu und fragte nach Frau Bruhn.

Die ältere Frau nickte. »Das bin ich. Wir hatten telefoniert?«

»Enna Andersen. Können wir uns irgendwo ungestört unterhalten?«

»Hier geht gleich der Trubel los. Was halten Sie von einem Spaziergang?«

»Gerne. Das Wetter ist heute ausgezeichnet.«

Wenige Minuten später verließen sie das Café. Beim Gang durch den Ort erzählte Doris Bruhn, die bereits in dritter Generation in Fedderwardersiel lebte und arbeitete, von der Geschichte des Ortes. Sie schien stolz auf ihre Heimat und die Menschen zu sein und engagierte sich seit Jahrzehnten in der Gemeinde. Als sie den Deich erreichten, kamen ihnen nur noch selten Touristen entgegen. Die Flut hatte fast den Höhepunkt erreicht, Doris Bruhn blieb stehen und ließ ihren Blick über die Nordsee schweifen.

»Ich gehe hier fast täglich spazieren. So verrückt es klingt, aber die Nordsee gibt mir Kraft. Ich kann mich nach über sechzig Jahren immer noch nicht daran sattsehen.« Sie warf Enna einen Blick zu. »Wahrscheinlich verstehen Sie das nicht.«

»Ich bin zusammen mit meinem kleinen Sohn und meinem Lebensgefährten so oft, wie es geht, an der Nordsee oder auf den Inseln. Und nicht nur bei gutem Wetter.«

»Wie alt ist Ihr Sohn?«

»Er wird sieben.«

»Schönes Alter. Meine Kinder sind alle erwachsen. Enkelkinder sind auch schon da.« Sie seufzte. »Aber keins von ihnen ist in der Region geblieben. Erst das Studium, dann die große Stadt. Hamburg, Berlin und Köln. Sie kommen gerne zu Besuch, aber mehr auch nicht.«

»Bis es so weit bei mir ist, habe ich noch etwas Zeit.«

»Genießen Sie sie. Die Kinder sind schnell groß und irgendwann fragt man sich, wo die Zeit geblieben ist. Ich habe schon mit zwanzig meinen Sohn bekommen und nur ein Jahr später meine Tochter.« Doris Bruhn musterte Enna. »Sie sind doch noch jung genug, um weitere Kinder zu bekommen.«

Enna musste unwillkürlich an Aaron denken. In der letzten Zeit sprach er häufiger davon, wie gut ihm Elias tun würde. Enna vermutete, dass er über eigene Kinder nachdachte, es aber nicht offen anzusprechen wagte.

»Ich hatte Ihnen ja schon am Telefon erklärt, weshalb ich Sie gerne sprechen wollte«, lenkte Enna das Gespräch in eine andere Richtung. »Wir haben, nachdem die Leichen Ihrer Freundin und von Herrn Feddersen gefunden wurden, die Ermittlungen wieder aufgenommen.«

Doris Bruhn nickte, schwieg aber.

»Sie waren eng mit Frau Feddersen befreundet?«

»Sehr eng. Wir haben fast jeden Tag telefoniert und uns mindestens einmal in der Woche getroffen. Sie war zu der Zeit die wichtigste Person in meinem Leben.«

»Umgekehrt auch?«, fragte Enna.

»Ich glaube schon. Doch, ganz bestimmt sogar.« Doris Bruhn blieb stehen und schloss die Augen. »Als Eefke damals von heute auf morgen verschwunden war, habe ich gleich gewusst, dass etwas passiert sein musste.«

»An was dachten Sie damals?«

Doris Bruhn atmete tief durch. »An was denkt man da schon, wenn die Ehe schwierig war.« Sie zeigte den Deich entlang. »Gehen wir weiter?«

Enna wartete, ob Doris Bruhn weitersprechen würde, und stellte nach einer Weile die nächste Frage: »Sie hatten Tjark Feddersen in Verdacht, dass er seiner Frau etwas angetan haben könnte?«

»Ja, ich habe jeden Tag darauf gewartet, dass Tjark wieder auftaucht und irgendeine wilde Geschichte erzählt. Als das nicht der Fall war, habe ich angenommen, dass er erst Eefke umgebracht hat und später sich selbst. Aber auch da habe ich mich ja wohl getäuscht. Er kann sich ja kaum selbst vergraben haben. Oder stimmen die Gerüchte nicht?«

»Wir haben das Ehepaar an der gleichen Stelle gefunden. Beide wurden offenbar zum gleichen Zeitpunkt dort vergraben. Bitte behalten Sie die Information aber für sich.«

»Natürlich.« Sie gingen eine Weile schweigend nebeneinanderher. »Dann habe ich Tjark ja wohl unrecht getan. Ich habe ihn die ganzen Jahre über verdächtigt, dabei ist er selbst ein Opfer.«

»Gab es viele Probleme in der Ehe?«

»Tjark hätte das sicherlich vehement verneint. Eefke hätte auf diese Frage geschwiegen.«

»Und was sagen Sie?«, fragte Enna.

»Tjark war ein sehr eigenwilliger Mensch. Stur und immer von dem überzeugt, was er machte. Es gab kein Fünkchen Zweifel in ihm. Nie. Er stand im Mittelpunkt. Das war in der Ehe nicht anders als in der Politik oder in ihrem Freundeskreis. Eefke war nur ein schmückendes Beiwerk.«

»So hat sie sich gesehen?«

»Ich glaube schon. Zwar hätte sie es so offen nie gesagt, aber es war für sie von Jahr zu Jahr schwerer geworden. Am Schluss hat sie nur wegen ihres geliebten Sohnes die Ehe aufrechterhalten. Aber ich weiß, wie unglücklich sie war.« Doris Bruhn blieb erneut stehen und sah Enna an. »Nicht dass Sie jetzt glauben, Tjark hätte sie geschlagen.« Sie hielt inne. »Ich widerspreche mir wohl gerade. Noch vor ein paar Minuten habe ich angenommen, dass er Eefke getötet hat, und jetzt nehme ich ihn in Schutz.«

»Eine Beziehung kann auch ohne körperliche Gewalt schwierig sein«, warf Enna ein.

»Ja, das stimmt. Und so war es auch bei Eefke. Tjark hat ihr keine Luft zum Atmen gelassen. Als Eefke zum Beispiel bei mir im Café aushelfen wollte, hat er es ihr regelrecht verboten.«

»Sie hätte sich durchsetzen können«, sagte Enna.

Doris Bruhn lächelte matt. »Wenn es doch so einfach gewesen wäre. Das war ja nicht der einzige Vorfall. Eefke und ich wollten einen Souvenirladen aufmachen. Wir beide zusammen. Das Startkapital hätte ich eingebracht, weil uns schon klar war, dass Tjark sich weigern würde. Wir waren kurz davor, den Mietvertrag zu unterzeichnen, als Tjark davon Wind bekommen hat. Er hat Eefke nicht nur zusammengestaucht, sondern ist auch bei mir im Café aufgelaufen und hat mich bedroht.«

»Bedroht? Was genau ist passiert?«

»Er kam wutentbrannt ins Café gelaufen und hat mich angeschrien. Es war ihm vollkommen egal, dass das Café fast voll besetzt war. Ich habe ihn gebeten, leiser zu sein, und vorgeschlagen, dass wir in mein Büro gehen. Keine Chance. Er hat mir klipp und klar gesagt, dass er mich geschäftlich fertigmachen würde, wenn ich Eefke da mit reinziehen würde.« Doris Bruhn holte tief Luft. »Stellen Sie sich vor, Eefke hatte solche Angst, dass sie mich in den nächsten Wochen weder angerufen noch sich mit mir getroffen hat. Ich hätte damals fast die Polizei gerufen, weil ich mir nicht mehr sicher war, ob sie noch lebte.«

»Sie sind damals, nachdem das Ehepaar als vermisst gemeldet worden war, befragt worden. In den Akten steht allerdings nichts von dem, was Sie mir gerade erzählt haben.«

»Ich weiß. Das war ein großer Fehler. Ich habe mir das immer wieder vorgeworfen. Aber am Anfang hieß es, die beiden seien entführt worden. Auch wenn ich nicht so richtig daran geglaubt habe, wollte ich Eefke nicht bloßstellen. Sie hat mich immer angefleht, niemandem etwas von ihrer Ehe zu erzählen. So verrückt es klingt, ihr war der Schein wichtiger als alles andere.«

»Die nächste Frage wird Ihnen vielleicht etwas komisch vorkommen, aber beim Lesen der Akten ist mir der Gedanke gekommen, dass Ihre Freundin eine Affäre mit einem anderen Mann gehabt haben könnte.«

Doris Bruhn schwieg zu lange, als dass es Enna nicht aufgefallen wäre. »Eine Affäre«, sagte sie schließlich. »Eefke? Sie hätte mir definitiv davon erzählt.«

»Sie hatte also keine geheime Beziehung?«

»Hier, auf dem Land? Jeder kennt jeden. Sie hätte schon nach Oldenburg fahren müssen, um nicht erkannt zu werden. Selbst in Nordenham kannte jeder Tjark Feddersen. Er und Eefke waren häufiger in der Zeitung, wenn sie gemeinsam bei offiziellen Anlässen waren.«

»Frau Feddersen hat Ihnen also weder von einer geheimen Beziehung erzählt noch haben Sie etwas gemerkt oder geahnt?«

»Nein, Eefke hat mir nichts dergleichen erzählt.« Doris Bruhn zeigte in die Richtung, aus der sie gekommen waren. »Können wir zurückgehen? Es ist an der Zeit.«

Enna nickte, sie gingen den Weg auf dem Deich zurück. Der Wind hatte inzwischen zugenommen und wehte steif von Norden. Ennas rote Haarmähne wurde durcheinandergewirbelt. Sie holte ein Haargummi aus ihrer Tasche und band die Haare zu einem Pferdeschwanz. »Sie sind sich sicher, dass Tjark Feddersen nie gewalttätig gegenüber seiner Frau geworden ist? Habe ich Sie da richtig verstanden?«

»Wie kann ich sicher sein, wenn ich nicht dabei war?« Doris Bruhns Ton hatte sich verändert. Ihre Stimme klang jetzt härter und abweisender. Hatte es etwas mit Ennas Fragen zu einer möglichen Affäre von Eefke Feddersen zu tun? »Eefke hat mir nie etwas davon erzählt und gefragt habe ich auch nicht«, fuhr Doris Bruhn fort. »Tjark Feddersen hatte andere, feinere Methoden. Selbst sein Ausraster bei mir im Café war schon eine absolute Ausnahme. Damals war mir das nicht so klar, aber aus heutiger Sicht würde ich sagen, er muss einen ziemlich schlechten Tag gehabt haben.«

Dreizehn

Paulsen fuhr mit Ennas Dienstwagen über eine schmale Landstraße. Wiesen und Felder, so weit das Auge reichte, hin und wieder ein Bauernhof mit Stallungen. Als Paulsen ein Trecker mit breitem Anhänger entgegenkam, verlangsamte er das Tempo und wich auf die Einfahrt zu einer Wiese aus. Beim Rückwärtsfahren drehten die Reifen auf dem feuchten, weichen Boden durch und Paulsen befürchtete schon, dass er sich mitten im Nirgendwo festfahren würde. Mit einem kleinen Sprung rutschte der Wagen aus der inzwischen größer gewordenen Mulde, Paulsen atmete auf.

Der Hof von Johann Dirks, dem ehemaligen Vorarbeiter, war deutlich kleiner als der Feddersen-Hof. Paulsen parkte das Auto vor einem Stall und ging die letzten Meter zu Fuß. Enna hatte sie für den Vormittag angemeldet und darum gebeten, dass Dirks für eine Befragung zu erreichen war.

Auf Paulsens Klopfen an der Haustür öffnete niemand. Er ging um das Gebäude herum und schaute in die Fenster. Hatte Dirks vergessen, dass die Polizei ihn sprechen wollte, oder ignorierte er den Besucher?

Paulsen sah sich auf dem Hof um, schaute in die Stallungen, fand aber weder Dirks noch eine andere Person. Seufzend ging er auf den Wagen zu und schloss ihn auf. Als er in der Ferne Motorengeräusche hörte, wandte er sich um. Ein dunkelgrüner Trecker kam den Weg zum Hof heraufgefahren und hielt vor Ennas Dienstwagen. Ein Mann Anfang fünfzig sprang herunter und ging auf Paulsen zu. »Sind Sie von der Polizei? Ich hatte mit einer Frau telefoniert.«

Paulsen reichte dem Mann die Hand. »Herr Dirks?«

Der Mann nickte.

»Jan Paulsen, LKA. Sie haben mit meiner Chefin telefoniert.«

»Ah, sieh an.« Er zeigte aufs Haupthaus. »Wir können gleich reingehen.«

Johann Dirks stieg wieder auf den Trecker, fuhr ihn in einen Unterstand und forderte Paulsen auf, ihm ins Haus zu folgen. Paulsen stellte mit Verwunderung fest, dass die Haustür nicht verschlossen war. Dirks führte ihn in die Küche des Hauses und bot ihm eine Tasse Tee an. Als Paulsen nickte, setzte Dirks Wasser auf und holte Teetassen aus einem alten weiß lackierten Küchenschrank. Auch der Rest der Einrichtung hatte schon bessere Tage gesehen.

»Die Feddersens sind gefunden worden. Stimmen die Gerüchte?«, fragte Dirks, der vor dem Herd stand und Paulsen den Rücken zuwandte.

»Ja. Wir haben die Ermittlungen wieder aufgenommen.«

»War zu erwarten gewesen«, murmelte Dirks, goss das Wasser auf, kam mit der Teekanne zum Tisch, schenkte ein und setzte sich.

»Ich weiß jetzt gar nicht, wie ich Ihnen helfen kann.« Dirks legte zwei Kluntjes in die Tasse und goss vorsichtig Sahne hinzu. Der Zuckerkristall knisterte leise. »Ich habe damals eigentlich alles gesagt. Ist ja auch schon ewig her.«

Paulsen nickte. »Stimmt wohl, aber Mord verjährt in Deutschland nicht. Die Akten sind nie geschlossen worden.«

»Ja, verstehe.« Johann Dirks warf Paulsen einen fragenden Blick zu.

»Sie hatten viel mit Tjark Feddersen zu tun.«

»Notgedrungen. Ich war sozusagen seine rechte Hand. Er hatte ja auch noch anderes zu tun. Politik und so. Aber das wissen Sie ja sicher.«

»Wie hat Feddersen sich gegenüber den Mitarbeitern verhalten?«, fragte Paulsen.

»Korrekt. Die Zeiten der Knechte, die nichts zu sagen hatten, waren auch damals schon lange vorbei. War schwer, überhaupt jemanden zu finden. Verdammt schwer. Heutzutage kann man das als einfacher Bauer völlig vergessen. Da helfen nur noch Maschinen und Familie. Ist halt so. Kann man nicht ändern.«

»Wie muss ich mir das vorstellen? Arbeitete Tjark Feddersen richtig auf dem Hof mit – von morgens bis abends?«

»Sicher, das kam auch vor, aber häufig war er dabei, wenn Not am Mann war oder der Tierarzt kam. Aber nicht dass Sie denken, er hätte keine Ahnung gehabt. Absolut nicht. Ich habe eine Menge von ihm gelernt. War schon ein schlauer Kopf, der alte Feddersen.«

»Gab es Probleme auf dem Hof?«

»Wo nicht. Aber die meisten habe ich geregelt. Ich habe die Leute auch eingestellt, und wenn ich gesagt habe, dass jemand raussoll, ist er auch gekündigt worden. Ging nicht anders. Ich brauchte Leute, die mit anpacken und nicht vor der Arbeit weggerannt sind.«

»Kam es häufig vor, dass jemand entlassen wurde?«

»Ich hab schon versucht, alle zu halten. Wie gesagt, war schwierig, neue Leute zu finden. Aber manchmal ist es besser, kurzen Prozess zu machen. Menschen ändern sich nicht so leicht. So ist das halt.«

»Gab es Mitarbeiter, die …«

»Ach, das habe ich doch alles damals schon gesagt. Habt ihr denn keine Akten? Muss ich das alles noch einmal runterbeten?«

»Nein, natürlich nicht«, sagte Paulsen. »Aber manchmal sieht man mit zeitlichem Abstand Dinge anders. Es gab also niemanden, der oder die Wut auf Feddersen hatte?«

»Mag schon sein. Aber bestimmt nicht so, dass man den Chef und seine Frau gleich umbringt.« Er hielt inne. »Wie sind sie denn gestorben? Erschossen oder wie?«

»Das ist nach so langer Zeit schwer festzustellen. Wir warten noch auf einen Bericht der Rechtsmedizin.«

»Klar, sind ja nur noch Knochen, oder?«

Paulsen nickte. Der Mann war ihm sympathisch, aber er hatte bisher noch keinen wirklichen Zugang zu ihm gefunden. Es war verständlich, dass jemand nach über zwanzig Jahren nicht mehr in Tränen ausbrach, aber etwas mehr Mitgefühl für seinen ehemaligen Chef und seine Frau hatte Paulsen schon erwartet.

»Wie war Ihr Verhältnis zu Tjark Feddersen?«

»Das war schon in Ordnung. Wir waren nicht immer einer Meinung, und ein Herz und eine Seele waren wir sicher auch nicht. Aber ich glaube, er hat mich akzeptiert. Augenhöhe, sagt man das nicht so?«

»Ja. Sie sind sich auf Augenhöhe begegnet?«

»Denke schon. Klar, er war Bauer, ich der Knecht. Aber Feddersen wusste wohl, was er an mir hatte. Bezahlt hat er auch gut. Und meine Freiheiten hatte ich. War 'ne gute Zeit damals.«

»Wären Sie länger geblieben oder hatten Sie immer vor, einen eigenen Betrieb aufzumachen?«

»Ist nicht so einfach heutzutage. Damals auch nicht. Ich weiß nicht, ob ich geblieben wäre, wenn Feddersen nicht … ja, Sie wissen schon. Vielleicht, der Mensch ist ja ein Gewohnheitstier. Aber dann kam ja alles anders. Der Bruder hat übernommen.

Hinnerk. Das war alles zu groß für den. Das habe ich schnell gemerkt und mich umgeschaut. Hat ja dann auch geklappt.«

»Sie haben gehört, dass Hinnerk Feddersen tot ist?«

»Ja. Stimmt das, dass er auch ermordet wurde? Und das jetzt, wo gerade Feddersen und seine Frau gefunden wurden? Schon merkwürdig, oder?«

»Wann genau hat Hinnerk Feddersen den Hof übernommen?«

»Er kam gleich am Tag nachdem der Chef und seine Frau verschwunden waren. Zunächst immer nur für ein paar Stunden. Ich habe den Laden ja aufrechterhalten. Das war nun mal mein Job. Nach etwa zwei Wochen ist er dann jeden Tag acht bis zehn Stunden auf dem Hof geblieben. Der Kleine, also Jan Feddersen, wohnte ja gleich bei seinem Onkel. So nach vier Wochen sind alle auf den Hof gezogen. Hinnerk mit seiner jungen Frau und natürlich Jan. Das war zumindest für den Jungen die beste Lösung.«

»Aber nicht für den Hof?«

»Ich habe mein Möglichstes getan, um das Schlimmste zu verhindern. Fast drei Jahre habe ich durchgehalten. Dann hat es mir gereicht.«

»Sie hatten Streit mit Hinnerk Feddersen?«

»Er hat seine Fähigkeiten vollkommen überschätzt und wollte sich auch keine Hilfe suchen. Am Anfang hat er noch auf mich gehört, aber mehr und mehr hat er auf meine Meinung gepfiffen. Hat Anweisungen gegeben, die unsinnig waren. Ich habe sie einfach ignoriert und so weitergemacht wie immer. Natürlich hat er das irgendwann gemerkt und ist ausgerastet. Er war kurz davor, sich mit mir zu schlagen. Die Feddersens sind ja alle cholerisch, aber Hinnerk schießt da den Vogel ab.«

»War Hinnerk Feddersen eigentlich vor dem Verschwinden häufiger auf dem Hof?«, fragte Paulsen.

»In den zehn Jahren bei Tjark habe ich Hinnerk, wenn es hochkommt, vielleicht fünfmal gesehen.«

»Wann?«

»In den letzten zwei Jahren war er zweimal da. Jedes Mal gab es einen Riesenstreit. Aber das sollte doch alles in den Akten stehen. Das habe ich damals alles ausgesagt.«

»In den Protokollen wird es manchmal sehr verkürzt dargestellt. Deshalb fragen wir gerne noch einmal.«

»Was soll ich sagen. Halt ein richtiger Streit. Beim letzten Mal hat Tjark seinen Bruder regelrecht vom Hof geworfen. Wenn mich nicht alles täuscht, kam es sogar zu einer kleinen Schlägerei.«

»Was zum Beispiel nicht in den Akten steht«, warf Paulsen ein.

Johann Dirks zuckte mit den Schultern. »Mag sein, dass ich damals nicht alles gesagt habe. Hinnerk war da ja schon auf dem Hof und hat sich als Nachfolger aufgespielt. Vielleicht war ich etwas zu rücksichtsvoll.«

»Also gab es eine Schlägerei?«

»So wie beide aussahen, gehe ich mal davon aus. Hinnerks Hemd war zerrissen, er blutete aus der Nase und die Knöchel seiner rechten Hand waren ziemlich rot.«

»Und Ihr Chef?«

»Viel besser sah er auch nicht aus. Am nächsten Tag hatte er ein Veilchen. Hat zwar gesagt, er sei gegen einen Ast gelaufen, aber das habe ich ihm nicht abgenommen.«

»Ging es bei dem Streit um Hinnerks Erbe?«

»Kann ich nicht genau sagen«, sagte Johann Dirks. »Zumindest hat Tjark immer mal wieder angedeutet, dass sein Bruder einfach keine Ruhe geben könne, obwohl doch alles längst geklärt sei.«

»Sie haben ihn nach dem letzten Streit gefragt, was da los war?«

Johann Dirks lachte. »Was denken Sie! Wir waren nicht befreundet oder so. Ich habe auf dem Hof gearbeitet. Es stand mir nicht zu, so etwas zu fragen.«

»Aber er hat Ihnen trotzdem davon erzählt?«

»Nein. Bei den Malen davor war das anders. Aber da kam es auch nicht zu blauen Augen und blutigen Nasen.«

Paulsen machte sich einige Notizen. »Hinnerk Feddersen hat eine sehr junge Frau mit auf den Hof gebracht. Ich habe mich gewundert, wie die beiden zusammengefunden haben.«

»Nicht nur Sie. Aber mehr weiß ich auch nicht. Hinnerks Frau hat sich allerdings gut um den Kleinen gekümmert. Das muss man ihr lassen. Sie war wie eine Mutter zu ihm. Na ja, eigentlich mehr wie eine große Schwester.«

»Gab es Streit zwischen Hinnerk und Sonja?«

»Ich hab nichts mitgekriegt. Aber so, wie er sie angesehen hat, war er über beide Ohren in sie verliebt. Sie waren da erst ein Jahr verheiratet. Und es hat ja auch wohl gehalten, so wie ich gehört habe.«

»Ja, hat es«, bestätigte Paulsen. »War Sonja auch so verliebt wie er?«

Johann Dirks rieb sich mit der Hand die Stirn. »Sie stellen Fragen. Ist sie denn verdächtig? Ich meine, hat sie …« Er brach ab.

Paulsen schwieg. So sehr er Johann Dirks weiter aus der Reserve locken wollte, er durfte keine Details der Ermittlungen preisgeben. »Dazu darf ich nichts sagen«, entschied er sich für einen Mittelweg.

Johann Dirks nickte. »Aha, verstehe. Tut mir leid, ich weiß wirklich nicht, ob Sonja Hinnerk auch so angehimmelt hat.«

Vierzehn

Enna verabschiedete sich vor dem Café von Doris Bruhn, schrieb Paulsen eine Nachricht, wo er sie abholen sollte, und lief im Hafen an den dort liegenden Kuttern vorbei in Richtung des Treffpunkts.

Doris Bruhn hatte, als Enna auf dem Rückweg weitere Fragen zu Eefke Feddersen gestellt hatte, jedes Mal geschickt das Thema gewechselt. Sie sprach über ihren Lebensweg und ihre Familie. Ihr Mann war dreißig Jahre zuvor an einem Krebsleiden gestorben, sie hatte ihre zwei Kinder alleine großgezogen und gleichzeitig das Café übernommen. Als ihre Mutter dement wurde, hatte sie sie bei sich aufgenommen. Enna bewunderte Frauen wie Doris Bruhn, die trotz schwerer Schicksalsschläge aufrecht durchs Leben gingen und ihren Mut nicht verloren. Aber trotz Doris Bruhns Kooperationsbereitschaft hatte Enna das Gefühl, dass sie ihr etwas verschwiegen hatte. Ob diese Information zu privat war, um sie einer Polizistin anzuvertrauen, oder ob mehr dahintersteckte, ließ sich schwer ergründen. Enna nahm sich vor, Doris Bruhns Angaben zu prüfen und ihre damaligen Aussagen durchzugehen.

Am vereinbarten Treffpunkt fand Enna eine Holzbank, sie setzte sich und hob ihr Gesicht Richtung Sonne. Als sich ihr

Handy bemerkbar machte, warf sie einen Blick aufs Display und nahm das Gespräch an. Einer der Oldenburger Rechtsmediziner meldete sich.

»Ich dachte, Sie würden gerne vorab ein paar Informationen bekommen. Wir haben die Begutachtung abgeschlossen. Es tut mir leid, dass es etwas länger gedauert hat und auch der schriftliche Bericht noch ein paar Tage auf sich warten lassen wird.«

»Konnten Sie die Todesursache feststellen?«

»Sie wissen vermutlich, wie schwierig eine gerichtsfeste Aussage bei skelettierten Leichen ist. Um es kurz zu machen: Wir haben keinerlei Spuren einer Schusswaffe oder eines Messers gefunden. Bei der Frau gehen wir davon aus, dass eine Kopfverletzung zum Tod geführt hat. Sie liegt deutlich unter der Hutkrempenlinie, was darauf hindeutet, dass sie durch einen Sturz verursacht wurde. Am Rest des Skeletts konnten wir keine Spuren von Gewalteinwirkung feststellen.«

»Ein Sturz also. Fremdeinwirkung ist damit aber nicht unbedingt ausgeschlossen, oder?«

»Nein, das kann durchaus die Folge einer körperlichen Auseinandersetzung gewesen sein.«

»Und bei Tjark Feddersen?«

»Bei dem männlichen Skelett konnten wir keine Kopfverletzung nachweisen. Wie schon gesagt gab es auch bei ihm keine Hinweise auf Schuss- oder Stichwaffen. Insofern können wir hier keine Aussage zur Todesursache machen. Tut mir leid.«

»Wie hoch schätzen Sie die Wahrscheinlichkeit, dass es bei einem Stichwaffengebrauch zu Knochenverletzungen gekommen wäre?«

»Das kommt ganz auf die Situation an. Sollte sich der Täter oder die Täterin mit der menschlichen Anatomie auskennen und nur einen Stich benötigt haben, ist die Wahrscheinlichkeit erheblich geringer, als wenn es zu mehreren Stichen kommt. Bei einer Schussverletzung kann der Nachweis noch schwieriger sein.«

»Also haben wir es hier mit einem Zufallstreffer, der das Opfer schnell außer Gefecht gesetzt hat, oder mit einem Profi zu tun.«

»Ja, so könnte man es formulieren. Soweit ich weiß, ist ja auch keine Kugel gefunden worden. Was im Regelfall bedeuten sollte, dass keine Schusswaffe im Spiel war, zumindest keine, die abgefeuert wurde.«

Enna bedankte sich beim Rechtsmediziner und verabschiedete sich von ihm. Nachdenklich schob sie ihr Handy zurück in die Tasche. Sie hatte sich mehr Informationen aus der Rechtsmedizin erhofft. Was bedeutete es, dass Eefke Feddersen durch einen Sturz zu Tode gekommen war? Hatte es einen Streit gegeben, der in einem tödlichen Unfall endete? Damit trat der Mordverdacht in Bezug auf Eefke Feddersen weiter in den Hintergrund.

Ennas Dienstwagen kam in Sicht, sie überquerte die Straße und stieg ein, als das Auto neben ihr hielt.

»Soll ich fahren?«, fragte Paulsen.

»Wenn es dir nichts ausmacht.« Enna gab eine Adresse ins Navi ein und sah auf die Uhr. »Wir sind noch etwas zu früh.«

»Der wird schon da sein«, sagte Paulsen und fuhr an.

Das Haus von Peet Thamen, dem ehemaligen Parteikollegen und Gegenspieler von Tjark Feddersen, lag in einem Wohngebiet in Brake, dessen Häuser nach Ennas Schätzung in den letzten zehn Jahren gebaut worden waren. Paulsen parkte einige Meter entfernt vom Haus und berichtete Enna von seinem Gespräch mit Johann Dirks. Enna fasste im Gegenzug kurz ihre Befragung und das Gespräch mit dem Rechtsmediziner zusammen.

»Im Moment passt noch nicht viel zusammen«, sagte Paulsen. »Hatten wir schon einen Fall mit so wenig Ansatzpunkten?«

»Wir haben ihn uns nicht ausgesucht.«

»Hätten wir auch wohl nicht, oder?«

Enna schüttelte den Kopf. »Nein, ohne die Leichen wären die Akten sicher geschlossen geblieben.«

»Warum redet die Freundin jetzt erst? Hat dich das nicht stutzig gemacht?«

»Schon. Aber sie wirkte sehr offen und glaubwürdig.«

»… und weicht aus, wenn es um so ein wichtiges Thema wie eine Affäre geht? Über die Konflikte in der Ehe hätte sie spätestens etwas sagen müssen, als das Ehepaar nach ein paar Wochen nicht wieder aufgetaucht ist.«

»Ist mir klar, Paulsen.« Enna zeigte auf das etwa zwanzig Meter entfernt liegende Haus. »Auf zur nächsten Befragung.«

Peet Thamen, ein kleiner, untersetzter Mann mit wenigen dünnen Haaren, begrüßte sie an der Tür, ließ sich die Ausweise zeigen und bat sie ins Wohnzimmer des Hauses.

»Was kann ich für Sie tun?«

»Die Leichen von Tjark und Eefke Feddersen sind vor ein paar Tagen gefunden worden«, sagte Enna. »Das LKA hat die Ermittlungen wieder aufgenommen.«

»Ich habe davon gehört. Selbst nach so vielen Jahren kann uns der alte Sturkopf nicht in Ruhe lassen. Glauben Sie denn wirklich, dass Sie nach dieser langen Zeit mehr herausbekommen als die damalige SoKo? Die hat seinerzeit nun wirklich jeden Stein dreimal umgedreht.«

»Tjark Feddersen war Ihr Parteikollege. Wie war Ihr Verhä…«

»Schlecht«, unterbrach Peet Thamen Enna. »Und das habe ich damals auch lang und breit ausgesagt. Es erschließt sich mir nicht, weshalb wir das jetzt noch einmal zum Thema machen sollen.«

»Im Moment machen wir uns ein Bild von Tjark und Eefke Feddersen und befragen Freunde, Bekannte und Arbeitskollegen. In die letztere Kategorie fallen Sie.«

»Das ist mir durchaus klar, Frau Hauptkommissarin Andersen.« Er seufzte theatralisch. »Dann bringen wir's hinter uns. Was wollen Sie wissen?«

»Wie schätzen Sie Tjark Feddersen als Mensch ein?«

Thamen ließ sich Zeit für die Antwort. »Als Mensch? Ein widersprüchlicher und zugleich schwieriger Charakter. Auf der einen Seite hat er alles gegeben, um das Land, unser Land, voranzubringen, auf der anderen Seite ist er immer der typische Großbauer geblieben. Er wollte alleine die Richtung vorgeben, Teamarbeit war nicht seine Sache.« Peet Thamen hielt inne. »Aber gut, Sie haben nach dem Menschen Feddersen gefragt. Tjark gab nicht viel von sich preis. Bevor man bei ihm von einer Freundschaft sprechen konnte, mussten Jahre, wenn nicht Jahrzehnte vergehen. Wie es in seinem Inneren wirklich ausgesehen hat, weiß ich nicht. Manchmal schien es mir so, als habe er ein großes Herz, dann aber wieder wirkte er kaltschnäuzig und hart. Wie gesagt, eine widersprüchliche Persönlichkeit.«

»Sie kannten auch Frau Feddersen?«, stellte Paulsen seine erste Frage.

Peet Thamen nickte. »Sicher. Sie hat ihren Mann hin und wieder begleitet. Haben Sie Fotos von ihr gesehen?«

»Ja, in den Ermittlungsakten«, sagte Enna.

»In natura war sie noch attraktiver. Ich habe mich häufig gefragt, wie Tjark zu so einer Frau gekommen ist. Nun gut, wo die Liebe hinfällt. Ich möchte Eefke Feddersen auch keineswegs auf ihr Aussehen reduzieren. Sie war eine intelligente und im Grunde genommen selbstbewusste Frau, die leider nicht viel Platz neben ihrem Mann hatte.«

»Gab es Konflikte in der Ehe?«, fragte Paulsen.

»In welcher nicht? Ich kenne keine, in der es nicht mal kriselt. Tjark hätte darüber nicht geredet, aber man hörte ja hier und da schon mal was.«

»Und was wäre das?«, fragte Enna.

»Das Übliche«, wich Peet Thamen aus. »Tjark war halt widersprüchlich. Aber das sagte ich ja schon.«

»Wie stand Ihr Parteikollege zum Ausbau der Windkraft im Kreis?«, fragte Enna weiter.

»Positiv, wie wir alle. Vor zwanzig Jahren gab es ja vom Staat große Unterstützung. Und dass wir hier im hohen Norden viel Wind haben, ist ja bekannt.«

»Sie haben von den damaligen Korruptionsermittlungen gehört?«

»Wäre seltsam, wenn nicht.« Er hob abwehrend die Hand. »Bevor Sie weiterfragen. So sehr ich nicht immer einer Meinung mit Tjark war, bestechlich war er sicher nicht. Schon gar nicht beim Thema Windkraft. Er war jemand, der auch die Nachteile für die Umwelt sah und durchaus zu schätzen wusste, dass jeder Standort genauestens begutachtet wird. Ich war schon damals der Meinung, dass wir schneller sein müssten. Wie heute zu sehen ist, lag ich da nicht so ganz falsch.«

»Gab es andere Bauprojekte, die Tjark Feddersen unterstützt hat?«, fragte Paulsen. »Schulen, Turnhallen, Gemeindezentren?«

»Das war unser tägliches Brot. Dass dabei von manchen politischen Kreisen immer schnell Korruption ins Spiel gebracht wird, ist absurd. Es gibt jede Menge Vorschriften und noch mehr Verordnungen. Da hat sich jeder dran zu halten. Mehr habe ich dazu nicht zu sagen.«

Enna nickte. »Sie sollen einige Monate vor Feddersens Verschwinden eine gewalttätige Auseinandersetzung mit ihm gehabt haben.«

Peet Thamen rollte mit den Augen. »Das klingt jetzt aber bei Ihnen etwas zu dramatisch. Wir hatten beide was getrunken, ein Wort gab das andere und … was soll ich sagen, mir ist einfach der Kragen geplatzt und ich habe Feddersen eine gelangt. Das war eine Affekthandlung, die mir ewig nachgetragen wurde. Übrigens, Feddersen hat kräftig zurückgeschlagen und mir ein blaues Auge verpasst. Mehr war das nicht. Machen Sie jetzt bitte aus einer Mücke keinen Elefanten.«

»Hajo Greven?«, fragte Paulsen, als sie wieder im Wagen saßen. Sie hatten noch eine Viertelstunde mit Peet Thamen gesprochen, ohne an weitere relevante Informationen zu gelangen.

»Ja, wir sollten den Kontakt suchen, wenn er es schon nicht macht.«

Paulsen startete den Wagen und hielt eine halbe Stunde später vor dem Gebäude des Polizeikommissariats in Nordenham.

»Was sagst du jetzt zu Peet Thamen?«, fragte er.

»Er schien sehr bedacht darauf zu sein, nichts Falsches zu sagen.«

»Ist er immer noch in der Partei aktiv?«

»Ja, er hat Feddersen als Kreisvorsitzenden abgelöst, war später zehn Jahre Landrat und ist anschließend in den niedersächsischen Landtag gewählt worden. Für die neue Legislaturperiode wird er, so ist zumindest mein momentaner Stand, nicht wieder kandidieren.«

»Er hat also erheblich von Feddersens Tod profitiert«, überlegte Paulsen. »Schon klar, ein starkes Motiv ist das eher nicht.«

Hajo Greven begrüßte sie am Empfang und bat sie in sein Büro. Enna berichtete von ihren Befragungen sowie den ersten Ergebnissen der Rechtsmedizin und fragte nach den Ermittlungen im Fall Hinnerk Feddersen.

»Seine Frau ist nach wie vor nicht vernehmungsfähig«, antwortete Hajo Greven. »Über die Obduktion wissen Sie ja bereits Bescheid.«

»Hinnerk Feddersen steht ganz oben auf unserer Verdächtigenliste«, sagte Paulsen. »Vielleicht sollten wir da enger zusammenarbeiten.«

Hajo Greven nickte. »Absolut. Ich bin Ihnen auch dankbar, dass Sie mich regelmäßig auf dem Laufenden halten. Sollten sich in unseren Ermittlungen Hinweise ergeben, die uns für den alten Fall wichtig erscheinen, informiere ich Sie natürlich umgehend.«

»Haben Sie geklärt, ob ich an der Vernehmung von Jan Feddersen teilnehmen kann?«, fragte Enna.

»Ich habe Ihre Bitte an den Staatsanwalt weitergereicht. Eine Antwort habe ich leider noch nicht.«

Enna war klar, was Grevens Worte zu bedeuten hatten. Er hatte nicht vor, die beiden Fälle stärker miteinander zu verknüpfen. Ihr würde nichts anderes übrig bleiben, als Albrecht Heinzen anzurufen und ihn um Hilfe zu bitten. Zwar hatte sie genau das verhindern wollen, sah aber im Moment keinen Weg, ihren Nordenhamer Kollegen umzustimmen.

»Gibt es weitere Ermittlungsergebnisse in Ihrem Fall?«, fragte sie.

»Unser Meeting findet am späten Nachmittag statt. Sollte sich da etwas ergeben, würde …«

»Danke«, unterbrach Enna ihren Kollegen und stand auf.

Paulsen setzte sich wieder hinters Steuer und wartete auf Enna, bevor er den Motor startete und schweigend aus Nordenham herausfuhr.

»Wie gehen wir vor?«, fragte er, als sie auf Oldenburg zufuhren. »Irgendwer muss dem Typen den Arsch aufreißen. Und zwar schleunigst.«

Enna schmunzelte. »So würde ich es nicht unbedingt formulieren, aber in der Sache hast du recht. Ich telefoniere später mit Kriminaldirektor Heinzen.«

»Das macht nie einen guten Eindruck, aber ohne ihn werden wir wohl nicht weiterkommen.«

Fünfzehn

»Verstehe«, sagte Kriminaldirektor Albrecht Heinzen. Enna hatte ihn am Abend privat erreicht, um ihm von der komplizierten Ermittlungslage zu berichten.

»Ich bitte dich ungern um Unterstützung, aber die Situation spitzt sich gerade zu. Ehrlich gesagt weiß ich keine andere Lösung.«

»Soll ich den zuständigen Staatsanwalt anrufen?«, fragte Albrecht Heinzen.

»Du kennst ihn persönlich?«

»Julius Pochert ist zwar neu in Oldenburg, aber ich hatte schon mit ihm zu tun.«

»Ehrgeizig?«, fragte Enna.

»Sind sie das nicht alle? Aber du liegst nicht ganz falsch mit deiner Vermutung.«

»Die Wiederaufnahme des alten Falles wird von Staatsanwältin Brunner begleitet. Vielleicht ist es besser, wenn beide Fälle entweder bei ihm oder ihr liegen?«

»Ich fürchte, Pochert wird den Fall nicht abgeben, was er machen müsste, wenn die Fälle zusammengelegt werden. Und du weißt ja, dass ich keinen wirklichen Einfluss darauf habe. Wenn ich da interveniere und kein Gehör finde – wovon ich im Moment ausgehe –, stehst du mit deiner Abteilung schnell unter Beschuss.«

Enna stöhnte leise. »Dann bekommt er unseren Fall halt obendrauf.«

»Du gehst da ein erhebliches Risiko ein, Enna.«

»Hast du einen besseren Vorschlag? Wir müssen Fakten schaffen, um die beiden Fälle zusammenzubringen. Der Tod von Hinnerk Feddersen hat mit hoher Wahrscheinlichkeit etwas mit dem alten Fall zu tun. Ich bin von der Information abgeschnitten und sehe keinen anderen Weg. Es sei denn, wir stellen die Ermittlungen ein. Das wird nicht in deinem Sinne sein, oder, Albrecht?«

»Ich telefoniere noch heute Abend mit Frau Brunner. Sie wird froh sein, den Fall abgeben zu können. Morgen bin ich wegen einer anderen Sache ohnehin beim Oberstaatsanwalt zu einer Besprechung. Eventuell lässt es sich dann über den kleinen Dienstweg regeln.«

Gegen Mittag des nächsten Tages klopfte Enna an die Bürotür von Julius Pochert und trat gleich darauf ein. Ein Mann Mitte vierzig mit zurückgekämmtem dunklem Haar stand hinter dem Schreibtisch auf und kam auf sie zu.

»Frau Andersen?« Als Enna nickte, reichte er ihr die Hand. »Julius Pochert. Freut mich, Sie kennenzulernen. Ich habe schon viel von Ihnen und Ihrer Einheit gehört.« Er zeigte auf einen Besprechungstisch. »Wollen wir uns setzen?«

In der nächsten Viertelstunde fasste Enna die bisherigen Ermittlungen zusammen und schloss mit den Worten: »Ich halte es für ausgesprochen sinnvoll, unsere Ermittlung eng mit der in Nordenham zu verknüpfen.«

»Der Oberstaatsanwalt ist der gleichen Meinung und nach Ihrem Bericht schließe ich mich ihm an. Wir können nicht ausschließen, dass trotz der zwanzig Jahre, die zwischen den Fällen liegen, eine Verbindung besteht. Ich habe von daher den Leiter der SoKo gebeten, nach Oldenburg zu kommen.« Er sah auf die Uhr. »Er sollte jeden Augenblick eintreffen.«

Enna vermied es, ihr Erstaunen über die schnelle Entscheidung zu zeigen. Pocherts Worte hatten wie einstudiert geklungen. Er schien sich der Weisung von oben gefügt zu haben oder hatte eine eigene Strategie entwickelt, die Enna noch nicht durchschaute.

»Ich hoffe, Sie sind damit einverstanden?«, fügte er hinzu.

»Solang die Zusammenarbeit auf Augenhöhe verläuft, kann es nur ein Gewinn für beide Seiten sein«, wich Enna der Frage aus.

»Auf jeden Fall. Ich schätze übrigens Ihre Arbeit sehr und habe sie in der letzten Zeit intensiv verfolgt. Respekt. Ich wüsste spontan keine andere Cold-Case-Einheit, die solche Erfolge vorweisen kann.«

Enna schwieg. Überschwängliches Lob machte sie misstrauisch. Zu häufig hatte sie in ihrer Karriere erlebt, dass damit eine ganz eigene Agenda verbunden war.

Bevor Enna antworten konnte, klopfte es an der Tür, Julius Pochert stand auf und empfing Hajo Greven. Der Hauptkommissar aus Nordenham ließ sich entweder nicht anmerken, dass er erstaunt war, oder er hatte gewusst, dass er auf Enna stoßen würde. Er nickte ihr zu und setzte sich gegenüber von Enna an den Tisch.

»Der Oberstaatsanwalt hat die Entscheidung getroffen, beide Fälle auf staatsanwaltlicher Ebene zusammenzulegen. Mir schien es ratsam, dass wir uns gemeinsam an einen Tisch setzen, um über die nächsten Schritte zu sprechen.«

Hajo Greven schwieg und wirkte ungerührt.

»Ich würde gerne bei der Vernehmung von Jan Feddersen am kommenden Montag aktiv teilnehmen«, sagte Enna.

Julius Pochert wandte sich an Greven und warf ihm einen auffordernden Blick zu. »Gibt es dagegen Einwände Ihrerseits?«

Hajo Greven ließ sich Zeit mit der Antwort und Enna kam immer mehr zu dem Schluss, dass sie Zuschauerin einer Vorführung war.

»Nun gut, wir haben es hier schon mit zwei verschiedenen Ermittlungen zu tun, die nicht nur zeitlich weit auseinanderliegende Fälle behandeln, sondern auch sehr unterschiedlich gelagert sind. Außer den verwandtschaftlichen Beziehungen zwischen den Opfern sehe ich keine großen Gemeinsamkeiten. Hinzu kommt, dass Kollegin Andersen nur einen oberflächlichen Einblick in unsere Ermittlungen hat. Wenn Jan Feddersen zum Tod seiner Eltern befragt werden soll, würde ich einen zweiten Termin vorschlagen.«

Julius Pochert nickte und wandte sich an Enna. »Ich kann die Argumente Ihres Kollegen durchaus nachvollziehen. Was halten Sie von einem Kompromiss? Herr Feddersen wird hier in unseren Räumen vernommen. Sie könnten live per Video dabei sein. Technisch ist das kein Problem.«

»Ich benötige ab sofort vollen Einblick in die Ermittlungen in Nordenham.« Enna zwang sich, ruhig zu antworten. »Habe ich dafür Ihr Wort?« Sie sah Pochert direkt an.

»Ich denke, das ist nicht nur sinnvoll, sondern auch machbar. Sehen Sie ein Problem, Herr Greven?«

»Nein. Wir richten einen digitalen Zugang zu den Ermittlungsakten ein, dann haben Kollegin Andersen und ihr Team jederzeit vollen Zugriff.«

»Vorausgesetzt, die Akten sind auf dem neuesten Stand«, warf Enna ein.

»Selbstverständlich sind sie das, Frau Kollegin.« Hajo Grevens Stimme klang genervt. »Und wenn Sie Fragen haben, können Sie mich jederzeit auf dem Handy erreichen.«

»Wann habe ich den Zugang?«, fragte Enna.

»Ich telefoniere gleich mit den Kollegen. Sagen wir, in etwa einer Stunde bekommen Sie die Mail mit den Zugangsdaten.«

Julius Pochert beugte sich leicht vor. »Sehr gut. Dann wäre das ja geklärt.«

»War das ein abgekartetes Spiel?«, fragte Pia, als Enna eine halbe Stunde später mit ihrem Team zusammensaß.

»So würde ich das nicht bezeichnen«, sagte Enna.

»Wie denn sonst?«, warf Paulsen augenrollend ein. »Fauler Kompromiss?«

»Wir haben einen Fuß in der Tür. Wir werden uns am Montag zu dritt die Vernehmung anhören. Dann sehen wir weiter.«

»Du hast einen Plan?«, fragte Jens, den Ennas Bericht als Einzigen nicht aufgeregt zu haben schien.

»Kollege Greven weiß vermutlich noch nicht, dass die menschlichen Überreste des Ehepaars auf einem ehemaligen Grundstück von Hinnerk Feddersen gefunden wurden.«

»Zumindest nicht von uns«, sagte Paulsen. »Und du willst es ihm nicht stecken?«

»Er scheint sich ja für unsere Ermittlungen nicht zu interessieren«, sagte Enna. »Es wird sich schon noch eine Gelegenheit bieten, die Information zu verwenden.« Sie klappte ihren Laptop auf und fasste noch einmal kurz die bisherigen Ermittlungsergebnisse zusammen. Am Vormittag hatten Paulsen und sie bereits von den Befragungen am Tag zuvor berichtet.

»Inzwischen kristallisiert sich ein immer differenzierteres Bild von Tjark Feddersen heraus. Auf der einen Seite war er durchsetzungsstark mit autoritärem Führungsstil, scheute keine Konflikte und hat weder Freunde noch Gegner verschont. Andererseits verteidigen ihn alle Zeugen gegen den Korruptionsvorwurf und bescheinigen ihm, dass er sich strikt an Gesetze und Verordnungen gehalten hat. Im Falle der Windparks geht es sogar so weit, dass er sich deutlich gegen ein schnelleres Genehmigungsverfahren ausgesprochen haben soll und für die strikte Einhaltung von Umweltauflagen.«

»Er hat sich also nirgendwo Freunde gemacht«, warf Pia ein.

»Nein, es wirkt so, als habe er überall angeeckt.«

Jens hob die Hand. »Wir sind ja bisher davon ausgegangen, dass er öffentliche Bauten durchgeboxt und Firmen Vorteile verschafft hat. Hat er vielleicht auch hier und da, ohne Gesetze zu missachten. Aber müssen wir vielleicht umdenken und nach jemandem suchen, dem er«, Jens malte Anführungszeichen in die Luft, »die Suppe versalzen hat? Sprich: Wem stand er mit seiner Art im Weg? Wir könnten nach Projekten suchen, die seinerzeit geplant waren und nicht umgesetzt werden konnten, weil die Vorschriften genau eingehalten wurden.«

»Guter Ansatz«, sagte Enna. »Übernimmst du das?«

Jens nickte. »Schon notiert.«

»Kommen wir zu Tjark Feddersen zurück. Seine Ehe scheint nicht ganz so intakt gewesen zu sein, wie es vielleicht von außen gesehen wirkte. Doris Bruhn hatte einen guten Einblick, da sie eng mit Eefke Feddersen be…«

»Ich habe da noch drüber nachgedacht«, unterbrach Pia Enna. »Kann es sein, dass die beiden Frauen nicht nur gut befreundet waren, sondern dass da mehr passiert ist?«

»Du meinst, sie waren ein Liebespaar?«, fragte Paulsen. Er warf Enna einen Blick zu. »Hast du nicht gesagt, dass Doris Bruhn zunächst sehr offen zu dir war, aber ab einem bestimmten Punkt zurückhaltender geworden ist?«

Enna schloss die Augen und ging die Szene noch einmal in Gedanken durch. »Ja, ich war auch erstaunt, wie sich plötzlich die Stimmung zwischen uns änderte, als ich sie nach einer möglichen Affäre Eefkes gefragt habe. Sie hat ab da mehr von sich und ihrer Familie erzählt als von ihrer Freundin. Ihr Mann ist früh gestorben und sie stand mit Kindern und Geschäft alleine da.«

»Wie hätte Tjark Feddersen darauf reagiert?«, fragte Jens. »Wäre das nicht der Worst Case für ihn gewesen?«

»Das würde zu den Verletzungen passen«, warf Pia ein. »Sie haben sich gestritten, Tjark Feddersen ist ausgerastet und hat seine Frau gestoßen, sie ist gestürzt.«

»Und er?«, fragte Paulsen, dem die Theorie nicht zu gefallen schien.

»Hat entweder Suizid begangen oder ist von jemandem getötet worden, der den Streit mitbekommen hat«, schlug Pia vor. »Wir wissen doch gar nicht um den zeitlichen Ablauf. Vielleicht liegen ja zwischen dem Tod der Frau und dem des Mannes mehrere Stunden.«

»Dann käme nur der Sohn in Betracht«, sagte Paulsen.

»Oder der Onkel, der vom Sohn zur Hilfe gerufen wurde, weil seine Mutter verschwunden war.« Pias Stimme klang gereizt.

»Okay«, unterbrach Enna die hitziger werdende Diskussion. »Einen Schritt nach dem anderen. Die Frage ist, was hat Doris Bruhn mir verschwiegen? Ich war bei unserem Gespräch davon ausgegangen, dass sie Kenntnis von einer Affäre ihrer Freundin hatte. Und ich sah keinen Grund, weshalb sie mir das nach der langen Zeit verschweigen sollte. Pias Gedanke, dass die beiden Frauen ein Verhältnis hatten – wie immer es auch ausgesehen haben mag –, würde diesen Umstand natürlich erklären. Wir werden noch einmal mit Doris Bruhn sprechen müssen.«

»Reichst du mir mal den Brotkorb?«, fragte Enna ihren Sohn. Sie saßen zu viert am Tisch beim Abendessen.

Elias griff nach dem Korb und hielt ihn Enna hin. »Hier, Mama.«

»Danke, mein Großer. Habt ihr heute wieder was Neues gelernt?«

Alina hatte Elias von der Schule abgeholt und hatte ihn betreut.

»Herr Müller ist krank. Wir haben nur gemalt und waren draußen auf dem Schulhof.«

»Oh, das ist schade. Am Montag kommt er bestimmt wieder.« Elias liebte seinen Klassenlehrer, der Deutsch und Sachkunde unterrichtete.

»Manchmal ist man auch länger krank, hat Jonas gesagt.«

Enna strich ihrem Sohn liebevoll über den Kopf. »Das stimmt. Aber Herr Müller musste vielleicht zu Hause bleiben, weil seine kleine Tochter krank war und nicht in den Kindergarten konnte.«

Elias nickte. »Die ist ganz schön oft krank, Mama.«

Enna lachte. »Nein, erinnerst du dich nicht mehr, als du in den Kindergarten gekommen bist, warst du auch alle paar Wochen krank. Das ist so, weil da viele Kinder sind, die andere Kinder anstecken. Irgendwann hat man dann genug Abwehrkräfte und es macht einem nicht mehr so viel aus.«

»Daran kann ich mich gar nicht erinnern«, sagte Elias und biss in sein Brot.

Nachdem Enna Alina verabschiedet und Elias ins Bett gebracht hatte, setzte sie sich zu Aaron ins Wohnzimmer und legte den Kopf an seine Schulter. »Ich bin froh, dass wir Wochenende haben.«

»Hattest du einen anstrengenden Tag?«

Enna erzählte ihm von dem Termin beim Staatsanwalt. »Es gibt gar keinen Grund, die Ermittlungen nicht zusammenzulegen oder zumindest eng zusammenzuarbeiten.«

»Was sagtest du, wie heißt der neue Staatsanwalt?«

»Pochert.«

Aaron warf ihr einen erstaunten Blick zu. »Julius Pochert?«

»Du kennst ihn?«

»Oh ja. Aus Wiesbaden. Wir hatten einige unangenehme Begegnungen vor Gericht. Er ist ein Ehrgeizling, der vor nichts zurückschreckt, um seine Ziele zu erreichen.«

»Verdammt, warum habe ich dich nicht vorher gefragt? Jetzt ist es zu spät. Er wird unsere Ermittlungen als Staatsanwalt begleiten.«

»Auf Dauer? Auch andere in der Zukunft?«

»Das hoffe ich nicht.« Enna hielt inne. »Warum hat er die Zusammenlegung der Fälle blockiert? Es ist offensichtlich, dass sie zusammenhängen.«

»Wusste er, wer du bist?«

»Zumindest bei unserem ersten Gespräch. Wieso fragst du?«

»Vielleicht war es ja umgekehrt. Pochert wollte unbedingt selbst den Fall betreuen, hat deinen Kollegen darin bestärkt, dass er dich von den Informationen fernhält, und auf deine Reaktion gehofft. Vermutlich wusste er auch von deiner freundschaftlichen Verbindung zu Albrecht Heinzen. Ich würde es ihm zutrauen. Er ist so ein Typ, der sich von der Zusammenarbeit mit deinem erfolgreichen Team einen Karriereschub versprechen könnte.«

Enna stöhnte leise. »Ich habe gewusst, dass dieser Fall nur Ärger bringt. Warum habe ich ihn bloß übernommen?«

»Weil Albrecht dich gebeten hat?«

Enna nickte. »Ja, leider.«

»Ihr habt doch die Wahl und könnt den Fall einstellen, wenn es euch zu bunt wird.«

»Das würde sich wie eine Niederlage anfühlen.«

Aaron stand auf. »Ich brauche ein Glas Wein. Willst du auch?«

Sechzehn

Julius Pochert empfing Enna, Pia und Paulsen mit einem geschäftsmäßigen Lächeln, kommentierte nur mit einem Nebensatz, dass sie zu dritt waren, und führte sie in einen Raum, in dem ein großer Bildschirm an der Wand hing.

»Ich lasse Ihnen gleich noch etwas zu trinken bringen. Herr Feddersen ist zusammen mit seinem Anwalt bereits eingetroffen. Ich denke, in zehn Minuten werden wir beginnen.«

Als Pochert sich verabschiedet hatte, schaute sich Enna im Raum um und suchte nach Abhöranlagen. Paulsen folgte ihrem Blick und seufzte leise. »Glaubst du wirklich, dass er so weit geht?«

»Vorsicht ist besser als Nachsicht«, murmelte Enna. Paulsen hatte natürlich recht. Es wäre das Ende von Pocherts Karriere, sollten ihm solche Maßnahmen nachgewiesen werden.

Sie standen zu dritt zusammen, warteten, bis die Getränke gebracht wurden, und setzten sich an den Tisch, als der Bildschirm aufleuchtete. Links waren Jan Feddersen und sein Anwalt zu sehen, von rechts kamen der Staatsanwalt und Hajo Greven ins Bild. Pochert begrüßte zunächst den Anwalt und anschließend Jan Feddersen, Greven nickte beiden zu.

Der Staatsanwalt eröffnete die Befragung, wies Jan Feddersen auf seine Rechte hin und übergab an Hajo Greven.

»Wie würden Sie Ihr Verhältnis zu Ihrem Onkel beschreiben?«

Der Anwalt räusperte sich. »Mein Mandant hatte ein gutes Verhältnis zu seinem Onkel.«

»Wir haben Zeugenaussagen, die von häufigen, lautstarken Auseinandersetzungen berichten.«

Paulsen warf Enna einen schnellen Blick zu. »Stand davon etwas in den Ermittlungsberichten?«

»Nein, kein Wort.«

Auch Pia schüttelte den Kopf.

Der Anwalt beugte sich nach vorne. »Dann sind die Akten, in die ich Einsicht hatte, nicht vollständig. Mir liegen diese Aussagen nicht vor.«

Hajo Greven nickte. »Das tut mir leid. Da muss ein technischer Fehler vorliegen.« Er zog zwei Blätter aus seiner Akte und schob sie dem Anwalt über den Tisch zu. »Wie Sie sehen, stimmen die drei Aussagen überein.« Er wandte sich an Jan Feddersen. »Um was genau ging es in den Auseinandersetzungen?«

Feddersen schwieg und warf seinem Anwalt einen Blick zu. Der überflog gerade die Aussagen, schaute auf und schüttelte den Kopf. »Die Zeugen müssen sich geirrt haben. Inwieweit hier eine Falschaussage vorliegt, können Sie sicher besser beurteilen.«

»Es gibt für uns keinen Grund zur Annahme, dass die Aussagen von Frau Feddersen und zweien der Hofmitarbeiter nicht korrekt sind. Sie sind unabhängig voneinander gemacht worden und wurden gründlich überprüft.«

»Ich kann nur noch einmal wiederholen, dass sie nicht der Wahrheit entsprechen. Es kann sein, dass die eine oder andere Unterhaltung zwischen meinem Mandanten und seinem Onkel etwas lauter geführt wurde und der Eindruck entstanden ist, es handele sich um einen Streit. Das trifft, wie bereits ausgeführt, allerdings nicht zu.«

»Frau Feddersen hat gestern Abend ausgesagt, dass sie zehn Tage vor dem Tod ihres Mannes von Ihrem Mandanten vergewaltigt wurde.«

Jan Feddersen richtete sich auf. »Das ist eine Lüge!«, schrie er wutentbrannt.

Sein Anwalt zog ihn zurück auf den Stuhl und sprach beruhigend auf ihn ein. Schließlich wandte er sich an den Staatsanwalt. »Mein Mandant weist mit Nachdruck diese Beschuldigung von sich.«

Paulsen räusperte sich. »Wusstet ihr davon?«

»Nein, natürlich nicht«, sagte Enna.

»Das ist unglaublich, dass die Kollegen uns so im Unklaren lassen«, sagte Pia. »Wann hätten wir das erfahren sollen, wenn wir nicht darauf gedrungen hätten, die Vernehmung live zu verfolgen?«

Enna hielt den Zeigefinger vor den Mund als Zeichen, dass sie ruhig sein sollten.

»Frau Feddersen hat weiter ausgesagt, dass sie von Ihrem Mandanten massiv unter Druck gesetzt worden sei, über den Vorfall zu schweigen«, führte Hajo Greven weiter aus. »Aus diesem Grund habe sie ihrem Mann zunächst nichts gesagt, wurde allerdings kurz darauf wegen eines Notfalls zu ihren Eltern gerufen, bei denen sie sich sieben Tage aufgehalten hat. Während dieser Zeit sei ihr bewusst geworden, dass sie nicht länger schweigen könne, und sie habe ihren Mann telefonisch über die Vergewaltigung informiert.«

Jan Feddersen, der sich nach der Intervention seines Anwalts beruhigt hatte, schien etwas sagen zu wollen. Sein Anwalt legte ihm die Hand auf den Arm und schüttelte den Kopf. Anschließend wandte er sich an Hajo Greven. »Mein Mandant hat weder die Ehefrau seines Onkels vergewaltigt noch hat er sie bedroht. Es ist bezeichnend, dass Frau Feddersen erst gestern die Polizei informiert hat. Ist die Befragung auf Video aufgenommen worden?«

»Nein, es gibt keine Aufzeichnung«, sagte Hajo Greven.

»Wer war bei der Befragung dabei?«

»Das können Sie alles dem Befragungsprotokoll entnehmen«, sagte der Staatsanwalt. »Ich würde gerne mit der Vernehmung fortfahren und weise darauf hin, dass Ihr Mandant nunmehr als Beschuldigter vernommen wird. Ihm wird vorgeworfen, Frau Sonja Feddersen vergewaltigt und bedroht zu haben. Zusätzlich steht er unter Verdacht, Hinnerk Feddersen getötet zu haben.« Julius Pochert gab Greven einen Wink, der nickte und wandte sich an Jan Feddersen.

»Sie haben angegeben, dass Sie sich am Sonntagabend vor einer Woche mit Frau Isabell Kramer in Oldenburg getroffen haben und sie gegen zweiundzwanzig Uhr verlassen haben. Ist das richtig?«

»Das ist korrekt«, antwortete der Anwalt für Jan Feddersen.

»Frau Kramer hat bei ihrer ersten Befragung Ihre Aussage bestätigt, sie aber bei einer erneuten Befragung korrigiert. Demnach haben Sie ihre Wohnung bereits einige Minuten vor einundzwanzig Uhr verlassen. Wieso haben Sie eine falsche Uhrzeit angegeben?«

Im ersten Augenblick schien es so, als wenn Jan Feddersen von seinem Stuhl aufspringen wollte, aber dieses Mal war der Anwalt schneller. Seine Hand lag schon, bevor Greven den Satz beendet hatte, auf der Schulter seines Mandanten und hielt ihn zurück.

»Mein Mandant war sich bei der Angabe der Abfahrtzeit absolut sicher. Natürlich wusste er an dem Sonntagabend, als er von Oldenburg aufgebrochen ist, noch nicht, wie wichtig diese Angabe sein würde. Es mag sein, dass er sich um ein paar Minuten verschätzt hat. Im Prinzip steht er zu seiner Aussage.

Und um es gleich vorwegzunehmen, mein Mandant hat selbstverständlich keinen Druck auf die Zeugin ausgeübt, damit sie eine falsche Abfahrtszeit angibt. Sollte sie das behaupten, würden wir uns juristische Schritte gegen sie vorbehalten.«

Hajo Greven ging nicht auf den Seitenhieb des Anwalts ein und vermied es, Isabell Kramer weiter ins Spiel zu bringen.

»Besitzen Sie oder haben Sie jemals einen Elektroschocker besessen?«

Jan Feddersen schüttelte den Kopf. Er wirkte inzwischen geschockt und niedergeschlagen.

»Nein, mein Mandant besitzt kein Gerät dieser Art.«

Hajo Greven hob eine Fotografie hoch, die, soweit Enna es auf dem Bildschirm erkennen konnte, einen auf dem Boden liegenden Elektroschocker zeigte. »Wir haben diesen Elektroschocker auf dem Außengelände des Hofes Ihres Mandanten gefunden. Er lag in einer der Stallungen versteckt unter einem Holzkasten.«

»Davon hat er uns auch nichts gesagt«, murmelte Paulsen. »Oder?«

»Nein, von einer Durchsuchung des Feddersen-Hofs ist mir nichts bekannt«, sagte Enna, der allmählich klar wurde, dass sie länger als angenommen hinters Licht geführt worden war.

Hajo Greven sprach jetzt direkt Jan Feddersen an. »Haben Sie dieses Gerät erworben und genutzt?«

»Diese Frage ist überflüssig, Herr Hauptkommissar«, sagte der Anwalt mit erhobener Stimme. »Ich habe bereits für meinen Mandanten erklärt, dass er ein solches Gerät nie in seinem Besitz gehabt hat.«

Hajo Greven sah weiter Jan Feddersen an und tat so, als ob er den Anwalt nicht gehört hätte. »Herr Feddersen«, er schob das Foto weiter zu ihm hin, »sehen Sie sich bitte das Foto an. Gehört dieser Elektroschocker Ihnen? Haben Sie damit Ihren Onkel außer Gefecht gesetzt und ihn anschließend erstickt?«

»Nein«, presste Feddersen heraus, während die Hand des Anwalts wieder zu seinem Arm schnellte.

»Mein Mandant hat sich eindeutig zu Ihrer Frage geäußert«, fuhr der Anwalt dazwischen. »Weitere Fragen in diese Richtung wird er nicht beantworten.«

»Herr Feddersen, sind Sie bereit, sich auf freiwilliger Basis Fingerabdrücke abnehmen und einen DNA-Abstrich machen zu lassen?«

»Wir sehen dazu keinen Grund«, sagte Feddersens Anwalt.

»Fehler«, kommentierte Paulsen. »Schachmatt.«

Hajo Greven war inzwischen aufgestanden. »Herr Jan Feddersen, hiermit nehme ich Sie vorläufig fest. Sie werden spätestens morgen um diese Zeit einem Richter vorgeführt, der über eine Untersuchungshaft entscheiden wird.«

Siebzehn

Eine halbe Stunde später saßen Enna, Paulsen, Pia und Jens in der großen Küche des Kommissariats zusammen. Enna berichtete Jens kurz von der Vernehmung und der anschließenden Festnahme von Jan Feddersen.

Das kurze Gespräch unmittelbar nach der Vernehmung hatte Staatsanwalt Julius Pochert ohne Hajo Greven mit ihnen geführt. Er hatte sich im Namen von Greven entschuldigt, dass in der Datenbank noch nicht alle Ermittlungsergebnisse vorgelegen hatten, und es, wie auch gegenüber Feddersens Anwalt während der Vernehmung, mit technischen Schwierigkeiten erklärt.

»Hat jemand eine Ahnung, was diese ganze Inszenierung sollte?«, fragte Pia in die Runde. »Hat Greven das die ganze Zeit geplant, um uns vorzuführen?«

»Sieht so aus«, murmelte Paulsen.

»Ich muss zugeben, dass ich Greven vollkommen falsch eingeschätzt habe«, sagte Enna. »Er scheint von Anfang an nicht vorgehabt zu haben, mit uns zusammenzuarbeiten. Lassen wir ihm seinen Triumph. Ich bin mir nicht sicher, dass er von Dauer sein wird.«

»Stimme ich zu«, warf Paulsen ein. »Das ist im Moment nicht mehr als heiße Luft. Die können froh sein, wenn der Richter Feddersen in U-Haft steckt.«

»Der Tod von Hinnerk Feddersen ist nicht unser Fall«, sagte Enna. »Wir werden uns ab sofort komplett aus den Ermittlungen heraushalten und uns auf unsere eigenen konzentrieren. Wir haben heute Montag. Wenn wir bis nächste Woche um diese Zeit keine erkennbaren Fortschritte gemacht haben, werden wir den Fall wieder auf Eis legen. Einverstanden?«

Ein Nicken ging durch die Runde.

»Also, wo stehen wir und was sind unsere nächsten Schritte?«, fragte Enna. »Gehen wir doch die einzelnen Personen durch, mit denen wir gesprochen haben.«

»Jan Feddersen«, begann Paulsen. »Er ist im Moment außerhalb unserer Reichweite, da er in U-Haft sitzt oder bald sitzen wird und sicher nicht mit uns über den zwanzig Jahre zurückliegenden Fall sprechen wird.«

»Kann er seinen Vater getötet haben, nachdem seine Mutter bei einem von seinem Vater ausgelösten Unfall gestorben ist?«, fragte Pia. »Wäre er rein körperlich dazu in der Lage gewesen?«

»Es gibt laut Rechtsmedizin keine Anzeichen für eine Messerattacke oder Schusswaffengebrauch«, gab Enna zu bedenken. »Auch der Einsatz einer anderen Waffe, wie zum Beispiel einer Eisenstange, hätte durchaus Knochenbrüche oder Ähnliches mit sich gebracht. Wie könnte er ihn getötet haben?«

»Elektroschocker?«, fragte Jens. »Das wäre in der Rechtsmedizin auf jeden Fall nicht mehr nachweisbar gewesen.«

Paulsen zuckte mit den Schultern und sah Pia und Enna fragend an. »Das wäre natürlich der Hammer.«

»Wir müssen herausbekommen, wie alt der Elektroschocker ist«, sagte Enna. »Machst du das, Jens?« Als ihr Kollege nickte, fuhr Enna fort. »Gehen wir einmal davon aus, Jan Feddersen hat seinen Vater getötet. Wer hätte ihm geholfen, die Leichen zu vergraben?«

»Der Onkel«, sagte Paulsen. »Er hat ihn angerufen und er ist gleich zum Feddersen-Hof gefahren.« Er hob den Finger. »Und das wäre auch die Erklärung dafür, weshalb Hinnerk Feddersen lebenslanges Wohnrecht auf dem Hof hatte.«

»Er könnte gedroht haben, unseren Kollegen in Nordenham die Wahrheit zu sagen«, überlegte Pia. »Seine Tat, also die Leichen zu vergraben, ist längst verjährt, die von Jan Feddersen, sollte es sich um Totschlag handeln, auch.«

»Jan Feddersen muss also trotz allem ein Ermittlungsstrang sein«, beschloss Enna. »Wir müssen herausfinden, ob der damals Vierzehnjährige an dem besagten Tag in der Schule war, wir müssen mit Zeugen sprechen, die damals mit ihm zu tun hatten. Lehrer, Sozialarbeiter, Verwandte. Pia, kümmerst du dich darum, eine Liste zu machen?«

Pia nickte. »Notiert.«

»Hinnerk Feddersen wäre der zweite Verdächtige im engeren Familienkreis«, schlug Enna vor. »Wer geht noch einmal alle Akten durch? Gibt es einen Hinweis darauf, dass Hinnerk sich an diesem Tag auf dem Hof aufgehalten hat? Welche Zeugen können noch einmal befragt werden?«

Jens hob die Hand. »Ich kann die Akten noch einmal durchgehen.«

»Gut. Dann der dritte Ermittlungsstrang. Er würde sich auf die Außenkontakte …«

»Was ist mit Doris Bruhn?«, unterbrach Paulsen Enna. »Könnte sie nicht ihrer Freundin oder vielleicht auch Geliebten zur Hilfe gekommen sein? Eefke Feddersen könnte sie angerufen haben, Doris Bruhn kam aber zu spät und hat Tjark Feddersen getötet. Warum nicht auch mit einem Elektroschocker? Ist das nicht eher eine weibliche Waffe?«

»Sie hätte wohl kaum ihre Freundin oder, wie du es nennst, Geliebte zusammen mit dem Mörder verscharrt«, sagte Pia. »Und Hilfe hätte sie auch benötigt.«

»Mag sein«, gab Paulsen zu. »So weit habe ich nicht gedacht. Trotzdem könnte sie eine größere Rolle spielen, als wir bisher annehmen.«

»Ich muss Paulsen zustimmen«, sagte Enna. »Doris Bruhn weiß mehr, als sie gesagt hat. Wir werden sie in die Verdächtigenliste aufnehmen. Ich gehe dem nach.«

»Dann zum dritten Ermittlungsstrang«, sagte Paulsen. »Sorry, dass ich dich gerade unterbrochen habe.«

»Kein Problem. Ich sehe in den Außenkontakten zwei Schwerpunkte. Auf der einen Seite die Parteien und auf der anderen Seite den Korruptionsverdacht.« Sie warf Paulsen einen Blick zu. »Kannst du dich um die Parteien kümmern? Wir brauchen da mehr Informationen.«

»War ja auch zuvor schon mein Thema. Es wird nicht leicht, aber ich versuche es.«

Jens hob seine Hand. »Wir sollten auch nicht zwingend davon ausgehen, dass Eefke Feddersen als Erste getötet wurde. Eventuell ging es um ihren Mann. Sie ist erst dazugekommen, als er bereits tot war. Der Täter oder die Täterin hat sie abgewehrt, sie ist tödlich gestürzt.«

»Die Theorie ist nachvollziehbar«, sagte Enna. »Wir sollten uns auf keinen Fall auf eine der Varianten festlegen. Wenn ihr einverstanden seid, würde ich mich auf die Unternehmen konzentrieren, die in den Jahren vor Feddersens Tod eine aktive Rolle im Landkreis und besonders in Butjadingen gespielt haben. Allen voran das Windkraftunternehmen ALOH AG mit Sitz in Oldenburg.«

Paulsen räusperte sich. »Wir sollten auch die Maulwurf-Theorie nicht vergessen. In der Sache sind wir noch keinen Schritt weiter.«

Enna nickte und stand auf. »Wenn sich nichts Besonderes ergibt, sollten wir uns morgen gegen Mittag zusammensetzen. Arbeitsessen, ich bestelle Pizza für alle.« Sie schmunzelte. »Sonderwünsche bitte bis heute Abend schriftlich einreichen.«

Enna blätterte durch die alten Ermittlungsakten. Seit zwei Stunden kämpfte sie sich durch die chaotisch abgelegten Protokolle und Berichte. Manche Seiten schienen zu fehlen oder falsch abgeheftet worden zu sein. Ihr kam der Verdacht, dass es sich nicht um einen Zufall handelte, sondern die Ablage absichtlich durcheinandergebracht worden war.

Über die Hälfte der Protokolle und Berichte waren von Oliver Denzin mitunterschrieben worden. Auffällig häufig tauchte auch der Name von Hajo Greven auf. Der Informationsgehalt der Unterlagen hielt sich in Grenzen. Immer wieder wurde Bezug auf Akten der Korruptionsermittlung genommen, die inzwischen vernichtet worden waren und von denen Enna in der Vorwoche nur die vierzigseitige Zusammenfassung gelesen hatte. Die Befragungen wirkten wie Pflichtübungen, die Fragen waren harmlos, die Antworten der Zeugen belanglos. Enna vermutete, dass Hinnerk Feddersen erheblich mehr Aufmerksamkeit zuteilgeworden war als dem gesamten Ermittlungsstrang Korruption.

Enna ging noch einmal die Liste der Personen durch, die sie sich im Zusammenhang mit der Korruptionssache notiert hatte, und griff anschließend nach ihrem Handy, um Hans Ullrich anzurufen.

»Frau Andersen. Schön, von Ihnen zu hören. Wie laufen die Ermittlungen?«

»Moin, Herr Ullrich. Haben Sie einen Augenblick Zeit für mich?«

»Mehr als einen Augenblick. Wenn Sie möchten, den ganzen Tag.«

Enna lachte. »Nein, so lange will ich Ihnen nun wirklich nicht zur Last fallen.« Sie berichtete kurz über den Stand der Ermittlungen. Zwar verletzte sie damit ihre Schweigepflicht, schätzte das aber bei einem ehemaligen Kollegen, der auch noch mit dem gleichen Fall betraut gewesen war, nicht als so gravierend ein.

»Hajo? Was ist denn in den gefahren? Merkwürdig.«

»Hatte Kollege Greven auch mit den eigentlichen Korruptionsermittlungen zu tun? Leider sind die Akten vernichtet worden und ich habe lediglich eine vierzigseitige Zusammenfassung zur Verfügung. Dort sind zwar auch die beteiligten Beamten mit aufgeführt, aber unter Umständen ist da ja ein Fehler passiert.«

»Nein, meines Wissens hatte Hajo Greven mit den Ermittlungen nichts zu tun.«

»Sie hatten ihn auch nie in Verdacht, dass er Informationen weitergegeben hat?«, fragte Enna weiter.

»Nein. Er war extrem engagiert. Wenn Sie mich fragen, hat er die Ermittlungen sogar zu sehr an sich herankommen lassen. Ich habe seinerzeit zwei oder drei Gespräche mit ihm geführt und ihn davor gewarnt, die Ermittlungen zu persönlich zu nehmen. Er war quasi Tag und Nacht im Dienst, ein Hansdampf in allen Gassen. Das hat natürlich auch seine guten Seiten, aber Sie sind lange genug im Dienst, um die Gefahren auch zu kennen.«

»Natürlich. Wenn wir keine professionelle Distanz zum Fall und vor allem zu den beteiligten Menschen aufbauen, kommt es auf Dauer zu Problemen.«

»Was Sie nicht wissen, Hajos Vater hat sich früh von der Mutter getrennt und jeglichen Kontakt zu seinem Sohn abgebrochen. Seine Mutter hat Suizid begangen, als Hajo zwölf Jahre alt war. Er ist dann bei seiner Großmutter aufgewachsen. Eine tragische Geschichte.«

Hans Ullrich schien Ennas Vergangenheit nicht zu kennen, vermutlich wäre er ansonsten zurückhaltender gewesen.

»Der Fall damals hat ihn sehr an seine eigene Geschichte erinnert?«, fragte Enna.

»Ja, ich habe das zunächst nicht durchschaut, da ich von seiner Vergangenheit keine Kenntnis hatte. Später, als ich einen Blick in seine Personalakte geworfen habe, ist es mir natürlich klar geworden. Hajo war fest davon überzeugt, dass Hinnerk Feddersen der Täter sein musste. Wir hatten ihn zwar alle in Verdacht, aber bei Hajo wurde das im Laufe der Wochen zu einer Art Besessenheit. Ich habe ihn immer wieder stoppen müssen und glaubte ihn auch schließlich auf dem richtigen Weg.«

»Könnten Sie sich vorstellen, dass Hajo Greven einem Verdächtigen Beweise unterschiebt?«

Hans Ullrich ließ sich Zeit für seine Antwort. »Ich habe nur in der damaligen SoKo mit Hajo zusammengearbeitet. Er war jung und ungestüm. Aber wie gesagt, ihm fehlte die professionelle Distanz. Unter Umständen wäre er tatsächlich ein Kandidat für solch eine schwerwiegende Verfehlung.«

Fünf Minuten später verabschiedete sich Enna von Hans Ullrich, konzentrierte sich wieder auf die Akten und befragte mehrere Zeugen telefonisch, ohne in der Sache weiterzukommen.

Kurz nach sechzehn Uhr entschloss sie sich, früher als geplant nach Hause zu gehen, räumte den Schreibtisch auf und wollte gerade ihr Büro verlassen, als jemand an der Tür klopfte.

Jens kam herein. »Eine Frau Kramer möchte dich gerne sprechen.«

»Telefonisch?«

»Nein, sie ist hier.« Jens wandte sich um und nickte jemandem zu.

Isabell Kramer kam an Jens vorbei in Ennas Büro. Enna stand auf und ging auf Isabell Kramer zu, reichte ihr die Hand und bot ihr einen Stuhl am kleinen Besprechungstisch an.

»Ich weiß gar nicht, ob ich hier bei Ihnen richtig bin.« Enna sah der jungen Frau an, wie unangenehm ihr die Situation war. »Am Freitag wurde ich nach Nordenham vorgeladen. Ich war …« Sie senkte den Kopf.

»Sie haben mit dem Kollegen Greven gesprochen?«

Isabell Kramer nickte, sah auf. Ihre Augen waren feucht. »Ich habe einen großen Fehler gemacht.«

»Erzählen Sie doch ganz von Anfang an, Frau Kramer. Ich habe Zeit.«

»Dieser Polizist … also, er hat mich unter Druck gesetzt und immer wieder gefragt, ob ich mir absolut sicher sei mit der Zeitangabe. Ich habe Ihnen ja auch gesagt, dass ich nicht auf die Uhr geschaut habe. Der Polizist hat mir das nicht geglaubt und gesagt, dass mich eine Falschaussage teuer zu stehen kommen könne. Am Schluss war ich so durcheinander, dass ich das Protokoll unterschrieben habe, ohne es durchzulesen.«

»Hat der Anwalt von Herrn Feddersen Sie kontaktiert?«

Isabell Kramer nickte. »Ja, er hat mich angerufen und gefragt, ob ich die Aussage so gemacht habe. Mehr nicht. Er hat mich nicht unter Druck gesetzt – absolut nicht. Aber er hat mir erzählt, dass Jan ins Gefängnis gekommen ist. Also in …« Sie brach ab.

»In Untersuchungshaft.«

»Ja, genau. Ich habe nie gesagt, dass Jan um einundzwanzig Uhr weggefahren ist. Und jetzt«, sie holte ihr Handy aus der Tasche, »bin ich mir inzwischen ziemlich sicher, dass es sogar nach zweiundzwanzig Uhr war.« Sie öffnete eine Messenger-App und zeigte Enna eine Nachricht. »Das war meine Freundin aus Hamburg. Sie hat mich, kurz nachdem Jan gegangen ist, angeschrieben.«

Enna schaute auf die Uhrzeit. Zweiundzwanzig Uhr vierzehn.

»Was soll ich denn jetzt machen? Ich will nicht noch einmal mit dem Polizisten sprechen. Auf gar keinen Fall.«

»Kennen Sie einen Anwalt, der Ihnen helfen könnte?«

Isabell Kramer nickte. »Mein Onkel ist Anwalt. Aber in Göttingen.«

»Fragen Sie ihn, ob er für Sie einen Brief an die Dienststelle in Nordenham schreibt. Widerrufen Sie die Aussage und stellen Sie sie richtig. Die Fakten liegen ja jetzt auf dem Tisch. Ihr Onkel wird Ihnen sicher nichts dafür berechnen.«

»Und das geht so einfach?«

»Ja, selbstverständlich. Wenn Sie erneut von Hajo Greven nach Nordenham vorgeladen werden, ignorieren Sie das Schreiben. Nur einer Vorladung durch die Staatsanwaltschaft müssen Sie Folge leisten. Ich glaube kaum, dass es so weit kommen wird. Wenn doch, sollten Sie auf jeden Fall einen Anwalt mitnehmen. Aber wie gesagt, ich glaube nicht, dass es dazu kommt.«

»Aber es könnte sein?«

»Das ist nicht auszuschließen. Es würde dann einen festen Termin geben und Sie hätten Zeit, zuvor einen Anwalt zu suchen. In dem Fall kann ich Ihnen nur empfehlen, dass Ihr Anwalt vor dem Termin eine Dienstaufsichtsbeschwerde gegen Hajo Greven einreicht. Ich weiß, das klingt jetzt erst mal beängstigend, aber glauben Sie mir, Sie haben mehr Rechte, als Sie denken. Nur Mut, erzählen Sie Ihrem Onkel genau das, was Sie mir gesagt haben. Er wird wissen, was zu tun ist. Eventuell empfiehlt er Ihnen auch, die Dienstaufsichtsbeschwerde gleich einzureichen. Dann kann er das direkt miterledigen.«

Isabell Kramer nickte. »Ich rufe gleich meinen Onkel an.« Sie stand auf. »Vielen Dank, Frau Andersen.«

Enna begleitete Isabell Kramer bis zur Tür und versicherte ihr, dass sie sich jederzeit wieder an sie wenden könne.

Achtzehn

Als Enna auf ihr Haus zuging, öffnete Aaron die Tür und lächelte sie an.

»Du bist schon da?«, fragte Enna und strich Aaron zärtlich über die Wange. »Spielt der Kleine?«

»Alina ist bei ihm. Sie bauen ein Haus mit Lego. Komm doch erst mal rein. Du siehst vollkommen erschöpft aus.«

Wenige Minuten später reichte Aaron ihr einen Latte macchiato und setzte sich zu ihr an den Küchentisch. Enna hatte inzwischen erzählt, was sie am Vormittag in den Räumen der Staatsanwaltschaft erlebt hatte, und von Isabell Kramers Besuch berichtet.

»Ich habe von Pochert nichts anderes erwartet. Du weißt, ich rede eigentlich nie schlecht über Kollegen, aber bei Julius Pochert muss ich leider eine Ausnahme machen.«

»Ich habe inzwischen auch jegliche Illusion über den Staatsanwalt verloren. Ehrlich gesagt bin ich mir nicht einmal mehr sicher, ob die Beweise gegen den Beschuldigten nicht gefälscht wurden.«

»Das ist ein schwerwiegender Vorwurf. Aber das weißt du ja selbst.«

»Keine Angst. Bevor ich keine Beweise habe, halte ich mich zurück.«

Aaron warf ihr einen fragenden Blick zu. »Beweise? Du willst doch nicht auf eigene Faust in dem Fall ermitteln?«

Enna schüttelte den Kopf. »Nein, aber sollte sich bei unseren Ermittlungen in dem alten Fall etwas ergeben, würde ich schon tätig werden.«

»Ich kann dir nur raten, bei Pochert vorsichtig zu sein. Hol immer den Kriminaldirektor mit ins Boot.«

Enna horchte auf. »Du weißt noch mehr über ihn, als du mir gesagt hast?«

Aaron stöhnte. »Ich wollte dich nicht beunruhigen. Aber wenn du so fragst, ja, ich habe mich heute noch etwas umgehört. Mit meiner Einschätzung zu Pochert lag ich durchaus richtig. Es gibt sogar noch kritischere Stimmen. Pochert scheint in Wiesbaden wenig Freunde gehabt zu haben, um es einmal nett auszudrücken. Die Details erspare ich dir. Nur so viel: Er ist immer mit seinen schrägen Methoden durchgekommen. Und das trotz mehrerer Dienstaufsichtsbeschwerden. Er wird als absolut skrupellos in Bezug auf seine Interessen beschrieben.«

»Gut zu wissen. Und jetzt Schluss damit. Was machen wir noch? Gehen wir zu dritt essen? Ich habe richtig Hunger.«

Enna goss sich Kaffee in den Becher und ging in ihr Büro. Sie hatte am Morgen Elias zur Schule gebracht und war anschließend ins Kommissariat gefahren. Eine Stunde hatte sie nach dem Journalisten gesucht, der seinerzeit die Affäre von Gerrit Hansen mit der Frau eines Parteikollegen öffentlich gemacht hatte. Sie wählte die Nummer einer Tageszeitung in Nürnberg und ließ sich anschließend mit Frank Weilbach verbinden.

»Weilbach, mit wem spreche ich?«

»Hauptkommissarin Enna Andersen aus Oldenburg. LKA Niedersachsen. Es geht um Tjark Feddersen und seine Frau, die vor etwas mehr als zwanzig Jahren verschwunden sind.«

»Ich erinnere mich. Sind die beiden endlich gefunden worden?«

»Ja, vor zwei Wochen. Wir haben den Fall wieder aufgenommen und befragen sämtliche Zeugen noch einmal.«

»Ich kann mich nicht erinnern, dass ich Zeuge war. Zu dem Zeitpunkt war ich bereits nicht mehr im Landkreis Wesermarsch tätig. Aber das wissen Sie sicher.«

»Sie haben eine Affäre des Kreistagspolitikers Gerrit Hansen offengelegt. Hansen war der politische Gegenspieler von Feddersen.«

»Ah, daher weht der Wind«, sagte Frank Weilbach. »Steht Hansen unter Verdacht?«

»Nein, aber uns interessiert, wer Ihnen damals den Tipp gegeben hat«, sagte Enna.

»Sie wissen doch, dass kein Journalist seine Quellen preisgibt. Selbst nach über zwanzig Jahren nicht.«

Enna hatte mit Weilbachs Einwand gerechnet und fuhr unbeirrt mit der nächsten Frage fort. »Kam der Tipp aus der Parteienlandschaft oder aus der Wirtschaft?«

»Was ist für mich drin?«

»Das hängt davon ab, wie wertvoll Ihre Information für mich ist.«

»Wie war noch gleich Ihr Name? Andersen?«

»Das ist richtig.«

»Ich habe von Ihnen gehört. Sie leiten eine LKA-Einheit in Oldenburg, die sich mit Cold Cases beschäftigt, und haben einige alte Fälle spektakulär wieder aufgerollt.«

»Ja, wir konnten einige Erfolge erzielen.«

»Und jetzt sind Sie am Fall Feddersen dran? Wie wäre es mit einem kleinen Deal. Ich sage Ihnen, was ich weiß, und

Sie informieren mich als Erstes darüber, sollten Sie den Fall aufklären.«

»Wie gesagt, das hängt von dem Wert Ihrer Informationen ab. Lassen Sie hören.«

»Ich habe Ihr Wort?«, fragte der Journalist.

»Mit der genannten Einschränkung.«

Frank Weilbach zögerte lange. »Es ist kompliziert. Sehr kompliziert.«

»Ich habe Zeit.«

»Die Information ist mir angetragen worden.«

Enna wartete, ob der Journalist mehr verraten würde, und fragte erst nach, als er eine Weile geschwiegen hatte. »Was bedeutet das genau?«

»Eigentlich wollte der Tippgeber anonym bleiben. Die Informationen kamen per Mail von einem Absender, der mir unbekannt war. Der Absender schrieb, dass Gerrit Hansen eine Affäre habe. Nicht mit wem und auch keine Details. Ich habe dann zurückgeschrieben, dass ich mehr brauche. Ist ja auch klar, ich konnte ja kein Gerücht aus anonymer Quelle aufgreifen. Und Ehebruch ist ja jetzt nichts so Außergewöhnliches. Dann kamen weitere Informationen, es wurde deutlich, wer die Frau war und wer der betrogene Ehemann. Ich habe mich trotzdem geweigert, etwas zu veröffentlichen, bevor ich nicht einmal mit dem Informanten persönlich gesprochen hatte.«

»Es kam zu einem Treffen?«

»Ja. In Oldenburg. Ein Mann in meinem Alter – ich kannte ihn zu dem Zeitpunkt nicht – hat mir Fotos übergeben. Alles lief ab wie in einem Spionagefilm. Aber gut. Auch damit habe ich mich nicht zufriedengegeben, ich bin dem Mann gefolgt und habe festgestellt, dass er ein Privatdetektiv ist. Kein schmieriger, wie man hätte vermuten können, sondern ein ganz normaler Detektiv. Keine große Detektei, der Mann arbeitete alleine, aber scheinbar seriös. Ich bin dann ein paar Tage später zu ihm ins Büro und wollte wissen, wer ihn beauftragt habe. Er hat sich natürlich geweigert, etwas zu sagen.«

»Dabei blieb es?«, fragte Enna, als der Journalist nicht weitersprach.

»Nein, er hat mir dann verraten, dass Tjark Feddersen ihn beauftragt hat.«

»Haben Sie ihm das abgenommen?«, fragte Enna.

»Damals schon. Ich sollte das natürlich nicht veröffentlichen.«

»Was Sie ja meines Wissens auch nicht getan haben.«

»Ich wollte es aber, weil das ja der eigentliche Skandal war.«

»Aber?«

»Der gehörnte Ehemann kam mir mit seinem Selbstmord zuvor. Und ich habe den Fehler gemacht, die Meldung am Chefredakteur vorbei zu veröffentlichen. Ich wusste, dass er gute Kontakte zu Feddersens Partei hatte, und hatte angenommen, dass er die Aktion unterstützen und decken würde. Nicht offiziell, dafür war unsere Zeitung zu konservativ. Aber inoffiziell war eigentlich alles recht, was gegen Hansens Partei schoss, egal wie dreckig es war.«

»Also hätte Ihre Zeitung ja wohl kaum den Auftraggeber, also Tjark Feddersen, genannt.«

»Das war mir schon klar. Ich wollte damit natürlich groß in der überregionalen Presse rauskommen. Der große Skandal, das Hauen und Stechen zwischen den Parteien. Schmutzige Enthüllungen, bezahlt von der anderen Seite. Aber wie gesagt, alles kam anders. Wer konnte wissen, dass sich der Ehemann aufhängt. Klar, seine Frau hat ihn betrogen, aber das war doch gar nicht die eigentliche Story. Kurz und gut, ich habe gekündigt – das wollte ich ja sowieso – und bin in den Süden. Die eigentliche Story hinter der Story wurde niemals veröffentlicht.«

»Sie sind von dem Detektiv bezahlt worden?«

»Ja. Aber bevor Sie sich da etwas zusammenreimen: Ich wollte das Geld nicht behalten. Es ging mir um die Story eines Provinzpolitikers, der seinen Rivalen fertigmachen will, dafür zu schmutzigen Tricks greift und auch nicht davor zurückschreckt, das mit viel Geld durchzusetzen.«

»Wie viel haben Sie bekommen?«

»Das war kurz nach der Euroeinführung. Fünfundzwanzigtausend Euro, damals noch fünfzigtausend D-Mark. Wie gesagt, eigentlich wollte ich es nicht anrühren, aber wie das so ist …«

»Hatten Sie den Auftrag, die Story hinter der Story zu veröffentlichen?«

Frank Weilbach lachte. »Sind Sie verrückt? Natürlich nicht. Das Geld kam von Feddersen. Der wollte seinen Namen doch nicht in der Zeitung sehen.«

Enna fragte sich, ob der Journalist wirklich so naiv war zu glauben, der Privatdetektiv hätte ihm ohne Weiteres seinen Auftraggeber genannt.

»Verraten Sie mir den Namen des Privatdetektivs?«

»Wenn Sie mich da raushalten und mir die Story um das Ehepaar Feddersen vorab geben. Jetzt müssen Sie ja wissen, was Ihnen die Information wert ist.« Er hielt kurz inne und fügte ein »Und?« hinzu.

»Ihre Informationen könnten sehr wichtig für uns sein«, sagte Enna vorsichtig.

»Also haben wir einen Deal?«

»Ich werde Sie als Erstes benachrichtigen. Allerdings kann ich Ihnen nicht versprechen, dass wir den alten Fall lösen werden. Er liegt immerhin über zwanzig Jahre zurück.«

»Schon klar. Erfolgsgarantien gibt es in meiner Branche selten.«

»Wie ist der Name?«

»Martin Rose. Keine Ahnung, ob der noch in Oldenburg tätig ist.«

»Danke. Sie hören von mir.«

Enna legte den Telefonhörer zurück aufs Gerät, stand auf, ging zum Fenster und öffnete es. Konnte sie Frank Weilbach vertrauen? Er hatte bereits vor zwanzig Jahren mit falschen Karten gespielt und skrupellos Informationen veröffentlicht, nur um sich Vorteile zu verschaffen. Enna hielt es für unwahrscheinlich, dass Tjark Feddersen einen Privatdetektiv beauftragt hatte, um seinen politischen Gegner zu observieren und die Informationen an einen Journalisten weiterzugeben. Sollte Weilbach die Wahrheit gesagt haben, könnte hinter der ganzen Angelegenheit ein perfider Plan stecken. Nicht Gerrit Hansen sollte geschädigt werden, sondern Tjark Feddersen.

Enna schloss das Fenster, setzte sich an ihren Laptop und suchte nach der Detektei. Martin Rose führte inzwischen ein Unternehmen mit zehn Mitarbeitern. Der Chronik auf der Firmenhomepage entnahm sie, dass die Detektei vor Kurzem ihr fünfundzwanzigjähriges Jubiläum gefeiert hatte. Weilbach hatte erwähnt, dass Rose zu der Zeit allein gearbeitet hatte. In den letzten zwanzig Jahren musste einiges passiert sein. Ein halbes Jahr nach dem Verschwinden des Ehepaars Feddersen war Rose in größere Firmenräume umgezogen, und die Detektei schien ab dem Zeitpunkt stetig gewachsen zu sein. Neben Ermittlungen für Privatleute übernahm er vor allem Aufträge von mittelständischen Unternehmen. Mehrere dieser Firmen waren mit kurzen Zitaten auf der Homepage vertreten. Ein Firmenname stach Enna sofort ins Auge – die ALOH AG, das Windkraftunternehmen, bei dem Oliver Denzin beschäftigt war.

Neunzehn

Paulsen griff zum wiederholten Male nach dem Telefonhörer und wählte eine weitere Nummer, die er recherchiert hatte. Über Stunden hatte er sich durch die Akten gearbeitet, Namen notiert und nach einem Muster gesucht. Die Telefongespräche mit ehemaligen Mitarbeitern der drei größten Kreistagsparteien verliefen zäh und brachten kaum neue Erkenntnisse. Niemand schien Interesse daran zu haben, überhaupt mit der Polizei zu reden.

»Florian Jurisch«, meldete sich eine weiche Männerstimme.

Paulsen stellte sich vor und erklärte sein Anliegen. »Sie waren seinerzeit Mitarbeiter im Kreistagsbüro und haben für Herrn Feddersen gearbeitet?«

»Ja, das ist richtig. Ich habe allerdings drei Monate vor dem Verschwinden von Herrn Feddersen nach Hannover ins Landwirtschaftsministerium gewechselt. Zwar bin ich damals befragt worden, konnte aber kaum etwas beitragen. Ich glaube nicht, dass sich das inzwischen geändert hat.«

»Warum haben Sie damals gewechselt?«

»Herr Feddersen wollte für den Landtag kandidieren. Es galt als sicher, dass er einen aussichtsreichen Platz auf der Landesliste bekommen würde. Ich bin sogar davon ausgegangen, dass er das

Mandat direkt gewinnt. Um auf Ihre Frage zu kommen, ich war so eine Art Vorhut und sollte später sein persönlicher Referent werden. Es ging darum, dass ich schon mal die Verhältnisse in Hannover kennenlerne, Kontakte knüpfe und …« Er hielt inne. »Nun gut. Inzwischen sind über zwanzig Jahre vergangen. Die alten Kamellen interessieren heute niemanden mehr.«

»Nein, vermutlich nicht«, stimmte ihm Paulsen zu.

»Der damalige Landwirtschaftsminister wollte sich zur Ruhe setzen. Er war ein guter Bekannter, eigentlich Freund von Tjark Feddersen. Der wiederum hatte sein Auge auf das Amt geworfen und hätte sicher auch gute Chancen gehabt. Vielleicht verstehen Sie jetzt, weshalb ich ins Landwirtschaftsministerium gewechselt habe.«

»Durchaus. Tjark Feddersen scheint sehr langfristig geplant zu haben. Wann wäre die Landtagswahl gewesen?« Paulsen hatte in den Akten keinen Vermerk gefunden, der auf eine mögliche Landtagskandidatur hinwies.

»Fast zwei Jahre später. Ja, es war ein langfristiger Plan. Herr Feddersen hätte für seinen Hof einen Verwalter angestellt, der seine Arbeit übernommen hätte. Er war bereits auf der Suche, soweit ich mich erinnere.«

»Sie hatten ein sehr gutes persönliches Verhältnis zu Herrn Feddersen?«, fragte Paulsen weiter.

»Nun gut, der Altersunterschied war mehr der vom Vater zum Sohn. Vielleicht lässt sich unser Verhältnis auch in etwa so charakterisieren. Ich habe viel von ihm gelernt, aber er hat sich auch immer auf mich verlassen können. Tjark brauchte jemanden, der ihm nicht nur den Rücken freihielt, sondern auch gut mit Menschen konnte.«

»Wie alt waren Sie damals?«

»Fünfundzwanzig. Jung, ich weiß, aber Tjark hat mein Potenzial gesehen und mich gefördert. Dafür bin ich ihm heute immer noch dankbar.« Florian Jurisch räusperte sich leise. »Ist bekannt, wann das Ehepaar Feddersen beerdigt wird? Ich würde gerne kommen oder zumindest einen Kranz schicken.«

»Nein, es gibt meines Wissens noch keinen Termin. Jan Feddersen, der Sohn, sitzt seit zwei Tagen in Untersuchungshaft. Er wird verdächtigt, seinen Onkel getötet zu haben.« Der Staatsanwalt und Hajo Greven hatten am Vormittag eine Pressekonferenz abgehalten, auf der sie die Entwicklung der letzten Tage öffentlich gemacht hatten.

»Habe ich Sie gerade richtig verstanden?«, fragte Florian Jurisch. »Ein weiterer Mord in der Familie? Das ist ja …« Er brach ab.

»Um noch einmal auf die Arbeit von Tjark Feddersen als Parteivorsitzender und Kreistagsabgeordneter zu kommen. Wir ermitteln in diesem Umfeld. Zeugen berichten, dass Herr Feddersen nicht sehr beliebt war.«

Florian Jurisch lachte. »Kennen Sie einen Politiker, der über längere Zeit beliebt ist? Das liegt in der Natur der Sache. Innerhalb wie außerhalb der Partei lauern Gefahren. Die Wähler lieben einen nur so lange, wie man sie umsorgt und ihnen jegliche Probleme vom Hals hält. Rundumversorgung gibt es aber nicht. Um es kurz zu machen: Als Politiker hat man wenig Freunde, dafür aber viele Neider und auch Menschen, die einen hassen.«

»Was bedeutet das konkret für Tjark Feddersen? Wem könnte er so auf die Füße getreten sein, dass …«

»… ihn jemand ermordet hat?«, unterbrach Florian Jurisch Paulsen. »Ist die Frage ernst gemeint? Wir sprechen hier über einen Landkreispolitiker – der zwar großen Einfluss hatte, aber eben nur auf dieser Ebene.«

Paulsen fiel auf, dass Florian Jurisch den Konflikt nur auf der Entscheidungsebene und nicht im persönlichen Bereich vermutete.

»Tjark Feddersen hatte also keinen Einfluss auf zum Beispiel geplante Bauprojekte?«

»Auf was spielen Sie an?«, fragte Florian Jurisch.

»Sie haben seinerzeit von dem Korruptionsverdacht gegen Herrn Feddersen gehört?«

»Selbstverständlich wurde ich gleich informiert. Das waren vollkommen lächerliche Ermittlungen. Tjark Feddersen war vieles, aber ganz bestimmt nicht bestechlich. Im Übrigen kann ich meine Hand dafür ins Feuer legen, dass er Windkraftanlagen gegenüber durchaus kritisch eingestellt war. Er hat aber schon gesehen, dass es die Technologie der Zukunft ist und eine Chance für den windreichen Norden. Sprich: Er war nicht technikfeindlich, aber als Landwirt hatte er eine spezielle Verbindung zum Land und vor allem zu den Tieren. Zuchttiere wie auch frei lebende. Und an erster Stelle standen für ihn die Menschen in der Region. Er hätte nie zugelassen, dass ein Windpark an einer ungeeigneten Stelle errichtet wird.«

»Anders als manche Politiker und Verwaltungsbeamte?«

Florian Jurisch stieß einen Pfiff aus. »Sie denken, Feddersen stand jemandem im Weg?«

»Stand er?«

»Aber ja doch! Das ist Politik. Der immer so hochgelobte Kompromiss in der Demokratie ist doch nichts anderes als ein Machtkampf. Der Stärkere bekommt den größten Batzen vom Kuchen, im besten Fall den ganzen. Mit der Suche nach dem richtigen Weg hat das wenig zu tun. Wer an den Schalthebeln der Macht sitzt, hat garantiert Leichen im Keller und ist vielen Menschen und Organisationen auf die Füße getreten. Trotzdem noch einmal: Wir sprechen von Deutschland und dazu noch von der Kreisebene. Vergessen Sie Ihre Theorie und suchen Sie lieber einen klassischen Mörder. Sind die nicht meistens im familiären Umfeld zu finden?«

Paulsen ließ sich von dem erneuten Redeschwall nicht beeindrucken. »Tjark Feddersen lag also Ihrer Kenntnis nach mit niemandem so im Streit, dass er um sein Leben fürchten musste? Es könnte auch ein recht harmloser körperlicher Angriff gewesen sein, der eskaliert ist.«

»Ich habe keine Kenntnis von solchen Konflikten. Mit der größten Oppositionspartei gab es harte Auseinandersetzungen. Gerrit Hansen war so eine Art Gegenspieler von Tjark. Das ging schon heftig zur Sache. Als die Affäre von Hansen öffentlich wurde, gab es Gerüchte, das Tjark dahinterstecken könnte, aber ich glaube kaum, dass das zu solchen Konsequenzen geführt hätte.«

»Gerüchte?«

»Sie wissen über die Affäre Bescheid?«

»Ja.«

»Gerüchte tauchen schnell auf und sind manchmal hartnäckiger, als man sich vorstellen kann. Menschen reden gerne über andere Menschen, meistens Schlechtes.«

»Es gab also Gerüchte? Wer hat die gestreut?«

»Das ist das Perfide an Gerüchten. Letztlich ist die Quelle nie auszumachen. In diesem Fall schien es mir allerdings so, als ob sie breit gestreut worden wären. Glücklicherweise mit nur geringem Erfolg. Der Schmierenjournalist, der die Story veröffentlicht hatte, wurde hochkant aus der Zeitungsredaktion geworfen, und als es zu dem Suizid des betrogenen Ehemanns kam, hat er sich ziemlich schnell aus Norddeutschland verdrückt. Ich habe gehört, dass er irgendwo im Süden untergetaucht ist. Die Gerüchte um Tjark verstummten dann auch ziemlich schnell. Nichts als heiße Luft, würde ich mal sagen.«

Paulsen klappte seinen Laptop zu und stand auf. Weitere zehn Minuten Gespräch mit Florian Jurisch waren ergebnislos verlaufen. Schließlich hatte Jurisch das Gespräch beendet, da er angeblich zu einem Termin aufbrechen musste. Paulsen verließ sein Büro, um sich eine Tasse Kaffee in der Küche zu holen.

»Läuft es bei dir?«, fragte Pia, die vor der Kaffeemaschine wartete.

»Privat oder beruflich?«

»Eigentlich meinte ich die Ermittlungen, aber …« Sie hielt kurz inne. »Gibt es bei dir Neuigkeiten?«

»Ist noch zu früh, um darüber zu sprechen.«

Pia stieß ihn spielerisch in die Seite. »Was sind das denn für neue Töne? Zu früh? Seit wann bist du so diplomatisch?«

Paulsen stöhnte leise. »Katja und ich sind auf einem guten Weg. Uns ist beiden klar, dass das unsere letzte Chance ist. Im Moment habe ich ein gutes Gefühl.«

Pia sah ihn erstaunt an und schmunzelte. »Respekt, Paulsen. Wer hätte das gedacht.«

»Und bei dir?«

Pia wurde ernst. »Keine Ahnung. Vielleicht sollten wir auch eine Paartherapie machen.«

»Wenn gar nichts mehr geht, ist das sicher eine Option.«

»Ich muss mich einfach mehr zusammenreißen und mich auf Alina konzentrieren. Sie ist diejenige, die es schwerer hat.«

»Ihr seid beide wichtig. Nimm dir zwei Wochen frei, wenn der Fall durch ist. Fahr mit Alina ans Meer oder in die Sonne. Wie wäre es mit Frankreich? Nur ihr beide.«

»Ja, vielleicht«, murmelte Pia.

»Nicht vielleicht. Frag Alina, was sie davon hält. Und dann plant ihr zusammen, wo es hingehen soll.«

Pia schwieg, goss sich Kaffee in ihren Becher und hielt die Kanne hoch. »Du auch Kaffee?«

Zwanzig

Enna nahm die Pizzalieferung in Empfang und bezahlte den Boten. Sie lief über den Flur zur Küche und rief laut: »Mittagessen ist da!«

Kurz darauf saßen sie zu viert um den großen Küchentisch und ließen sich die Pizza schmecken. Ein ungeschriebenes Gesetz ließ die dienstlichen Gespräche während des Essens ruhen. Sie sprachen über das Wetter, über geplante Urlaube und die eine oder andere Meldung aus den Nachrichten des Tages. Erst als die Teller und das Besteck in der Spülmaschine verstaut waren, jeder Kaffeebecher gefüllt und die Küche gelüftet war, begann Enna mit ihrem Bericht, gefolgt von Paulsen.

»Es wird ja immer klarer, dass Tjark Feddersen nicht im juristischen Sinne korrupt war«, fasste Enna beide Berichte zusammen. »Die interessantere Frage ist jetzt, ob er einer Person oder einer Organisation im Wege stand. Allerdings haben wir bisher keine Motive gefunden, die für einen Doppelmord ausreichend schwerwiegend sind.«

Paulsen nickte. »Ich kann mir auch nicht vorstellen, dass irgendwelche Unternehmen aus der Region zu solchen Maßnahmen greifen würden.«

»Also doch die private Schiene?«, fragte Pia.

»Nicht unbedingt«, erwiderte Enna. »Mir hat diese Geschichte um Gerrit Hansens Affäre zu denken gegeben. Es könnte durchaus sein, dass es Kräfte gab, die Feddersen zum Rückzug aus der Politik bewegen wollten. Freiwillig oder gezwungenermaßen.«

»Mag sein«, sagte Pia. »Aber ist das für unseren Fall relevant? Strafrechtlich ist alles verjährt.«

»Unter Umständen haben diese, ich nenne sie jetzt mal Bemühungen eine Kettenreaktion ausgelöst, die zum Tod des Ehepaars geführt hat.«

»Hast du einen konkreten Verdacht?«, fragte Jens.

Enna schüttelte den Kopf. »Nein. Ich kann das Ganze noch nicht richtig fassen. Mir fehlen entscheidende Puzzleteile. Ich könnte aber auch vollkommen falschliegen.« Sie wandte sich an Pia. »Machen wir erst mal weiter. Was gibt es bei dir?«

Pia öffnete ihr Notizbuch. »Ich habe mich auf Jan Feddersen konzentriert und bin zunächst noch einmal alle Protokolle und Berichte durchgegangen. Unser Eindruck war richtig. Der fast Fünfzehnjährige scheint nie auf der Liste der Verdächtigen gestanden zu haben. Entsprechend sind die Befragungen gelaufen, die ja bei einem Minderjährigen ohnehin unter besonderem Schutz stehen. Als Erstes habe ich mit der damaligen Sozialarbeiterin vom Jugendamt gesprochen. Sie leitet inzwischen in Oldenburg ein Frauenhaus. Wir haben uns zu einem Spaziergang verabredet.«

Paulsen beugte sich vor. »Das klingt interessant. Konnte sie sich gut erinnern?«

»Für Ute Büscher waren die Wochen nach dem Verschwinden von Jan Feddersens Eltern ein ziemlich einschneidendes Erlebnis. Sie hat sich intensiv um den Jungen gekümmert und war bei allen Befragungen dabei. Ich habe mich natürlich erkundigt, wie ihr Eindruck von Jan Feddersen war.« Pia blätterte die Seite im Notizbuch um. »Sie hielt ihn für traumatisiert, was auch der Psychologe später bestätigt hat. Jan habe kaum geredet, wenig gegessen und sei erst nach ungefähr einer Woche in der Lage gewesen, mit der Polizei zu sprechen.«

»Haben die Kollegen es vorher nicht versucht?«, fragte Jens.

»Ute Büscher und auch der Psychologe haben davon strikt abgeraten. Die Kollegen haben Ute Büscher jeden Tag bedrängt, ihre Meinung zu ändern, aber sie hat eine Woche durchgehalten.«

»Hat die Sozialarbeiterin in dieser ersten Woche mit Jan über seine Eltern gesprochen?«

»Darüber wollte mir Frau Büscher nichts sagen. Ihre Schweigepflicht würde auch noch heute bestehen. Ich weiß also nicht, was Jan Feddersen ihr vielleicht erzählt hat. Allerdings hat Ute Büscher durchscheinen lassen, dass der junge Feddersen eine durchaus widersprüchliche Person gewesen sei. Wenn ich richtig zwischen den Zeilen gelesen habe, wechselte die Stimmung bei Jan Feddersen zwischen tiefer Trauer und Wut. Ute Büscher hat nicht ihn beschrieben, sondern allgemein über traumatisierte Jugendliche gesprochen. Ich denke aber, es ging ihr darum, mir genau das zu sagen.«

»Was muss man sich darunter vorstellen?«, fragte Paulsen.

»Die Wut richtet sich entweder nach innen und erzeugt Schuldgefühle, weil die traumatisierte Person denkt, sie sei schuld oder zumindest mit schuld. Oder gegen Außenstehende, die verantwortlich gemacht werden. Und ganz selten kann es in beide Richtungen gehen. Auf die letztere, eigentlich eher seltene Variante ist Ute Büscher länger eingegangen. Von daher meine Vermutung.«

»Auf wen war er wütend?«, fragte Paulsen.

»Wie schon gesagt, das fällt unter die Schweigepflicht. Meine Theorie wäre, dass der Vierzehnjährige sich vorwarf, seine Mutter nicht beschützt zu haben, und gleichzeitig Wut und Hass auf seinen Vater hatte, der entweder der Täter war oder der Auslöser für den Tod seiner Mutter.«

»Interessant«, sagte Enna. »Wie lange hat Frau Büscher den jungen Feddersen betreut?«

»Zunächst sehr intensiv, später, als Jans Onkel mit seiner Frau auf den Hof gezogen ist, einmal in der Woche. Das ging ein halbes Jahr so.«

»Hat er sein Verhalten in der Zeit geändert?«, fragte Enna weiter. »Ab einem bestimmten Zeitpunkt muss es auch für den Jungen klar gewesen sein, dass seine Eltern nicht mehr zurückkommen würden.«

»Eine ähnliche Frage habe ich auch gestellt. Allerdings hat Ute Büscher wieder sehr allgemein geantwortet. Auch hier muss ich also interpretieren. Unsereins würde ja in einer solchen Situation, in der Menschen verschwinden, erst mal auf einen guten Ausgang hoffen und erst später resignieren, oder?«

»Sehe ich auch so«, sagte Jens. Enna und Paulsen nickten zustimmend.

»Bei Jan Feddersen scheint die Resignation gleich eingesetzt zu haben. Für mich ist das ein Zeichen, dass er vom Tod seiner Eltern gewusst haben könnte.« Pia hielt kurz inne, warf einen Blick auf ihre Notizen und fuhr fort. »Ich hatte natürlich weitere Fragen zu Jan Feddersen, habe aber verständlicherweise kaum Antworten bekommen. Aber nochmals: Vieles von dem, was ich jetzt gesagt habe, ist Interpretation.«

»Das haben wir schon verstanden, Pia«, sagte Enna. »Ich finde es übrigens beachtlich, was du aus dem Gespräch rausgeholt hast.«

»Danke.« Pia senkte kurz den Kopf, sah aber gleich wieder hoch. »Ich denke, Ute Büscher hatte ein sehr ambivalentes Verhältnis zu Jan Feddersen. Sie hat ihn als traumatisiertes Opfer gesehen, war sich aber nie sicher, was noch hinter der Fassade zum Vorschein kommen könnte. In gewisser Weise passt das ja zu den Informationen, die wir von Feddersens Tinder-Bekanntschaft Isabell Kramer haben.«

»Absolut«, pflichtete ihr Enna bei.

Pia sah wieder auf ihre Notizen. »Ich habe außerdem den Klassenlehrer von Jan Feddersen ausfindig gemacht und mich für morgen mit ihm verabredet. Er ist pensioniert und wohnt inzwischen bei seiner Tochter in der Nähe von Rastede. Der alte Herr geht auf die achtzig zu, aber am Telefon klang er noch recht rüstig. Ich denke, er wird sich gut an seinen Schüler erinnern und vielleicht sogar an den Tag, an dem das Ehepaar Feddersen verschwunden ist.«

Paulsen zeigte ihr den gehobenen Daumen. »Klingt gut.«

»Ich habe noch weitere Personen, die ich zu dem jungen Jan Feddersen befragen möchte, habe aber noch niemanden telefonisch erreicht. Deshalb hoffentlich morgen mehr.«

Pia gab den Stab weiter an Jens, der zunächst von seinen Recherchen zu größeren Bauvorhaben berichtete. Er hatte sich die Bauprojekte des zuständigen Deichverbands angeschaut und sämtliche öffentliche Bauprojekte, die ein Volumen von über zehn Millionen Euro hatten.

»Die Bauvorhaben werden alle öffentlich ausgeschrieben, zum Teil nach EU-Vorgaben und europaweit. Entsprechend schwierig sind hier auch Manipulationen im Vergabeprozess. Aber durchaus möglich, was sich an anderen Orten in der Republik bereits gezeigt hat. Im Kreis Wesermarsch sind allerdings in den für uns relevanten Jahren keine verdächtigen Aktionen beobachtet worden.«

»Was nicht heißt, dass es sie nicht gegeben hat«, warf Paulsen ein.

»Sicher, aber meine und unsere Möglichkeiten sind nun mal begrenzt.«

»War Tjark Feddersen im Vorstand des Oldenburgischen Deichverbands?«, fragte Enna. »Das ist eine sogenannte

Körperschaft des öffentlichen Rechts. Ich muss als Hausbesitzerin jedes Jahr dort einen festgelegten Beitrag bezahlen. Soweit ich weiß, ist der Verband nicht nur für die Pflege der Deiche, sondern auch für die Instandhaltung und den Neubau zuständig.«

»Sorry«, sagte Jens. »Das habe ich nicht geprüft.« Er notierte sich etwas. »Hole ich nach.« Er blätterte zur nächsten Seite. »Ich war gerade bei den Bauprojekten. Es gab einige, eine Schule, ein Gemeindehaus, ein Hallenbad und Ähnliches. Es gibt allerdings, wie schon erwähnt, keine Verdachtsmomente, dass hier etwas falsch gelaufen ist. Auch die damalige SoKo hat diesen Ermittlungsstrang ziemlich schnell ad acta gelegt.« Er hielt kurz inne. »Mein zweiter Auftrag betrifft den Elektroschocker. In Grevens Akten ist das Modell erwähnt, allerdings wird nicht auf das Alter eingegangen. Ich habe etwas recherchiert. Das Modell ist zum ersten Mal vor dreiundzwanzig Jahren auf den Markt gekommen. Es wurde seitdem natürlich regelmäßig aktualisiert. Um festzustellen, wann das Gerät gekauft wurde, müsste ich die Produktionsnummer kennen. Soll ich bei den Kollegen in Nordenham anfragen?«

Enna zögerte kurz, nickte aber schließlich.

»Okay, notiert. Mein letzter Punkt ist die erweiterte Recherche zu Hinnerk Feddersen.« Jens sah auf seine Notizen. »Er ist seinerzeit von der SoKo komplett durchleuchtet worden. Einiges haben wir hier in der Runde schon gehört. Ich fasse noch einmal kurz zusammen. Hinnerk war als Kind kränklich, hatte frühkindliches Asthma, was zu Beginn der Pubertät nachgelassen hat. In der Grundschule wurde eine Lese-Rechtschreib-Schwäche nicht beziehungsweise zu spät erkannt. Er ist dann, anders als sein Bruder, der aufs Gymnasium in Nordenham gegangen ist, auf die Hauptschule gekommen.«

»Hast du bei ihm auch nach dem Klassenlehrer gesucht?«, fragte Paulsen mit einem leicht süffisanten Unterton.

Jens ließ sich nicht aus der Ruhe bringen. »Selbstverständlich. Aber der stand schon damals kurz vor der Pension und ist inzwischen verstorben. Ich habe allerdings mit dem damaligen Pfarrer der Gemeinde gesprochen.«

»Respekt!«, sagte Paulsen und schien es auch so zu meinen.

»Hinnerk war wie üblich vierzehn, als er konfirmiert wurde. In aller Regel läuft ja in dem Jahr davor der Konfirmationsunterricht. Der Pfarrer kannte Hinnerk also ganz gut. Er hat ihn als schüchternen, zurückhaltenden Jungen beschrieben, der sehr familiär orientiert war. Er hielt große Stücke auf seinen Bruder, den der Pfarrer ebenfalls kannte.«

»Bringt uns das jetzt wirklich weiter?«, fragte Paulsen.

»Weiß man das immer vorher?«, konterte Jens und fuhr fort. »Die Brüder sollen ein Herz und eine Seele gewesen sein. Das war jetzt Originalton vom Pfarrer. Allerdings sei Tjark derjenige gewesen, der gesagt hat, wo es langgeht. Hinnerk habe an seinen Lippen gehangen und getan, was sein Bruder wollte. Hinnerk hat dem Pfarrer erzählt, dass er den Hof seines Vaters übernehmen würde, da sein Bruder kein Interesse an Landwirtschaft habe. Tjark Feddersen hat das gegenüber dem Pfarrer bestätigt.«

»Vielleicht hätte es die ganzen Familiendramen nicht gegeben, wenn sie ihren Plan verwirklicht hätten«, warf Pia ein.

»Nun gut«, sagte Jens. »Ich fand diese Information sehr interessant. Wir wissen nicht, warum sich Tjark umorientiert hat, aber die Enttäuschung bei Hinnerk muss doppelt groß gewesen sein, als sein Bruder sein Versprechen gebrochen hat.«

Paulsen stand auf und griff nach der Kaffeekanne. »Will noch jemand? Ich setze noch mal eine Runde auf.«

»Machen wir eine kurze Pause«, schlug Enna vor.

Zehn Minuten später fuhr Jens mit seinen Ausführungen fort. Hinnerk Feddersen hatte nach seinem Hauptschulabschluss eine Lehre als Kfz-Mechaniker angefangen, sie aber nach einem

Jahr abgebrochen. Anschließend war er bei einem großen Hof im Landkreis Wesermarsch als Landarbeiter angestellt gewesen und hatte fünf Jahre später zu einer Firma gewechselt, die Landmaschinen tage- und wochenweise verlieh. Hier hatte Hinnerk bis zum Verschwinden seines Bruders gearbeitet.

Über die Jahre war er mehrfach mit dem Gesetz in Konflikt geraten, war auf Dorffesten und anderen Veranstaltungen durch handfeste Auseinandersetzungen aufgefallen und stand mehrfach wegen Körperverletzung vor Gericht. Sein Bruder Tjark hatte jedes Mal den Anwalt und die Geldstrafen bezahlt.

»Ob Hinnerk Feddersen jemals einen stationären Alkoholentzug gemacht hat, habe ich nicht herausbekommen, nehme es aber an, da in den fünf Jahren vor dem Verschwinden seines Bruders keine Vorkommnisse mehr aktenkundig wurden.«

»Was ist mit seiner Frau?«, fragte Pia. »Hast du da auch noch mehr Infos?«

Jens schüttelte den Kopf. »Nicht wirklich. Sie scheint plötzlich aufgetaucht zu sein. Gebürtig kommt sie aus dem Münsterland und ist dann direkt zu Hinnerk nach Nordenham gezogen.«

Einundzwanzig

Enna klappte ihren Laptop zu. Nach der Teamsitzung hatte sie noch ausstehende Berichte geschrieben und ergänzt. Sie stand auf und verließ ihr Büro.

Auf dem Flur begegnete ihr Paulsen. »Feierabend?«

»Ich mache heute eher Schluss«, antwortete Enna. »Elias von der Schule abholen. Er braucht neue Hosen und die Schuhe sind auch bald zu klein.«

»Hast du etwa vor, heute Abend noch Überstunden zu machen?«

Enna schmunzelte. Sie hatte sich schon gewundert, dass Paulsen nicht schon bei der Teamsitzung gefragt hatte. »Kann sein.«

»Alleine? Du willst den Privatdetektiv observieren, richtig?«

»Vielleicht ist es schon zu spät«, gab Enna zu.

»Glaube ich nicht. Ich habe unter einem Vorwand bei der Detektei angerufen. Martin Rose war ein paar Tage auf Dienstreise und wird erst heute Nachmittag zurückerwartet.«

»Dann hoffe ich mal, du warst vorsichtig.«

»Ich mache jetzt Schluss und übernehme die erste Schicht. Wann kannst du hinzustoßen?«

Enna stöhnte leise. Ihr war klar, dass Paulsen nicht klein beigeben würde. »Neunzehn Uhr. Du positionierst dich vor der Agentur?«

»Ja. Ich kenne das Haus. Auf der gegenüberliegenden Straßenseite ist ein Café. Ich denke, da bin ich gut aufgehoben.«

Enna nickte. »Na gut. Bis später.« Sie ging auf die Haustür zu und wandte sich mit der Hand auf der Türklinke noch einmal um. »Danke, Paulsen. Ich melde mich.«

Enna parkte in der Nähe des Staatstheaters. Paulsen hatte ihr durchgegeben, dass Martin Rose vor einer Viertelstunde die Detektei verlassen hatte und auf die Fußgängerzone zusteuerte.

Ihr Handy vibrierte. Enna warf einen Blick aufs Display. Eine Nachricht von Paulsen.

Rose ist gerade ins Lemon gegangen.

Enna schrieb zurück, dass sie gerade ihr Auto abgestellt habe und in wenigen Minuten bei ihm sein könne. Sie überquerte den Theaterwall und tauchte ins Gedränge der Oldenburger Fußgängerzone ein, die die gesamte Altstadt umfasste. Keine vier Minuten später stand sie neben Paulsen, der mit einem Kaffeebecher in der Hand an eine Hauswand gelehnt auf sie wartete. »Ist etwas passiert?«

»Er sitzt da direkt am Fenster. Siehst du ihn? Der Typ mit den roten Haaren.«

»Ich weiß. Ich habe mir das Foto auf der Firmenhomepage angeschaut. Hat er schon bestellt?«

»Nein. Eine Servicekraft war am Tisch, aber er hat sie wieder weggeschickt. Er scheint jemanden zu erwarten.«

Enna stieß Paulsen an und deutete nach rechts die Straße hinunter. Oliver Denzin lief schnellen Schrittes auf die Bar zu, zögerte einen Augenblick, als er den Privatdetektiv durchs

Fenster erspähte, und schaute sich kurz um, bevor er die Tür mit der Schulter aufdrückte.

Kurz darauf stand Denzin vor Roses Tisch und deutete mit der Hand in die Bar hinein. Als Rose den Kopf schüttelte, zog Oliver Denzin einen Stuhl vor und setzte sich mit dem Rücken zum Fenster an den Tisch.

»Das gibt's doch nicht. Verdammt, wie gerne würde ich jetzt da irgendwo in der Nähe sitzen«, murmelte Paulsen.

Enna nickte. »Wie lange würde Jens von seiner Wohnung bis zu uns brauchen?«

»Vergiss es. Mindestens zwanzig Minuten.«

Die Servicekraft stand jetzt vor dem Tisch, beide Männer schienen etwas zu bestellen. Enna griff nach ihrem Handy, drückte die Kurzwahltaste und hatte nach dem ersten Klingelton Jens in der Leitung. »Wo bist du gerade?«

»Ich muss noch kurz was einkaufen«, antwortete Jens.

»Wo?«

»In der Innenstadt. Warum?«

»Wir stehen hier vor der Bar Lemon und observieren Martin Rose. Er trifft sich gerade mit Oliver Denzin. Wie schnell kannst du hier sein?«

»Zwei bis drei Minuten, schätze ich.«

»Dann komm bitte, geh in die Bar und versuche, so nah wie möglich an ihren Tisch zu kommen.«

»Bin schon unterwegs. Wie erkenne ich die beiden?«

»Rose hat rotes Haar und sitzt mit Denzin am Fenster rechts. Du kannst ihn nicht verfehlen.«

Jens betrat keine fünf Minuten später die Bar, Enna und Paulsen zogen sich von ihrem Observierungsposten zurück und warteten darauf, dass Jens sie anrufen würde.

»Sind die Aufnahmen etwas geworden?«, fragte Paulsen, als sie fünfzig Meter von der Bar entfernt auf einer Parkbank saßen.

Enna hatte mit ihrer Kamera Fotos geschossen, die sie sich jetzt auf dem kleinen Display ansah. »Ja, auf einem ist Oliver Denzin sogar im Profil zu sehen.«

»Zufall?«, fragte Paulsen. »Warum sollte der Sicherheitschef einer großen Firma keinen Kontakt zu einer örtlichen Detektei haben?«

»Das ist richtig. Warten wir ab, ob Jens etwas vom Gespräch mitbekommen hat.«

Paulsen nickte. »Zu dem Zeitpunkt, als der Privatschnüffler Kontakt mit dem Schmierenjournalisten hatte, war Denzin allerdings noch Polizist.«

»Schon klar. Jemand anders muss die Fäden gezogen haben.«

»Warum sollten die beiden nervös werden? Fast alle Straftaten – sollte es welche gegeben haben – sind schon lange verjährt.«

»Und der Ruf des Unternehmens?«, fragte Enna.

»Um den müssten sie sich allerdings Sorgen machen. Trotzdem – ich sehe noch keine direkte Verbindung zum mutmaßlichen Mord an Tjark Feddersen.«

Zehn Minuten später meldete sich Jens. Die Männer befanden sich im Aufbruch. Paulsen erklärte sich bereit, Martin Rose zu folgen, während Enna sich mit Jens treffen würde.

»Hast du etwas mitbekommen?«, fragte Enna, als Jens sich zu ihr auf die Bank setzte.

»Schwierig. Ich saß zwar nur vier bis fünf Meter von den beiden entfernt, aber mehr als ein paar Wortfetzen habe ich nicht gehört.«

»Wie war die Stimmung zwischen den beiden?«

»Gereizt, würde ich sagen. Denzin, das war ja dann wohl der mit den dunklen Haaren, hat auf den Rothaarigen eingeredet. Er sprach so leise, dass ich kein Wort von ihm verstanden habe. Der Privatdetektiv wurde erst im Laufe des Gesprächs nervös und …« Jens massierte sich die Stirn. »Ihm hat wohl nicht gefallen, was Denzin ihm gesagt hat. Er schien regelrecht ärgerlich zu sein, wenn nicht sogar wütend. Ich habe mindestens zweimal das Wort ›Unsinn‹ verstanden. Die Worte ›keine Verbindung‹ habe ich auch gehört. Und ›nichts mit zu tun‹.«

»Das klingt danach, als habe Denzin um das Gespräch gebeten?«

Jens nickte. »Durchaus. Er schien auch derjenige zu sein, der dem Privatdetektiv Anweisungen gegeben hat oder geben konnte. Nicht umgekehrt.«

»Wie sind sie auseinandergegangen?«

»Ich konnte nicht die ganze Zeit zu ihrem Tisch schauen. Das wäre zu auffällig gewesen. Es wurde am Schluss auf jeden Fall ruhiger.« Jens sah auf die Uhr. »Können wir morgen weiter darüber sprechen? Wenn ich mich beeile, schaffe ich noch den Einkauf. Die haben noch zehn Minuten geöffnet.«

Eine Nachricht von Paulsen traf ein. Er war Martin Rose in eine Szenekneipe gefolgt, wollte ihn dort noch eine Weile beobachten und glaubte nicht, dass heute noch etwas passieren würde. Spätestens morgen würde Enna mehr erfahren.

»Nicht müde?«, fragte Aaron am Abend im Bett.

»Ich hätte den Fall nicht annehmen sollen«, sagte Enna. »Vermutlich sitzt ein Unschuldiger in U-Haft, wir drehen uns im Kreis und die Sache wird von Tag zu Tag undurchsichtiger.«

»Zumindest für die U-Haft bist du nicht verantwortlich.«

»Da bin ich mir nicht so sicher. Kollege Greven hatte Angst, dass wir ihm auch noch den Fall abnehmen. Er brauchte einen schnellen Erfolg. In gewisser Weise könnte uns eine Mitschuld treffen.« *Hinzu kommt*, ergänzte Enna in Gedanken, *dass mich Jan Feddersens Schicksal sehr an mein eigenes erinnert und alte Wunden aufreißt.*

Aaron richtete sich im Bett auf. »Enna! So gesehen hängt alles auf der Welt mit allem zusammen. Sollte dein Kollege wirklich Beweise manipuliert haben, ist einzig und allein er dafür verantwortlich.«

Enna zog Aaron zu sich her und schmiegte sich an ihn. »Ich habe heute beschlossen, dass wir dem Fall nur noch diese Woche eine Chance geben. Wenn wir bis dahin nichts Relevantes finden, schließen wir ihn.«

»Gut.«

Enna strich Aaron zärtlich über die Wange und lächelte. »Gut ist, dass du neben mir liegst und mich in den Arm nimmst.« Sie küsste ihn auf den Mund. »Ich liebe dich, Aaron Bernard.«

»Und ich dich erst«, flüsterte er und erwiderte ihren Kuss.

Paulsen klopfte an die halb offene Bürotür. »Hast du Zeit?«

»Ja.« Sie musterte ihren Kollegen. »Ist es gestern spät geworden?«

»Es geht. Ich war um zwei im Bett. Der Privatschnüffler etwas eher.«

»Hat es sich gelohnt?«

Paulsen zog einen Stuhl zu sich und setzte sich vor Ennas Schreibtisch. »Ich habe mich eine Weile mit Mister Großspur unterhalten.« Er stöhnte leise. »Leider ist er sehr trinkfest.«

Enna zog eine Schreibtischschublade auf, nahm eine Schachtel mit Kopfschmerztabletten heraus und schenkte Paulsen Wasser ein.

Er griff nach der Schachtel und drückte zwei Tabletten aus dem Blister. »Danke!«

Enna wartete, bis Paulsen die Tabletten mit einem Schluck Wasser heruntergespült hatte.

Paulsen grinste. »Der Typ hat mir sogar einen Job angeboten. Ich habe ihn dann etwas ausgefragt bezüglich seiner Kunden. Ganz konkret ist er natürlich nicht geworden, aber Ermittlungen für Privatleute machen wohl nur einen sehr kleinen Teil seiner Arbeit aus. Mittelständische Unternehmen hätten einen enormen Bedarf, hat er ausposaunt.« Er legte den Kopf in den Nacken und atmete einmal tief durch. »Den letzten Whisky hätte ich ablehnen sollen. Einen doppelten. Gute Marke. Spendabel ist er ja, der Herr Rose.«

»Du weißt schon, dass es ein ziemliches Risiko war, direkt mit ihm Kontakt aufgenommen zu haben?«

»Das war eine spontane Entscheidung. Ich glaube nicht, dass er mich als Polizist erkannt hat.« Paulsen warf Enna einen fragenden Blick zu. »Du denkst, es war ein Fehler?«

»Nein, scheint ja gut gegangen zu sein. Wir brauchen mehr Informationen. Vielleicht geht es tatsächlich nur so.« Sie hielt kurz inne. »Hast du noch mehr erfahren?«

»Ich musste vorsichtig sein, damit ich mich nicht verrate. Habe irgendwann nach einer Stunde Gequatsche gefragt, ob sie auch mal mit richtigen Kriminalfällen zu tun hätten. Vermisstenfälle und so. Und dann habe ich gefragt, ob er von dem Bauern und seiner Frau in Butjadingen in der Zeitung gelesen habe.«

»Jetzt wird es spannend.«

»Der gute Mann war einen Augenblick geschockt, hat sich aber schnell wieder gefangen. Vermisstenfälle hätten sie auch schon gehabt, hat er dann gemeint. Und sogar schon einmal einen Teenager gefunden, der von zu Hause abgehauen war. Sprich, er hat ganz schnell umgeschaltet und über etwas anderes gesprochen. Nach ein paar Minuten bin ich noch einmal auf die Feddersens gekommen und habe gesagt, dass ich es krass finde, dass nach so vielen Jahren die Überreste gefunden wurden, und ich nicht glaube, dass man jetzt noch etwas herausfinden könne.«

»Wie hat er reagiert?«

»Er hat gegrinst und gemeint, dass es dafür inzwischen Spezialisten gebe, die sich darum kümmern.«

»Gegrinst?«

»Er hat sich über uns lustig gemacht, würde ich mal sagen. Der Kripo viel Spaß beim Suchen gewünscht. Ich würde mich wundern, hat er noch gemeint, wie eingeschränkt die Möglichkeiten der Polizei seien. Ob ich wüsste, dass selbst ein Fingerabdruckabgleich Wochen dauern könnte, sogar Monate. Und er meinte mit stolzer Brust, dass er und seine Leute da ganz anders rangehen könnten, unkonventionell, effektiver und ohne bürokratischen Aufwand und den ganzen Papierkram.«

»Nettes Bild hat der Herr von uns.«

»Sag ich doch. Verspottet hat er unsere Arbeit. Er wisse zufällig, wie viele Polizisten damals an dem Vermisstenfall gearbeitet hätten. Mit einer solchen Mannschaft hätte er den ganzen Landkreis innerhalb von zwei Wochen umgekrempelt.«

Enna zog die Augenbrauen hoch. »Merkwürdig, oder? Würde er so über uns herziehen, wenn er etwas mit dem Tod der Feddersens zu tun hätte?«

»Das habe ich mich auch gefragt. Ich habe dann versucht, das Thema noch etwas am Köcheln zu halten, aber Rose hatte von einem Augenblick auf den anderen kein Interesse mehr, darüber zu sprechen. Frag mich jetzt nicht, warum. Vielleicht habe ich es übertrieben oder irgendein falsches Wort in den Mund genommen und er hat den Braten gerochen.«

»Weißt du noch, was du gesagt hast?«, fragte Enna.

»Wie schon erwähnt, war der Typ sehr spendabel. Da ich an der Theke neben ihm saß, konnte ich den Whisky auch nirgendwo entsorgen. Mit klarem Kopf hätte ich vielleicht mehr erreicht.«

»Worüber hast du zuletzt gesprochen?«, wiederholte Enna ihre Frage.

»Ich weiß es verdammt noch mal nicht mehr. Ich habe mir schon die halbe Nacht den Kopf darüber zerbrochen.«

»Lass dir Zeit. Hol dir einen Kaffee und mach danach einen Spaziergang. Später schreibst du deinen Bericht. Vielleicht fällt es dir wieder ein.«

Paulsen nickte. »Ja. Macht Sinn. Wahrscheinlich habe ich seine Reaktion etwas überbewertet. Ich glaube nicht, dass er misstrauisch geworden ist.«

»Wie war dein Bauchgefühl? Hat Martin Rose etwas mit der Sache zu tun?«

»Keine Ahnung! Wirklich nicht. Wie gesagt, er strotzte nur so vor Selbstbewusstsein. Ein Großkotz, wie er im Buche steht. Aber wenn du mich fragst, überspielt er nur etwas und hat sich selbst Mut zugesprochen. Der ist nicht so tough, wie er sich darstellt. Wir sollten an Rose dranbleiben.«

»Wird schwierig. Länger als zwei Tage können wir ihn nicht ohne Beschluss observieren. Gestern war schon ein absoluter Glücksgriff. Ich glaube kaum, dass uns das noch einmal passiert.«

»Ich würde es trotzdem versuchen. Wenn hier sonst für mich nichts Großartiges anliegt, würde ich Rose ab Mittag im Auge behalten.«

»Pia und Jens sind zu dem Klassenlehrer von Jan Feddersen unterwegs und fahren anschließend nach Bremen. Sandra Larsen hat sich gemeldet. Sie war in Urlaub, arbeitet aber heute noch nicht.«

»Larsen. War das Feddersens Mitarbeiterin, die ihn wegen sexueller Belästigung angezeigt hat?«

»Genau. Ich habe noch einiges an Schreibkram auf dem Tisch. Anschließend will der Staatsanwalt mit mir sprechen. Persönlich.«

Paulsen rollte mit den Augen. »Viel Spaß.«

Zweiundzwanzig

Pia bog kurz vor Rastede von der Hauptstraße ab und folgte den Anweisungen der Navistimme.

»Der scheint ja im Nirgendwo zu wohnen«, murmelte Jens mit Blick auf ein halbhohes Maisfeld.

»Ein altes Bauernhaus, hat er mir verraten.«

»Wohnt er da alleine?«

»Nein. Eine WG. Sechs Personen in seinem Alter. Mehr weiß ich auch nicht.«

»Wow!«, sagte Jens. »Ich habe schon von solchen Projekten gehört. Ich kann mir zwar nicht vorstellen, dass ich dazu im Alter noch Lust hätte, aber wenn man die richtigen Menschen dafür findet …«

»Hast du eigentlich eine Freundin? Du hast nie etwas erzählt.«

Jens zögerte. »Schon, aber wir kennen uns noch nicht lange.«

»Ihr wohnt nicht zusammen?«

»Nein. Sie hat ihre eigene Wohnung«, sagte Jens.

»Was nicht ist, kann ja noch werden.«

Jens zuckte mit den Schultern. »Ich würde es schon wollen, aber Jona ist da etwas zurückhaltender.«

»Wie alt ist sie?«

»Vier Jahre jünger als ich. Also vierundzwanzig.«

»Arbeitet oder studiert?«, fragte Pia weiter.

»Studiert. Master. Deutsch und Geschichte fürs Gymnasium. In einem Jahr geht es ins Referendariat.«

Die Navistimme forderte Pia auf, in die nächste Straße rechts abzubiegen. Sie drosselte die Geschwindigkeit und fuhr in den schmalen Feldweg hinein. Zu beiden Seiten lagen Wiesen, auf denen Kühe weideten. Der ehemalige Bauernhof wurde durch hohe Eichen abgeschirmt. Das Haupthaus schien vor wenigen Jahren komplett restauriert und umgebaut worden zu sein. Auf der ihnen zugewandten Seite befanden sich fünf große Dachfenster, das ursprüngliche Dielentor war durch ein großes Panoramafenster ersetzt worden. Sie parkten das Auto neben zwei Kleinwagen und einem Kastenwagen und stiegen aus.

»Schön hier«, sagte Pia.

Jens nickte. Als sie auf die Eingangstür zugingen, wurde sie von innen geöffnet. Ein hochgewachsener älterer Herr mit Vollbart lächelte Pia an. »Frau Sims?« Als Pia nickte, reichte er ihr die Hand. »Hubert Könneke. Kommen Sie doch herein.«

Der alte Mann führte sie in die große Wohnküche und bot ihnen einen Platz an einem langen Tisch an. »Tee, Kaffee, Wasser?«

»Wenn es nicht zu viele Umstände macht, gerne Kaffee«, sagte Pia.

Hubert Könneke stellte Tassen auf den Tisch und ging zur Küchenzeile, um Wasser und Kaffeepulver in die Maschine zu füllen. Zurück am Tisch setzte er sich zu Pia und Jens.

»Die Eltern von Jan sind also gefunden worden?«, fragte er.

»Ja, vor ungefähr zwei Wochen. Wir haben die Ermittlungen wieder aufgenommen und sprechen noch einmal mit allen, die vor zwanzig Jahren befragt wurden.«

Hubert Könneke zog eine Augenbraue hoch. »Ich bin damals allerdings nicht von der Polizei kontaktiert worden.«

»Das wäre meine erste Frage gewesen, da wir kein Befragungsprotokoll in den Akten finden konnten.«

Hubert Könneke lächelte. »Dann wäre das ja schon mal geklärt.« Er sah sich zur Kaffeemaschine um, stand auf, holte die Kanne und schenkte ein.

»Wie lange ist Jan Feddersen nach dem Verschwinden seiner Eltern nicht mehr zur Schule gegangen?«, fragte Pia nun.

Hubert Könneke rieb sich mit dem Finger mehrfach über den Nasenrücken. »Auf den Tag genau weiß ich das jetzt nicht mehr. Aber es werden wohl ungefähr zwei Wochen gewesen sein.«

»Welchen Eindruck hatten Sie von ihm?«

»Zunächst einmal habe ich mich gewundert, dass Jan bereits wiederkam. Seine Eltern waren ja noch nicht gefunden worden und eine Lösegeldforderung gab es offensichtlich auch noch nicht. Der Junge wirkte rein äußerlich kaum verändert. Er war nur ruhiger, nahm weniger als zuvor am Unterricht teil und meldete sich kaum. Ich habe mich damals auch mit den Kollegen abgesprochen. Sie hatten alle den gleichen Eindruck von Jan.«

»Es klingt jetzt danach, als hätten Sie etwas anderes erwartet?«

»Ja, das ist richtig. Aber auf solch eine Situation ist man als Lehrer natürlich nicht vorbereitet und eine psychologische Ausbildung haben wir ja auch nicht. Trotzdem mussten wir ja irgendwie damit umgehen.« Er hielt kurz inne, senkte den Kopf und dachte nach. »Ja, wenn Sie mich so fragen – ich war erstaunt, wie stabil und gefasst Jan war. Und wenn ich mich richtig entsinne, hat man zwei oder drei Wochen später kaum noch gemerkt, dass er kurz zuvor von einem schweren Schicksalsschlag getroffen worden war. Aber wahrscheinlich verarbeitet jeder Mensch so etwas anders. Sie sollten da jetzt nicht zu viel hineininterpretieren.«

»Gab es in den Jahren vor dem Verschwinden seiner Eltern oder danach Probleme mit Jan Feddersen?«

»Welcher Art?«, fragte Hubert Könneke.

»Schwierigkeiten in der Schule oder Verhaltensauffälligkeiten?«

»Nun, Jan hat ein sehr gutes Abitur gemacht. Soweit ich mich erinnere, wurde er dafür sogar ausgezeichnet. Es war auf jeden Fall eine Eins vor dem Komma. Es mag sein, dass er im Laufe der vielen Jahre hier und da mal einen kurzen Leistungseinbruch hatte, aber das ist ganz normal. Gerade bei Jungen. In der Pubertät spielen die Hormone ja verrückt.«

»Wann waren diese Einbrüche?«, stellte Jens seine erste Frage.

»Nach dem Schicksalsschlag waren wir sehr vorsichtig mit Leistungsanforderungen. Es war aber letztlich gar nicht notwendig. Jan hat sich ziemlich schnell auch im Leistungsbereich normalisiert. Ein minimaler Einbruch. Probleme gab es eher vorher in der siebten oder achten Klasse. Ich meine sogar, die Eltern wurden einmal zu einem Gespräch in die Schule gebeten. Aber wie gesagt, das war nichts Außergewöhnliches in dem Alter.«

»Und im Sozialverhalten?«

»Nun gut, Jan war ein typischer Junge vom Land. Die sind nicht immer so still und zurückhaltend. Da kam es schon zu der einen oder anderen Auseinandersetzung. In meiner Erinnerung gab es aber nie größere Probleme.«

»Das war vor dem Verschwinden der Eltern?«, fragte Jens.

Hubert Könneke wiegte den Kopf hin und her. »Wenn Sie so fragen, ich glaube, es ist später deutlicher zum Tragen gekommen.« Er hob abwehrend die Hand. »Ich weiß nicht, worauf Ihre Fragen hinauslaufen, aber Jan war kein aggressiver Junge. Das hielt sich alles im Rahmen.«

»Erinnern Sie sich an den Tag, an dem seine Eltern verschwunden sind?«, fragte Jens weiter. »War da etwas Besonderes?«

Hubert Könneke warf Jens einen misstrauischen Blick zu. »Wie kommen Sie darauf? Der Junge konnte doch nicht wissen, was ihn zu Hause erwartete.«

»Es war also ein ganz gewöhnlicher Schultag?«

Der pensionierte Lehrer zögerte lange. »Jan ging es an diesem Tag nicht besonders. Er hatte Kopfschmerzen oder vielleicht war es auch etwas mit dem Magen. Er ist zum Ende der letzten Doppelstunde am Vormittag nach Hause gefahren. Ich habe ihn zufällig auf dem Flur gesehen, wie er sich mit Rucksack und Jacke auf den Weg machte. Da habe ich ihn angesprochen.«

Jens ließ sich auf den Beifahrersitz fallen und sah zu Pia. »Hilf mir mal. Stand nicht in den Akten, der Junge wäre erst am Nachmittag nach Hause gekommen?«

»Mag sein. Du bist doch der mit dem Faktengedächtnis.«

»Ich bin mir ziemlich sicher. Er soll angeblich erst am Nachmittag nach Hause gekommen sein. Wenn er allerdings vor dem Ende der letzten Doppelstunde nach Hause gefahren ist, dann wird er gegen ein Uhr dreißig da gewesen sein. Vielleicht auch früher, je nachdem wann die Busse gefahren sind. Würdest du das als Nachmittag bezeichnen?«

»Eher nicht. Wann hat Hinnerk seinen Bruder und seine Schwägerin vermisst gemeldet?«

»Gegen Abend. Kurz nach achtzehn Uhr.«

»Hat die SoKo nicht jede Minute von Hinnerk Feddersens Tag überprüft?«, fragte Pia.

»Schon, er war nachweislich bei der Arbeit, allerdings klaffte eine Lücke von zwei Stunden, in denen ihn niemand gesehen hat. Was allerdings nicht ungewöhnlich war. Das Gelände des Landmaschinenverleihs war groß und Feddersen war häufiger im Außendienst tätig.«

»Mal angenommen, Jan Feddersen wäre der Täter und hätte seinen Onkel verständigt. Reichen zwei Stunden, um zum Feddersen-Hof zu fahren, sich ein Bild der Lage zu machen und die Leichen wegzuschaffen?«

»Ich habe das gestern einmal durchgerechnet«, sagte Jens. »Es wäre knapp gewesen, sehr knapp. Die SoKo ist davon ausgegangen, dass Hinnerk am Nachmittag bereits auf dem Hof war, seinen Bruder und seine Schwägerin getötet hat und sie anschließend auf dem Hof versteckt hat. Die uniformierten Kollegen waren an diesem Abend nur kurz auf dem Hof, haben die Vermisstenmeldung aufgenommen und weitergegeben. Erst am nächsten Vormittag ist der Trubel losgegangen. Kripo, Spurensicherung, am Nachmittag Hubschrauber und eine Hundertschaft. Es wurde vermutet, dass Hinnerk die Leichen in der Nacht abtransportiert hatte.«

Pia sah auf die Uhr und rechnete im Kopf aus, ob sie rechtzeitig in Bremen sein würden. Sie startete den Motor. »Wir müssen weiter.«

Als sie die Autobahn erreicht hatten, wandte sich Pia an Jens. »Noch mal zum möglichen Ablauf an dem mutmaßlichen Tattag. Jan kommt zwischen dreizehn Uhr dreißig und vierzehn Uhr nach Hause, hört beim Betreten des Flures die streitenden Eltern, will dazwischengehen, kommt aber zu spät. Seine Mutter liegt tot auf dem Fußboden, sein Vater beugt sich über sie. Er tötet ihn in rasender Wut und«, sie zuckte mit den Schultern, »wartet bis kurz nach vier, bis er seinen Onkel anruft?«

»Das sind mindestens zwei Stunden. Kurz vor vier ist Hinnerk Feddersen noch auf dem Gelände der Verleihfirma gesehen worden. Von zwei seiner Kollegen, die unabhängig voneinander ausgesagt haben.«

»Wie lange hat er von der Firma bis zum Hof gebraucht?«, fragte Pia.

»Habe ich auch ausgerechnet. Im besten Fall fünfzehn Minuten, vermutlich eher zwanzig.«

»Gehen wir von zwanzig aus. Dann wären wir bei zwanzig nach vier am Nachmittag. Mit Ein- und Aussteigen, Ins-Haus-Gehen und Nach-Jan-Suchen, sagen wir, eine halbe Stunde. Also halb fünf. Wann genau hat er in Nordenham angerufen?«

»Um achtzehn Uhr neun«, sagte Jens, der die Daten alle in seinem Gedächtnis abgespeichert zu haben schien. »Der Streifenwagen war eine halbe Stunde später vor Ort. Da er vom Festnetz angerufen hat, muss er zu dem Zeitpunkt auch auf dem Hof gewesen sein.«

»Also eineinhalb Stunden. Das wäre wirklich nur zu schaffen gewesen, wenn die Leichen nur auf dem Hof versteckt und später abtransportiert wurden.«

»Sehe ich auch so. Zwar wäre das sehr risikoreich gewesen, aber die Alternative, also später bei den Kollegen anzurufen, vermutlich noch viel mehr.«

»Die SoKo ist allerdings davon ausgegangen, dass Jan erst später auf dem Hof angekommen ist, seine Eltern gesucht hat und dann recht zeitnah seinen Onkel angerufen hat. Richtig so?«

Jens nickte. »Mit dem Anruf hat Hinnerk Feddersen nach dieser Theorie gerechnet. Es hieß, er wollte sich so ein Alibi verschaffen. Wie gesagt, die Kollegen nahmen an, dass Feddersen bereits früher am Tag auf dem Hof war, seinen Bruder und seine Schwägerin getötet und auf dem Hof versteckt hat. Nachdem die Kollegen vor Ort die Vermisstenanzeige aufgenommen haben, hat Hinnerk Feddersen nach der Theorie der Kollegen Jan zu sich nach Hause mitgenommen, ist wieder zurück zum Hof gekommen und hat die Leichen verschwinden lassen.«

»Bei beiden Theorien hat Hinnerk Feddersen also die Leichen zunächst versteckt und später vergraben.«

Jens nickte ein weiteres Mal.

Dreiundzwanzig

Enna klopfte an die Bürotür von Staatsanwalt Pochert und wartete. Als sie nichts hörte, klopfte sie ein weiteres Mal und trat ein. Pochert saß hinter seinem Schreibtisch und blätterte in einer Akte. Er sah auf und zeigte auf einen Stuhl.

Da Julius Pochert es nicht für nötig hielt, sie zu begrüßen, zog Enna sich wortlos den Stuhl vor und setzte sich.

»Wie gehen die Ermittlungen voran?«, fragte Pochert.

»Ist mein Bericht gestern nicht angekommen?«, erwiderte Enna. »Vielleicht ist er im Spam gelandet? Sie können die Berichte allerdings auch immer in der Datenbank einsehen, die übrigen Protokolle natürlich auch.«

Pochert reagierte nicht auf Ennas Einwand. »Ist mein Eindruck falsch, dass die Ermittlungen ins Stocken geraten sind?«

»Das kann ich nicht bestätigen. Wenn man berücksichtigt, dass seit den Tötungsdelikten bereits über zwanzig Jahre vergangen sind, liegen wir, wenn ich das mal so salopp formulieren darf, gut im Rennen. Zudem haben wir zu zwei Tatverdächtigen keinen Zugang. Hinnerk Feddersen ist tot, sein Neffe ist in U-Haft. Es wäre übrigens gut, wenn wir ihn zeitnah vernehmen könnten.«

»Der aktuelle Fall geht vor. Das sollten Sie als erfahrene Ermittlerin wissen. Ihre Anfrage liegt den Kollegen in Nordenham vor. Man wird sich mit Ihnen für einen geeigneten Termin in Verbindung setzen.« Pochert hielt inne und fixierte Enna. »Eine der Zeuginnen hat ihre Aussage widerrufen. Wussten Sie davon?«

»Ich gehe einmal davon aus, dass Sie von Isabell Kramer sprechen«, antwortete Enna. »Sie kam zu mir ins Büro und beschwerte sich darüber, dass sie unter Druck gesetzt und zu einer Aussage genötigt worden sei. Ich habe sie darüber aufgeklärt, dass sie jederzeit ihre Aussage widerrufen könne, und sie an die Dienststelle in Nordenham beziehungsweise an die Staatsanwaltschaft verwiesen. Das Protokoll des Gesprächs ist selbstverständlich in der Datenbank zu finden.«

Julius Pochert schluckte schwer. »Das ist nicht Ihr Fall. Was genau an meiner Anweisung haben Sie nicht verstanden?«

Enna lächelte. »Herr Staatsanwalt, ich hätte auch den Widerruf direkt aufnehmen können. Wäre Ihnen das lieber gewesen? Ich war verpflichtet, die Zeugin auf ihre Rechte hinzuweisen. Oder sehen Sie das anders?«

»Haben Sie sie ermutigt, die Aussage zurückzunehmen?«

»Wie Sie schon sagten. Das ist nicht mein Fall. Es liegt mir fern, eine Zeugin in welcher Form auch immer zu manipulieren. Damit würde ich nicht nur gegen das Gesetz verstoßen, sondern auch gegen meine Berufsehre.«

»Halten Sie sich in Zukunft strikt aus dem Fall heraus. Das ist eine Dienstanweisung, die Sie noch heute schriftlich bekommen.« Pochert hatte sich beim Sprechen leicht nach vorne gebeugt und sie wütend angestarrt. »Und Ihre Berichte lassen außerdem zu wünschen übrig. Sie wirken, als wenn Sie mich so weit wie möglich von den eigentlichen Fakten fernhalten wollen. Ich kann Ihnen nur raten, Ihre Einstellung grundlegend zu überdenken.«

Enna blieb ruhig. »Ich halte Ihre Anschuldigungen für absolut haltlos. Unsere Berichte sind fundiert, alle Ermittlungsergebnisse werden stets zeitnah in der Datenbank hinterlegt.« Sie hielt kurz inne. »Sollten Sie das anders sehen, müssen wir das auf höherer Ebene klären.« Sie stand auf. »Sind wir hier so weit fertig?«

Enna schlug wütend mit der Faust aufs Steuer. Sie hatte geahnt, dass Pochert sie nicht zu einem Kaffeekränzchen eingeladen hatte, dass er allerdings solch schwere Geschütze auffahren würde, hatte sie nicht erwartet. Er würde sich warm anziehen müssen, wenn er ihr auf offiziellem Weg Versäumnisse oder gar Einmischung in andere Kommissariate vorwerfen wollte. Aber auch wenn sie seine Drohungen nicht auf die leichte Schulter nahm, glaubte sie nicht, dass Pochert sich weiter vorwagen würde. Er hatte sie einschüchtern wollen und war damit auf ganzer Linie gescheitert. Trotzdem hielt sie ihn für gefährlich und würde ihrem Team einschärfen, vorsichtig zu sein.

Sie fuhr zurück zum Kommissariat, rief Albrecht Heinzen an und berichtete ihm vom Treffen mit dem Staatsanwalt. Als LKA-Beamte unterstanden sie und ihr Team nicht der Oldenburger Polizeidirektion, auch wenn die Zusammenarbeit der beiden Dienststellen sehr eng war. Albrecht Heinzen riet ihr, ein Gesprächsprotokoll anzufertigen und es ans LKA nach Hannover zu schicken. Außerdem sagte er zu, sich dafür einzusetzen, dass sie Jan Feddersen in der U-Haft vernehmen konnten.

»Im Vertrauen«, fügte der Kriminaldirektor hinzu. »Heute ist eine Dienstaufsichtsbeschwerde gegen Hajo Greven eingegangen. Du kannst dir denken, aus welcher Richtung sie gekommen ist.«

»Ja, natürlich.«

»Ich werde mir die Ermittlungen in Nordenham noch einmal persönlich anschauen. Da scheint doch einiges im Argen zu liegen.«

Enna schwieg.

»Du weißt mehr darüber?«

»Das ist mehr ein Bauchgefühl, also nichts, was dir im Moment weiterhelfen könnte.«

»Verstehe. Pass auf dich auf, Enna.«

Sie verabschiedeten sich. Enna schrieb das Gesprächsprotokoll und schickte es nach Hannover, stand auf und wollte gerade in die Teeküche gehen, als ihr Telefon klingelte. Sie kehrte zum Schreibtisch zurück und meldete sich.

»Carolin Götze. Ich weiß nicht, ob ich bei Ihnen richtig bin, Frau Andersen. Die Auricher Polizei hat mir Ihre Telefonnummer gegeben.«

»Um was geht es?«, fragte Enna.

»Mein Vater war Immobilienmakler in Greetsiel und Umgebung. Er ist vor vier Wochen verstorben und ich ordne gerade seinen Nachlass. Es ist so, dass sich jemand für seine Firma interessiert und den Kundenstamm und den Namen gerne übernehmen würde. Aus diesem Grund habe ich die Akten durchgeschaut und bin dabei auf einen Namen gestoßen, den ich gestern in der örtlichen Zeitung gelesen habe.«

»Um welchen Namen handelt es sich?«

»Eefke Feddersen. Bin ich da richtig bei Ihnen?«

»Ja, das sind Sie. Frau Feddersen und ihr Mann sind vor etwas über zwanzig Jahren als vermisst gemeldet worden. Vor einigen Wochen wurden ihre sterblichen Überreste gefunden. Wir haben die Ermittlungen neu aufgenommen. In welchem Zusammenhang steht Eefke Feddersen in Ihren Unterlagen?«

»Sie und Frau Doris Bruhn haben sich für ein Objekt in Greetsiel interessiert. Eigentlich wohl mehr als nur interessiert. Ich habe einen Kaufvertragsentwurf in den Unterlagen meines

Vaters gefunden. Eine Notiz meines Vaters deutet darauf hin, dass sogar schon ein Notartermin vereinbart war, der aber wohl abgesagt wurde.«

Enna richtete sich im Stuhl auf. »Ein Kaufvertrag? Für ein Haus?«

»Ja. Ein Wohn- und Geschäftshaus. Unten Café und in den beiden oberen Stockwerken Privaträume. Gute Lage, eingeführtes Geschäft. Die Besitzer wollten sich zur Ruhe setzen.«

»Steht auf den Dokumenten ein Datum?«

»Nein, es ist ja nur ein Entwurf. Allerdings gibt es eine Aktennotiz von meinem Vater, wann er den Vertragsentwurf gefaxt hat.« Carolin Götze nannte Enna den Termin, der drei Wochen vor dem mutmaßlichen Tod von Eefke Feddersen lag.

»Können Sie von dem Anschreiben, der Notiz und den drei ersten Seiten des Vertrags ein Foto machen und mir per Mail zuschicken?«

»Selbstverständlich.«

»Ich schicke jemand von den örtlichen Kollegen zu Ihnen, der alle Unterlagen abholt. Sie erhalten dann eine Quittung. Sie müssten noch ein Protokoll über das Gespräch, das wir jetzt gerade führen, unterschreiben. Sind Sie in etwa einer Stunde in den Geschäftsräumen zu erreichen?«

Carolin Götze versprach, die Unterlagen zusammenzusuchen und in den nächsten zwei Stunden in den ehemaligen Geschäftsräumen ihres Vaters auf die Polizei zu warten. Enna gab ihr ihre E-Mail-Adresse und bedankte sich bei ihr, bevor sie sich verabschiedete und zu Paulsen ins Büro eilte.

Vierundzwanzig

Pia parkte in eine enge Lücke ein und schaffte es nach drei Anläufen, ausreichend nahe am Bordstein zu stehen.

»Das brauche ich nicht jeden Tag«, murmelte sie und warf einen Blick zu Jens, der sich bemühte, eine neutrale Miene aufzusetzen. »Beim nächsten Mal fährst du.«

»Isch 'abe gar kein Auto«, sagte er schmunzelnd in Anspielung auf eine Fernsehwerbung aus den Neunzigerjahren, die vor Kurzem neu aufgelegt worden war.

Pia rollte mit den Augen. »Aber ich.« Sie sah auf die Uhr. »Wir sind spät dran. Auf geht's!«

Sandra Larsens Dachgeschosswohnung befand sich in einem vierstöckigen Mietshaus älteren Datums. Am Fahrstuhl hing ein Schild, auf dem handschriftlich das Wort ›defekt‹ stand. Jens deutete mit dem Kopf zur Treppe und ging voraus.

Eine Frau Mitte vierzig mit blonder Kurzhaarfrisur öffnete ihnen die Wohnungstür und musterte Pias Ausweis, bevor sie zur Seite trat und sie hineinbat.

Am Tisch in der Küche standen zwei Stühle. Sandra Larsen bot ihnen die Plätze an und holte sich einen weiteren Stuhl aus einem der anderen Zimmer.

»Ich bekomme nicht häufig Besuch«, sagte sie mit einer entschuldigenden Handbewegung. »Es geht um die alte Sache in Nordenham? Habe ich das richtig verstanden?«

Sandra Larsen wirkte nervös und ängstlich auf Pia. Sie erklärte ihr, warum die Ermittlungen wieder aufgenommen worden waren und warum sie mit ihr sprechen wollten.

»Ich war zu der Zeit, als Tjark Feddersen verschwunden ist, schon gar nicht mehr in Nordenham«, sagte Sandra Larsen. »Schon ein halbes Jahr nicht mehr.«

»Sie sind damals nach Ihrer Anzeige direkt nach Bremen gezogen?«

Sandra Larsen nickte.

»Sie haben seinerzeit die Vorwürfe gegen Tjark Feddersen zurückgezogen«, sagte Pia. »Wie kam es dazu?«

»Es war halt so. Mehr möchte ich dazu nicht sagen.«

»Sind Sie von Herrn Feddersen unter Druck gesetzt worden?«

Sandra Larsen schwieg. Pia hatte bemerkt, dass sie immer wieder zu Jens schaute. Auch nach ihrer letzten Frage huschte Sandra Larsens Blick kurz zu Pias Kollegen, bevor sie den Kopf wieder senkte.

Jens räusperte sich. »Kannst du mir den Autoschlüssel geben? Mir fällt gerade ein, dass ich noch einen wichtigen Anruf erwarte.«

Pia reichte ihm den Schlüssel, Jens verließ die Küche. Kurz darauf hörte sie, dass die Wohnungstür ins Schloss fiel.

»Zwei Menschen wurden getötet, Frau Larsen. Einer von ihnen war Ihr ehemaliger Chef. Wenn es zu einem sexuellen Übergriff gekommen ist, kann ich verstehen, dass er Ihnen egal ist. Allerdings ist auch seine Frau getötet worden.«

»Ja, ich weiß«, flüsterte Sandra Larsen.

»Darf ich noch einmal fragen, warum Sie die Anzeige zurückgezogen haben?«

»Muss ich was unterschreiben?«, fragte sie zögerlich.

»Nein. Ich werde alles, was Sie mir jetzt sagen, streng vertraulich behandeln. Und sollten Sie sich damals strafbar gemacht haben, wäre das lange verjährt. Es geht mir wirklich nur darum, etwas Licht ins Dunkel zu bekommen.«

»Ich habe nichts zu befürchten?«

»Nein, wie gesagt, es ist alles verjährt.«

Sandra Larsen nickte nachdenklich. Sie schien mit sich zu kämpfen, senkte ihren Blick und sah wieder auf. »Es ist nichts passiert.«

»Gab es einen anderen Grund, weshalb Sie Herrn Feddersen dieser Übergriffe beschuldigt haben?«

»Ich war dumm und naiv.«

»Erklärt das schon alles?«, fragte Pia weiter. Sie hatte leise und mit zurückhaltender Stimme gesprochen.

Sandra Larsen seufzte. »Ich hatte Streit mit Herrn Feddersen und war mir sicher, dass er meinen Vertrag nicht verlängern würde. Es war eine Kurzschlusshandlung, nicht mehr.«

Pia wiegte den Kopf hin und her. »Eine Kurzschlusshandlung? Die stelle ich mir eigentlich anders vor. Eine Ohrfeige wäre für mich spontan, aber diese Anschuldigung war doch sicher nicht ganz unüberlegt.«

»Ja, vielleicht.«

»Sie müssen doch gewusst haben, dass die Vorwürfe sehr schwerwiegend waren und für Herrn Feddersen sogar das politische Aus hätten bedeuten können.«

»Es war nicht wirklich meine Idee.«

Sandra Larsen hatte so leise gesprochen, dass Pia sich nicht sicher war, ob sie sie richtig verstanden hatte.

»Sind Sie dazu genötigt worden?«, fragte Pia.

Sandra Larsen schwieg.

»Frau Larsen, es könnte sein, dass Ihre Informationen uns weiterhelfen. Sind Sie es Herrn Feddersen und auch seiner Frau nicht schuldig, mir jetzt alles zu erzählen?«

Sandra Larsen schwieg eine gefühlte Ewigkeit, hielt den Kopf gesenkt und stöhnte einige Male leise. Schließlich sah sie auf und fing an zu sprechen. »Da war ein Mann. Ich habe ihn zufällig getroffen. Oder wahrscheinlich sollte es so aussehen. Das war in einem Café. Er kannte mich aus einer Parteizeitung, in der ich als neue Mitarbeiterin vorgestellt worden war. Wir haben uns unterhalten. Er wusste einiges über Tjark. Und nicht nur Gutes.«

»Wie hieß der Mann?«

»Christian. Ich weiß aber nicht, ob das sein richtiger Name war.«

»Sie haben sich wieder getroffen?«

Sandra Larsen nickte. »In Wilhelmshaven. Christian hat mich zum Essen eingeladen. Und anschließend sind wir in Dangast spazieren gegangen. Das liegt am Jadebusen. Kennen Sie Dangast?«

»Ja, hin und wieder gehe ich da auch mit Freunden spazieren.«

»Was soll ich sagen. Irgendwie entstand die Idee, dass ich meine drohende Entlassung nicht so hinnehmen könnte. Christian hat so lange auf mich eingeredet, bis ich es selbst geglaubt habe.«

»Was genau hat er Ihnen eingeredet?«

»Dass Tjark mich … ja, dass er mich belästigt hat. Keine Vergewaltigung, aber hier und da ein Blick, eine zufällige Berührung, eine anzügliche Bemerkung, eine zu private Frage. Wo ist da genau die Grenze? Am Schluss wusste ich das auch nicht mehr.«

»Gab es denn diese Blicke und Bemerkungen?«, fragte Pia.

Sandra Larsen zuckte mit den Schultern. »Ich weiß es nicht. Tjark war nicht sehr feinfühlig. Er hat auch mal Dinge gesagt, die man nicht zu seiner Mitarbeiterin sagen sollte. Vielleicht hat er auch mal seinen Arm um meine Schulter gelegt und mir ein Kompliment gemacht, das sich nicht auf meine Arbeit bezog.«

»Sie haben sich häufiger mit Christian getroffen?«

»Ja, er hat mir auch geholfen, eine Stelle in Bremen zu finden. Ich habe da nicht lange gearbeitet, aber für das erste Jahr war das ganz wichtig. Alleine in so einer großen Stadt. Und Geld hat er mir auch geliehen.«

»Geliehen?«

»Zwanzigtausend D-Mark. Ich sollte es ihm zurückzahlen. Aber wir haben den Kontakt verloren und irgendwann hat Christian sich nicht mehr gemeldet.«

»Das klingt alles sehr ungewöhnlich«, sagte Pia.

»Ich weiß. Aber genau so war es.«

»Sie kennen Christians Nachnamen?«

»Ja, natürlich. Blume, Christian Blume.«

»Wie alt war er damals?«

»Ich habe ihn nie gefragt. Dreißig, schätze ich.«

»Sie waren intim mit ihm?«

»Ja. Er hat hin und wieder in meiner Wohnung übernachtet. Ich war aber nie bei ihm.«

»Wo wohnte er?«

»In Wilhelmshaven. Hat er zumindest gesagt. Ich habe dort aber keinen Mann mit seinem Namen gefunden.«

»Sie haben ihn gesucht?«

»Ja, nachdem er sich nicht mehr gemeldet hat. Seine Handynummer war nicht mehr zu erreichen. Er muss sie gewechselt haben.«

»Warum haben Sie Ihre Anzeige zurückgezogen?«, fragte Pia weiter.

»Ich habe ein schlechtes Gewissen bekommen.« Sie hielt inne und senkte wieder den Blick. »Aber nicht nur. Die Polizisten haben mich damals wegen meiner Anzeige befragt und ich hatte Angst, dass ich was Falsches sage.«

»Christian Blume, oder wie auch immer sein wirklicher Name war, hat Sie also nicht nur bestärkt, die Anschuldigungen zu erheben, sondern Sie auch regelrecht dazu genötigt?«

»Das Thema war ständig zwischen uns. Christian fand es wahnsinnig wichtig, dass ich mich wehre, und er meinte, Tjark wäre korrupt und gehe über Leichen.«

»Wie sah Christian aus?«

»Das ist lange her. Er war groß, schlank. Ich weiß nicht mal, ob ich ihn auf der Straße sofort wiedererkennen würde. Vielleicht an seinen Haaren.«

»Was war mit den Haaren?«

»Er hatte rote Haare. Leicht gelockt.«

Pia horchte auf. Hatte Jens nicht von einem rothaarigen Mann gesprochen? Sie stand auf. »Entschuldigung, ich muss kurz mit meinem Kollegen sprechen. Ich bin sofort wieder da.« Sie verließ die Küche, entfernte sich, so weit es möglich war, von der Tür und rief Jens an. Er nahm das Gespräch direkt an. »Sag mal, du hast doch von einem rothaarigen Mann gesprochen. Ich habe nur mit halbem Ohr hingehört. Um wen ging es da?«

»Martin Rose. Der Privatdetektiv aus Oldenburg. Er war …«

»Ja, ich weiß. Haben wir ein Foto von ihm?«

»Auf der Firmenhomepage. Es scheint schon etwas älter zu sein, aber er ist darauf gut zu erkennen.«

»Okay, danke. Es dauert hier noch einen Moment.«

Pia fand nach wenigen Klicks die Homepage und das Foto, ging zurück in die Küche, setzte sich wieder zu Sandra Larsen und zeigte ihr die Aufnahme. »Ist das Christian?«

Sandra Larsen starrte aufs Display und nickte.

Fünfundzwanzig

Enna überholte einen langsam fahrenden Transporter. Laut Navi würde sie in siebenunddreißig Minuten Fedderwardersiel erreichen. Doris Bruhn hatte bei ihrem kurzen Telefongespräch nicht nachgefragt, warum Enna sie ein zweites Mal sprechen wollte.

Paulsen war nach Hause gegangen, um sich für eine Stunde schlafen zu legen. Am frühen Nachmittag würde er Martin Rose weiter observieren.

Ennas Handy klingelte, sie nahm das Gespräch über die Freisprechanlage an. »Pia! Seid ihr schon in Bremen?«

»Wir haben bereits Sandra Larsen befragt. Ihre Anschuldigungen gegen Feddersen waren mehr oder weniger frei erfunden. Zur Anzeige angestachelt wurde sie von einem Mann mit roten Haaren.«

»Martin Rose?«

»Ja, sie hat ihn anhand des Fotos auf der Homepage identifiziert.« Pia hielt kurz inne. »Der Hammer, oder?«

»Ehrlich gesagt habe ich mit weiteren Aktionen von Rose gerechnet. Dass er aber selbst Feddersens Mitarbeiter manipuliert hat, hätte ich nicht gedacht.«

»Du bist im Auto?«

»Auf dem Weg nach Fedderwardersiel.« Enna erklärte ihr in wenigen Worten, was sie von der Tochter des verstorbenen Immobilienmaklers erfahren hatte. »Anschließend fahre ich noch zum Feddersen-Hof zu Sonja Feddersen. Ich hoffe, dass ich sie antreffe.«

»Okay. Dann sehen wir uns wahrscheinlich erst morgen früh?«

»Das hängt von den Terminen ab. Ich melde mich.«

Doris Bruhn kam auf Enna zu, als sie ihr Café betrat. Sie begrüßte Enna und fragte, ob der Termin lange dauern würde. Enna schlug vor, wieder einen Spaziergang zu machen. Doris Bruhn stimmte zu und blieb stehen, als sie den Deichweg erreicht hatten.

»Sie haben noch weitere Fragen?«

Enna zog die zwei ersten Seiten des Kaufvertragsentwurfs aus der Tasche und reichte sie ihr wortlos.

Doris Bruhn zuckte zusammen, als sie begriff, um was es sich handelte. »Wo haben Sie das her?«

»Ihr damaliger Immobilienmakler ist gestorben. Seine Tochter hat die Geschäftsunterlagen gesichtet und wusste aus der Zeitung, dass Frau Feddersen gefunden wurde.«

Doris Bruhn gab die Kopien zurück und ging, ohne etwas zu sagen, weiter. Enna folgte ihr.

»Das war ein Traum, der nicht wahr geworden ist«, sagte Doris Bruhn, nachdem sie eine Weile schweigend nebeneinanderher gegangen waren.

»Eefke und Sie waren ein Paar?«

»Nein. Und ob wir es jemals geworden wären, werde ich nie erfahren. Eefke wusste, dass ich eine Beziehung mit einer Frau in Oldenburg hatte, aber sie hat nie auf meine Avancen reagiert. Aber das war mir auch nicht so wichtig. Sie war damals so weit, einen Schlussstrich unter die Ehe mit Tjark zu ziehen. Das mit dem Café in Greetsiel war meine Idee. Ich hatte über eine Freundin davon gehört, dass die Betreiber Nachfolger suchten, und habe mit Eefke einen Plan geschmiedet, wie wir zusammen dort hinziehen. Niemand wusste davon. Meine Kinder waren aus dem Haus, meine Mutter gestorben. Ich konnte frei entscheiden, ob ich bleibe oder mir etwas Neues aufbaue.«

»Und Eefke?«, fragte Enna.

»Sie hat sich Sorgen um Jan gemacht, hoffte aber, dass er mit nach Greetsiel kommen würde. Eigentlich ist sie sogar fest davon ausgegangen, dass Jan mitkommt. Sein Verhältnis zu Tjark hatte sich sehr verschlechtert. Tjark konnte nicht damit umgehen, dass sein Sohn erwachsen wurde und plötzlich eine eigene Meinung hatte.«

»Kann es sein, dass Tjark Feddersen erfahren hat, was Sie beide vorhatten?«

Doris Bruhns Augen waren feucht geworden. Sie wandte sich von Enna ab und griff nach einem Taschentuch. »Darüber habe ich mir all die Jahre Gedanken gemacht. Aber wir waren unglaublich vorsichtig. Es wusste niemand von unseren Plänen. Bis auf den Immobilienmakler und die Verkäufer.«

Enna holte ihr Handy aus der Tasche, rief das Foto von Martin Rose auf und zeigte die Aufnahme Doris Bruhn. »Kennen Sie diesen Mann?«

»Fragen Sie danach, ob ich ihm damals begegnet bin?«

»Ja. Dies ist allerdings ein relativ neues Foto. Sie müssen etwa zwanzig Jahre abziehen.«

»Persönlich kenne ich ihn nicht. Da bin ich mir sehr sicher. Die roten Haare sind ja sehr auffällig. Trotzdem kommt er mir bekannt vor. Ich kann mich aber auch täuschen.«

»Vielleicht fällt es Ihnen ja noch ein.« Enna zeigte auf den Deichweg. »Wollen wir weitergehen?«

Sie liefen weiter den Deich entlang.

»Sie sagten vorhin, dass Sie eine Frau in Oldenburg kennengelernt hatten?«

»Ja, das stimmt. Das war aber nur ein kurzes Intermezzo. Zwei Monate, vielleicht auch drei. Im Grunde genommen war das eine Art Ersatzhandlung. Ich war eigentlich in Eefke verliebt, hatte aber Angst, sie ganz zu verlieren, wenn ich es ihr sagen würde.«

»Kann es sein, dass jemand Sie dort mit Ihrer Freundin gesehen hat?«

»Sie denken da an den rothaarigen Mann?«

»Zum Beispiel.«

Doris Bruhn zuckte mit den Schultern. »In den ersten Wochen der Verliebtheit war es mir vollkommen egal, ob irgendwer mich erkannt hat. Mag sein, dass ich zu unvorsichtig war.« Sie blieb stehen. »Unvorsichtig. In was für einer Gesellschaft leben wir eigentlich.«

»Vor zwanzig Jahren hatten es gleichgeschlechtliche Paare sicher noch schwerer als heute.«

»Ja, so gesehen bin ich zu früh geboren worden. Es hat sich gerade in den letzten Jahren einiges getan, wenn auch lange noch nicht genug.«

»Wie hätte Tjark Feddersen reagiert, wenn seine Frau sich von ihm getrennt hätte?«

»Er hätte Himmel und Hölle in Bewegung gesetzt, um Eefke und mir das Leben schwer zu machen. Trotzdem, ich war mit Eefke bei einem Anwalt. Tjark hätte keine Chance gehabt, die Scheidung zu verhindern. Und Jan war alt genug, um selbst zu entscheiden, ob er bleibt oder mitkommt.«

»Warum haben Sie mir bei unserem letzten Gespräch nicht gleich die ganze Wahrheit gesagt?«

»Hätte es etwas geändert? Wohl kaum. Ich glaube nicht, dass Eefke wegen unseres Planes umgebracht worden ist. Was zwischen uns war, geht niemanden etwas an. Das ist meine persönliche Geschichte mit Eefke. Ich will nicht, dass sich hier jeder in der Gemeinde über Eefke das Maul zerreißt. Meine Freundin ist lange tot und soll ihre Ruhe finden.«

Enna fuhr auf den Feddersen-Hof zu und sah in der Ferne einen Mann aus dem Haupthaus kommen. Sie fuhr weiter geradeaus und hielt neben einem großen Trecker, auf den er gerade aufgestiegen war. Der Mann schien Enna erst jetzt zu bemerken, stellte den Motor wieder ab und kam auf sie zu.

»Moin! Wollten Sie mich sprechen?«, fragte er.

»Enna Andersen, Landeskriminalamt. Darf ich fragen, wer Sie sind?«

»Johann Dirks. Ich war früher hier Vorarbeiter und ... nun ja, Jan Feddersen ist in Untersuchungshaft und hat mich gebeten, hier nach dem Rechten zu schauen.«

»Ach, Herr Dirks. Mein Kollege Paulsen hat letzte Woche mit Ihnen gesprochen.«

»Genau. Er war auf meinem Hof.«

»Ich sah nur, dass Sie aus dem Haupthaus kamen, und wollte kurz schauen, ob alles in Ordnung ist. Ich bin auf dem Weg zu Frau Feddersen.«

Johann Dirks nickte. »Sie wissen, wie Sie zum Haus kommen?«

»Ja, danke. Wenn Sie Zeit haben, würde ich später gerne noch kurz mit Ihnen sprechen.«

»Ich bin in einer halben Stunde wieder zurück. Sie finden mich dann im Büro.«

»Dann bis später«, sagte Enna und stieg wieder in ihren Dienstwagen ein.

Vor dem Altenteil stand ein VW-Golf älteren Datums. Enna parkte daneben, stieg aus und ging auf das Gebäude zu. Außer dem Motorengeräusch des sich entfernenden Treckers war es still auf dieser Seite des Hofes. Auf Ennas Klingeln öffnete ihr niemand. Sie klopfte an die Tür, wartete, aber nichts geschah. Schließlich ging sie einmal ums Haus, schaute durch die Fenster der Küche und des Wohnzimmers und stand wenig später wieder vor der Haustür. Nachdem sie Sonja Feddersens Nummer angerufen hatte und der AB angesprungen war, drückte sie als letzten Versuch die Klinke herunter. Die Tür sprang auf. Enna öffnete sie ganz und rief ins Haus hinein. Als ihr niemand antwortete, ging sie in den Flur, rief ein weiteres Mal nach Sonja Feddersen und betrat die Küche. Das rote Licht der Kaffeemaschine leuchtete, ein Rest der braunen Flüssigkeit war in der Kanne eingetrocknet. Auf dem Tisch standen ein benutzter Teller und ein halb voller Becher. Enna stellte die Maschine ab, verließ die Küche und betrat das Wohnzimmer. Es war still im Haus. Enna rief wieder Sonja Feddersens Namen und wartete. Kurz zögerte sie, lief aber schließlich den Flur entlang und öffnete die nächste Tür.

Sie schrak zurück. In der Badewanne lag die nackte Sonja Feddersen. Das Wasser hatte sich rosarot verfärbt, ein Cuttermesser lag auf dem Boden. Enna stürzte vor, griff im Laufen nach einem Handtuch und zog Sonja Feddersen, deren Kopf nur knapp über dem Wasser lag, nach oben. Am linken Handgelenk waren zwei tiefe horizontale Schnitte zu sehen, aus denen weiter Blut quoll. Enna band das Handtuch fest um das Gelenk und presste mit der einen Hand darauf, während sie mit der anderen ihr Handy aus der Tasche zog und die Notrufnummer wählte.

»Frau Feddersen? Können Sie mich hören?« Enna fühlte an der Halsschlagader nach dem Puls. Er war schwach, aber vorhanden. Sonja Feddersen stöhnte leise, schien aber kurz davor zu sein, das Bewusstsein zu verlieren. Enna sah sich im Badezimmer um. Auf einem Schrank lag ein Verbandskasten. Sie wickelte das inzwischen mit Blut durchtränkte Handtuch fester ums Handgelenk, legte den Arm auf den Badewannenrand, sprang auf und packte den Kasten. Hastig riss sie eine Mullbinde aus der Verpackung und legte Sonja Feddersen einen Druckverband an. Anschließend hielt sie ihren Arm hoch und drückte am Oberarm die Blutzufuhr so weit wie möglich ab.

Eine Viertelstunde später trafen die Rettungssanitäter und der Notarzt ein, stabilisierten Sonja Feddersen und trugen sie aus dem Haus. Auf Ennas Frage, ob sie eine Chance habe, zuckte der Notarzt nur mit den Schultern, dann hastete er hinter den Sanitätern her.

Enna sank erschöpft auf den Rand der Badewanne und sah erst jetzt, dass ihre Hände blutverschmiert waren. Sie atmete einige Male tief durch, dann stand sie auf, wusch sich die Hände und ging in die Küche, um sich ein Glas Wasser einzuschenken. Sie öffnete den antiken Küchenschrank, nahm ein Glas heraus und ging zur Spüle. Aus dem Augenwinkel nahm sie einen Briefumschlag wahr, der neben dem Herd lag. Sie zögerte kurz, stellte das Glas ab, zog sich Latexhandschuhe über und öffnete den Umschlag.

Wie sie vermutet hatte, handelte es sich um Sonja Feddersens Abschiedsbrief.

> Lieber Jan,
> es tut mir so unendlich leid, dass Du wegen meiner Aussage ins Gefängnis gekommen bist. Ich war so durcheinander und der Polizist hat mich so bedrängt, dass ich von unserer Zeit erzählt habe. Und er hat herausbekommen, dass wir, kurz bevor ich zu meinen Eltern gefahren bin, schlimm gestritten haben. Was dann passiert ist, wollten wir beide, es war ein letztes Mal, ein verzweifelter Versuch, unsere Zeit zurückzuholen. Ich habe inzwischen

verstanden, dass es endgültig vorbei ist. Vielleicht war es nie richtig, hatten wir nie eine Chance, und wir mussten scheitern.

Nachdem ich Hinnerk im Haus gefunden habe, war ich so durcheinander und entsetzt. Ja, ich habe Dich verdächtigt, und das hat der Polizist gemerkt. Er hat mich unter Druck gesetzt und behauptet, Du hättest mir Gewalt angetan. Immer und immer wieder. Es war falsch, dass ich das unterschrieben habe.

Verzeih mir, Jan.

In Liebe Deine Sonja

Enna las den Brief zweimal durch, fotografierte ihn und schickte ihn mit einer Nachricht an Albrecht Heinzen. Anschließend wählte sie seine Nummer.

»Kann ich dich später zurückrufen? Ich bin in einer Sitzung«, sagte der Kriminaldirektor mit leiser Stimme.

»Es ist extrem wichtig, Albrecht. Ich habe dir gerade eine Mail geschickt. Schau sie dir bitte an und rufe mich sofort zurück.«

Albrecht Heinzen zögerte kurz und antwortete dann: »Gut.«

Einige Minuten später klingelte Ennas Handy. Sie nahm das Gespräch an und erklärte Albrecht Heinzen in wenigen Worten, was passiert war und was sie nun vorhatte. Er hörte aufmerksam zu, stellte zwei Fragen und stimmte schließlich Ennas Vorschlag zu.

Enna verstaute den Brief wieder im Umschlag und legte ihn an dieselbe Stelle zurück. Anschließend rief sie Hajo Greven an, informierte ihn über Sonja Feddersens mutmaßlichen Suizidversuch und bot an, vor dem Haus auf die Nordenhamer Kollegen zu warten.

Sechsundzwanzig

Kriminaldirektor Albrecht Heinzen empfing Enna im Eingangsbereich der Polizeidirektion und ging mit ihr zusammen in sein Büro.

»Konntest du etwas in der Nordenhamer Klinik in Erfahrung bringen?«, fragte sie.

»Du kennst ja die Krankenhäuser. Information nur an Angehörige. Ich habe eine Weile gebraucht, bis ich zum Chefarzt durchgestellt wurde und ihm erklären konnte, worum es geht. Frau Feddersen ist stabil, aber noch nicht außer Lebensgefahr. Der Chefarzt sprach von einer fünfzigprozentigen Überlebenschance. Wenn du eine Viertelstunde später gekommen wärst …«

»Es war Zufall, dass ich genau zu dem Zeitpunkt dort aufgetaucht bin.«

»Stell dein Licht nicht unter den Scheffel. Jemand anders wäre nicht ins Haus gegangen«, sagte Albrecht Heinzen. Er sah auf die Uhr. »Kollege Greven sollte eigentlich jeden Augenblick zurückrufen. Ich habe um einen mündlichen Bericht gebeten.«

In diesem Moment klingelte das Telefon. Heinzen nahm das Gespräch an und stellte auf Lautsprecher um.

»Frau Andersen sitzt bei mir im Büro und hört mit. Zu Ihrer Information: Ich habe mit der Klinik gesprochen. Frau Feddersen schwebt immer noch in akuter Lebensgefahr.«

»Vielen Dank für die Information, Herr Kriminaldirektor«, hörte Enna Greven antworten.

»Könnten Sie mir einen ersten Bericht geben? Besteht Verdacht auf Fremdeinwirkung? Bei der momentanen Konstellation wäre das ja nicht abwegig.«

»Die Spurensicherung ist noch bei der Arbeit. Die Kollegen waren leider mit einem Tatort in Nordenham beschäftigt. Ich habe mir allerdings selbst einen ersten Überblick verschafft und konnte keine Hinweise auf Fremdeinwirkung feststellen.«

»Ist ein Abschiedsbrief vorhanden?«

»Bisher haben wir keinen gefunden«, sagte Hajo Greven. »Wir sollten aber noch warten, bis die Spurensicherung durch ist.«

»Ich habe vorhin noch kurz mit Johann Dirks gesprochen«, sagte Enna. »Sie wissen ja sicher, dass er im Auftrag von Jan Feddersen die Leitung des Hofes übernommen hat.«

»Ja, das ist mir bekannt.«

»Dirks sagte mir, dass er, seit er auf dem Hof ist, keine Fremden bemerkt hat. Nicht dass ich mich in Ihren Fall einmischen wollte, aber ursprünglich hatte ich vor, Herrn Dirks noch in Zusammenhang mit unseren Ermittlungen zu befragen. Ich habe es aber angesichts der Umstände erst mal verschoben.«

»Kein Problem, Frau Kollegin. Wir werden uns morgen intensiv damit auseinandersetzen. Ich warte zunächst die Ergebnisse der Spurensicherung ab.«

Heinzen räusperte sich. »Gut, schicken Sie mir bitte einen schriftlichen Bericht. Ich hätte ihn gerne bis morgen um neun Uhr. Schaffen Sie das?«

»Das sollte möglich sein.«

Albrecht Heinzen verabschiedete sich von dem Nordenhamer Hauptkommissar und legte den Hörer auf.

»Du hattest wohl den richtigen Riecher«, sagte er.

Enna nickte. »Er hätte den Abschiedsbrief sehen müssen. Ich bin gespannt, ob der Brief noch auftaucht.«

»Ich werde ja häufig als unverbesserlicher Optimist bezeichnet, aber in diesem Fall wechsele ich doch mal die Seiten. Es tut weh, einen solch fähigen Kriminalisten auf Abwegen zu wähnen, aber da muss ich wohl jetzt durch.«

Enna stand auf. »Du informierst mich morgen?«

Heinzen erhob sich und reichte ihr die Hand zum Abschied. »Selbstverständlich. Wenn es zutrifft, was du angenommen hast, werde ich zunächst mit dem Generalstaatsanwalt sprechen, um das weitere Vorgehen abzuklären. Warte also nicht unbedingt um kurz nach neun auf meinen Anruf.«

»Jens erzählt noch zu Ende und dann eine kurze Pause?«, fragte Enna am nächsten Morgen in die Runde. Sie saßen seit eineinhalb Stunden im Team zusammen. Nach den ausführlichen Berichten zu den Ereignissen und Befragungen des Vortags hatte Jens von seiner Recherche zum Deichverband erzählt. Tjark Feddersen war tatsächlich stellvertretender Verbandsvorsteher des II. Oldenburgischen Deichverbands gewesen, hatte den Posten aber bereits fünf Jahre vor seinem Verschwinden aufgegeben.

Jens nickte auf Ennas Frage. »Wir können die Deichgeschichte damit wohl abhaken. Es ist unwahrscheinlich, dass sein Tod etwas mit dieser Tätigkeit zu tun hat.«

»Sehe ich auch so«, stimmte ihm Enna zu. »Haben wir inzwischen die Produktionsnummer des Elektroschockers aus Nordenham bekommen?«

»Nein«, sagte Jens. »Ich habe schon zweimal nachgefragt, aber entweder keine oder eine ausweichende Antwort bekommen.«

Enna schüttelte den Kopf. »Das gefällt mir gar nicht. Absolut nicht.« Sie warf einen Blick zu Paulsen. »Dein Bericht zur gestrigen Observation steht noch aus, bevor wir dann zur Diskussion über das weitere Vorgehen kommen.«

»Wollten wir vorher nicht eine Pause machen?« Paulsen stand auf. »Ich mache auch frischen Kaffee.«

Ein Nicken ging durch die Runde. Jens und Pia verließen die Küche, Enna öffnete das Fenster und trat zu Paulsen an die Küchenzeile. »Ich hoffe, du hast mit Katja keinen Ärger bekommen?«

»Wegen dem Alkohol vorgestern, meinst du?«

Enna nickte.

»Wir sehen uns nicht mehr jeden Abend. Und Katja kommt auch nicht ohne Ankündigung zu mir oder ich zu ihr. Ich habe ihr aber am Telefon davon erzählt. Ich hatte ja genug Zeit gestern.«

»Wie hat sie reagiert?«

»Alles gut. Ich glaube, wir sind auf dem richtigen Weg.«

»Das wünsche ich dir, Paulsen.«

»Und bei dir? Du warst ja in den letzten Tagen auch viel unterwegs.«

Enna nickte. »Ohne Alina würde ich das nicht schaffen. Und natürlich Aaron. Doch er hat häufig Termine außerhalb. Aber das weißt du ja.«

»Sicher nicht einfach.«

»Es gab schwierigere Zeiten für mich und Elias.« Enna sah zum wiederholten Male auf die Uhr.

»Er ruft schon an«, sagte Paulsen. »Ist übrigens ein gutes Zeichen, dass es noch nicht passiert ist. Kollege Greven wird tief in der Scheiße stecken, wenn er den Abschiedsbrief unterschlagen hat.«

»Ja. Sehr tief sogar.«

Paulsen griff nach der inzwischen vollen Kaffeekanne und deutete mit dem Kopf zum Tisch. »Geht es weiter?«

»Okay«, sagte Enna, als sie alle wieder am Tisch saßen und ihre Kaffeebecher gefüllt waren. »Es kristallisiert sich immer mehr heraus, dass die ALOH AG über Martin Rose die Finger im Spiel hatte. Eine Mitarbeiterin von Tjark Feddersen dafür zu bezahlen, dass sie ihren Chef des sexuellen Übergriffs bezichtigt, zeugt schon von hoher krimineller Energie.«

»Leider ist alles verjährt«, warf Jens ein. »Und das werden Rose und sein Auftraggeber ebenfalls wissen.«

Enna warf Paulsen einen auffordernden Blick zu. »Willst du von der Observation Roses berichten?«

Paulsen stellte den Kaffeebecher, den er gerade in die Hand genommen hatte, ab und richtete sich auf. »Das war jetzt der zweite Tag, weitere können wir nicht ohne einen Beschluss anhängen. Deshalb habe ich Martin Rose auch observiert, bis er weit nach Mitternacht wieder in seiner schicken Penthousewohnung angekommen war. Gleich vorweg, es war ein ereignisreicher Tag. Ich habe um elf Uhr vormittags meine Position vor dem Büro der Detektei eingenommen.«

»Woher wusstest du, dass Martin Rose noch im Büro war?«, fragte Jens.

»Das hat mir ein kleines Gerät verraten, das ich am Abend zuvor unter seinem Porsche Cayenne befestigt habe. Vor Gericht hätte das keinen Bestand, ich weiß, aber mein alter Benz kann nun mal nicht mit dem Geschoss mithalten.«

»Hast du es wieder entfernt?«, fragte Enna.

»Selbstverständlich. Nun gut, die erste Fahrt führte mich nach Osnabrück in meine alte Heimat. Wie schon vermutet, hielt Rose sich weder an Geschwindigkeitsbegrenzungen noch an andere Verkehrsregeln. Ich fand den Porsche in der Innenstadt in einem Parkhaus und bin dann auf die Suche gegangen. Dank meiner Ortskenntnis habe ich ihn gefunden.«

Paulsen richtete den kleinen Beamer aus und schaltete ihn an. Nachdem er ihn mit seinem Handy verbunden hatte, leuchtete ein Foto an der Wand auf. »Der Rotschopf rechts ist Rose, die Dame links ist, wie ich heute Morgen noch herausbekommen habe, Frauke Niemann.«

»Sieh an«, sagte Enna. »Die Stellvertreterin und spätere Nachfolgerin von Karsten Schmidt in der Kreisverwaltung.«

Paulsen schmunzelte. »Die Kandidatin hat hundert Punkte.« Er zeigte weitere Fotos, die Rose und Niemann in einem Café zeigten. »Ich kam natürlich etwas später dort an, aber mein Eindruck war der, dass die beiden intensiv miteinander gesprochen haben. Die Dame hatte zeitweilig einen ziemlich roten Kopf, der Herr hat häufiger energisch auf sie eingeredet.«

»Ich unterbreche ungern«, sagte Jens. »Aber auch sämtliche Korruptionsgeschichten rund um die geplanten Windkraftanlagen sind juristisch uninteressant, weil lange verjährt.«

»Dafür sind die Beteiligten aber ausgesprochen unruhig«, warf Pia ein.

»Eine solche Geschichte wird weder dem Windkraftunternehmen noch der Detektei gut zu Gesicht stehen«, sagte Enna. »Und Frauke Niemann könnte durchaus mit Konsequenzen in ihrem jetzigen Job zu rechnen haben.«

»Wenn ihr denn die Mauschelei nachgewiesen würde«, sagte Jens. »Da wir aber nicht einmal ermitteln können, brauchen die Leute doch nur abzuwarten und zu schweigen.«

»Nicht unbedingt«, widersprach ihm Paulsen. »Wenn wir annehmen, dass die Korruption unmittelbar mit einem mutmaßlichen Mord zusammenhängt, können wir schon ermitteln.

Auch wenn die eigentliche Tat strafrechtlich nicht mehr relevant ist.« Er hielt kurz inne und fuhr fort. »Anschließend ging es Richtung Oldenburg und ich dachte, dass es das gewesen wäre. Weit gefehlt. Martin Rose fuhr an Oldenburg vorbei nach …« Paulsen sah in die Runde. »Vorschläge?«

»Paulsen«, sagte Pia leicht genervt. »Jetzt veranstalte hier kein Kasperletheater.«

Paulsen hob theatralisch die Hände. »Dann eben nicht. Nach Butjadingen zu Karsten Schmidt.«

»Hat er ihn etwa ins Haus gelassen?«, fragte Enna erstaunt.

»Nein, hat er nicht, ich kam kurz nach dem Privatschnüffler bei Schmidts Haus an und habe auch hier ein paar Aufnahmen gemacht.«

Paulsen klickte das nächste Foto an und schaltete eine ganze Reihe in schneller Folge durch. »Wie ihr seht, war das keine angenehme Unterhaltung. Ich konnte nichts verstehen, aber nach den Fotos zu urteilen, hat Rose ihm gedroht. Das ging noch genau fünf Minuten und zwanzig Sekunden so weiter, bis ihm Karsten Schmidt die Tür vor der Nase zugeschlagen hat.« Paulsen stellte den Beamer aus. »Es ging dann zurück nach Oldenburg. Der Herr hat noch einige Stunden in seiner Firma verbracht und sich dann wieder in die Kneipe aufgemacht. Ich habe etwa eineinhalb Stunden gewartet, bevor ich mich zu ihm gesellt habe.«

»Wow! Paulsen undercover«, warf Pia ein. »Respekt, dass du dich zum zweiten Mal in die Höhle des Löwen gewagt hast.«

»Als Löwe würde ich den Typ nicht bezeichnen. Als ich mich zu ihm an die Theke setzte, hatte er schon einen ziemlichen Vorsprung. Zum Glück, so ist ihm nicht aufgefallen, dass ich sehr zurückhaltend mit dem Alkohol war.«

»Und?«, drängelte Pia.

»Immer mit der Ruhe.« Paulsen stellte den Beamer zur Seite. »Rose war nicht so redselig wie am Tag zuvor. Er hatte schlechte

Laune und fluchte über seine Arbeit. Ich habe vorsichtig nachgefragt, aber er meinte, es handele sich um Altlasten, mit denen er sich rumschlagen müsse. Und das ohne Bezahlung. Mehr war nicht rauszukriegen. Ich bin dann gegangen, er kam irgendwann auch raus und ist nach Hause getorkelt.«

»Okay«, übernahm wieder Enna die Gesprächsleitung. »Wo stehen wir? Wie schon erwähnt, verdichten sich die Hinweise, dass Tjark Feddersen durch die Detektei Rose nicht nur observiert, sondern regelrecht ausspioniert wurde mit dem Ziel, ihm als Politiker zu schaden. Da haben wir die Affäre rund um Gerrit Hansen, deren Öffentlichmachen Feddersen angelastet werden sollte. Das ist durch den Suizid des Mannes aus dem Ruder gelaufen und hat lediglich Gerrit Hansen die politische Karriere gekostet. Zweitens haben wir Sandra Larsen, die Feddersen des sexuellen Übergriffs beschuldigt hat, angestiftet von Rose. Auch diese Aktion ist im Sande verlaufen. Drittens haben wir das Kaltstellen von Karsten Schmidt, der offensichtlich auf Feddersens Linie war und sich nicht hat korrumpieren lassen. Schmidt konnte zwar nicht nachgewiesen werden, dass er Unternehmen begünstigt beziehungsweise Geld von ihnen angenommen hat, trotzdem musste er letztendlich gehen. Vermutlich, damit seine Vorgesetzten das Gesicht wahren konnten, ist mit ihm eine Auflösung des Vertrags vereinbart worden. Damit war der Weg frei für Frauke Niemann, die erheblich kooperativer gewesen zu sein scheint.«

»Tjark Feddersen war allerdings noch auf seinem Posten«, sagte Pia. »Es stand zwar das Korruptionsverfahren an. Aber wie hängt das zusammen? Das Windkraftunternehmen wird sich kaum selbst in die Schusslinie gebracht haben.«

»Darüber habe ich auch schon nachgedacht. War das der Plan der ALOH AG? Sich selbst ins Spiel bringen, damit sich später herausstellt, dass sie eine weiße Weste haben? Das

Gleiche hätte natürlich auch für Feddersen gegolten, aber er wäre politisch angeschlagen gewesen.«

»Unter Umständen hat der Privatschnüffler Beweise gefälscht, die auf ein anderes Bauprojekt hinweisen«, bemerkte Paulsen. »Wenn Rose von einem Beamten im Ermittlungsteam Informationen bekommen hat, konnte er immer rechtzeitig reagieren. Klar, ein gewagtes Spiel.«

»War es zu gewagt und lief aus dem Ruder?«, fragte Jens. »Und musste Rose dann die Notbremse ziehen? Sprich, er hat das Ehepaar getötet und vergraben. Durch seine Recherchen war ihm bekannt, dass Hinnerk Feddersen Grundstücke geerbt hatte und …«

»Warum hat Rose dann nicht einen anonymen Hinweis auf den Fundort gegeben?«, unterbrach ihn Paulsen.

Jens zuckte mit den Schultern. »Es war ihm dann doch zu heiß beziehungsweise es war gar nicht nötig, weil das Ziel, Feddersen aus dem Weg zu bekommen, erreicht war.«

»Die Frage ist«, sagte Enna, »wer Rose beauftragt hat.«

»Nach bisherigem Kenntnisstand würde ich auf die Windkraftfirma tippen«, warf Pia ein. »Die Kontakte waren und sind vorhanden. Dass er wirklich so konkrete Aufträge hatte, muss ja nicht unbedingt sein. Vielleicht hat Rose relativ freie Hand gehabt, wie er das Ziel erreicht, Feddersen aus dem Amt zu hieven.«

»Wäre möglich«, stimmte Enna ihr zu. »Wir werden uns mit dem Herrn auseinandersetzen müssen. Zunächst sollten wir sein Leben komplett durchleuchten. Ich werde mit Karsten Schmidt reden. Vielleicht kommt er jetzt aus der Deckung und hilft uns.« Sie hielt inne. »Das wäre der eine Ermittlungsstrang. Der zweite bezieht sich auf die Familie. Jan Feddersen war am Tag, an dem seine Eltern als vermisst gemeldet wurden, nicht erst am späten Nachmittag zurück auf dem Hof, sondern bereits kurz nach Mittag. Was bedeutet das? Welche Rolle spielt sein

Onkel? Hat Tjark Feddersen herausbekommen, dass seine Frau kurz davor war, sich von ihm zu trennen? Was für eine Rolle hat Doris Bruhn in der ganzen Angelegenheit gespielt? Warum hat sie seinerzeit nicht gleich zur desolaten Ehe der Feddersens ausgesagt?«

»Schließen wir Hinnerk Feddersen inzwischen ganz aus?«, fragte Jens.

»Nein, er kommt weiter als Täter oder als Helfer infrage. Sollte es wirklich ein familiärer Konflikt gewesen sein, kann uns eigentlich nur Jan Feddersen weiterhelfen.«

Sie gingen noch einmal die bisherigen Ermittlungsergebnisse durch und verteilten die Aufgaben.

Siebenundzwanzig

Ennas Handy machte sich bemerkbar. Sie griff nach dem Gerät. Albert Heinzen. Enna holte tief Luft und nahm das Gespräch an.

»Hallo, Albrecht!«

»Entschuldige, dass ich mich erst jetzt melde. Aber du kannst dir denken, dass es hier hoch herging.«

»Was ist jetzt mit dem Abschiedsbrief?«

»Es gibt angeblich keinen. Wie du weißt, habe ich Greven gebeten, mir bis neun einen schriftlichen Bericht zu schicken. Der ist auch pünktlich gekommen. Zu dem Zeitpunkt saß ich bereits mit dem Generalstaatsanwalt zusammen und habe ihm die Situation erklärt. Als der Bericht vorlag – er wich nicht von dem mündlichen ab –, haben wir Kollege Pochert dazugerufen. Ich mache es mal kurz: Greven wurde von dem Fall abgezogen und die Nordenhamer SoKo ist aufgelöst, ich habe inzwischen acht Kollegen für eine neue SoKo zusammengestellt. Zwei von ihnen sind auf dem Weg nach Nordenham, um die Akten und das bisherige Beweismaterial nach Oldenburg zu holen. Morgen um Punkt neun findet die erste Sitzung statt. Die SoKo soll eng mit deiner Einheit zusammenarbeiten. Kannst du morgen direkt am ersten Meeting teilnehmen?«

»Selbstverständlich.«

Heinzen nannte ihr den vorgesehenen Raum in der Oldenburger Polizeidirektion. »Den solltest du eigentlich noch kennen.«

»Was ist mit Staatsanwalt Pochert?«

»Er ist weiter für beide Fälle zuständig und wird morgen dabei sein.«

Enna schwieg.

»Ich weiß, was du von ihm hältst. Aber der Generalstaatsanwalt hat sich auf keine Diskussion eingelassen. Er sieht offensichtlich keine Verantwortung für die fehlgelaufenen Ermittlungen bei Julius Pochert.«

»Bleibt Jan Feddersen in U-Haft?«

»Das wird der Staatsanwalt morgen nach der Sitzung entscheiden.«

»Bist du auch dabei?«

»Ich habe einen wichtigen Termin in Osnabrück, den ich nicht verschieben kann. Aber du kannst davon ausgehen, dass ich ein Auge auf die Arbeit der SoKo haben werde.«

»Du bist so ruhig heute Abend«, sagte Aaron. Nachdem Elias beim Vorlesen eingeschlafen war, waren sie zu einem kurzen Spaziergang durch das nahe Naturschutzgebiet aufgebrochen.

»Mir geht so einiges durch den Kopf«, sagte Enna.

»Der Fall?«

»Nicht nur. Der Kollege in Nordenham, der uns so viel Ärger gemacht hat, ist von dem Fall abgezogen worden. Die gesamte SoKo ist aufgelöst und wird gerade in Oldenburg neu zusammengestellt.«

»Was eigentlich mit dir wenig zu tun hat, oder?«

Enna lächelte. Nicht zum ersten Mal wunderte sie sich über Aaron, der ihre Gemütslage manches Mal besser erfasste als sie selbst.

»Ist es der Fall, der dich an deine eigene Geschichte erinnert?«, fuhr er fort.

»Es könnte sein. Wir verdächtigen inzwischen den damals vierzehnjährigen Sohn der Familie, etwas mit dem Tod seines Vaters zu tun zu haben.«

Aaron sah sie erschrocken an. »Das wäre ja schrecklich. Für ihn, meine ich.«

»Wenn ich daran denke, was der plötzliche Tod meiner Eltern mit mir gemacht hat, und mir jetzt noch vorstelle, dass ich damit etwas zu tun gehabt hätte …« Sie ließ den Satz in der Luft hängen.

»Wie war sein Verhältnis zu den Eltern?«, fragte Aaron.

»Zu seiner Mutter wohl sehr innig, zu seinem Vater gerade in den Jahren vor dem Ereignis eher schwierig.«

»Das ist nicht selten so. Ich konnte meinen Vater in dem Alter nicht ausstehen. Dabei habe ich ihn bewundert und geliebt.«

»Die Jahre danach müssen ein Albtraum für Jan Feddersen gewesen sein. Er wusste wahrscheinlich, dass seine Eltern tot sind, war vielleicht auch dran beteiligt, konnte aber mit niemandem darüber sprechen. Wie kann man damit leben?« Sie hielt inne. »Ich konnte zumindest trauern und jemand dafür verantwortlich machen. Beides hat mir Kraft gegeben.«

»Du bist dir aber nicht sicher, dass der Sohn seine Eltern getötet hat.«

»Allenfalls seinen Vater, der zuvor den tödlichen Unfall seiner Mutter verursacht hat. Aber auch da bin ich mir nicht sicher. Ich fürchte, er wird nach der U-Haft kein Wort mehr mit uns reden. Es wird schwierig, Licht ins Dunkel der Geschichte zu bringen.«

Sie waren inzwischen wieder am Ende ihres üblichen Rundwegs durchs Naturschutzgebiet angelangt. Von hier aus waren es nur noch wenige Hundert Meter bis zu Ennas Haus.

»Hast du mit deiner Geschichte abgeschlossen?«, fragte Aaron.

Enna blieb stehen, beugte sich vornüber und stützte sich mit beiden Händen auf den Knien ab. Aaron hatte ihren wunden Punkt getroffen. Nachdem sie die Todesumstände ihrer Eltern im Alleingang aufgeklärt hatte, war sie zunächst erleichtert gewesen, hatte aber in den Monaten danach gespürt, dass die Trauer zurückkam. Sie kannte dieses Gefühl aus den vergangenen zwanzig Jahren. Es hatte Phasen gegeben, in denen sie ihre Vergangenheit weit zurückdrängen konnte, aber auch solche, in denen der gewaltsame Tod ihrer Eltern ständig präsent war. Die enorme Wucht der Emotionen, die sie Wochen nach der Aufklärung des Falles getroffen hatten, hatte sie aber überrascht. Sie zog sich häufig zurück, musste sich zwingen, sich auf ihre Arbeit zu konzentrieren, ging Aarons Fragen aus dem Weg und schaffte es nur mit Mühe, auf Elias einzugehen und ihn auf die Einschulung vorzubereiten. Die Wochen, bevor sie den neuen Fall angenommen hatte, waren ruhiger verlaufen. Enna hatte geglaubt, sie habe ihr Tief überwunden, spürte aber mit jedem Tag der Ermittlungen, dass sie sich geirrt hatte.

»Abschließen? Kann man das überhaupt?«, wich sie Aarons Frage aus.

»Lass uns weitergehen«, schlug Aaron vor. In seinen Worten klang Besorgnis über Ennas Antwort mit.

Seit einer halben Stunde saßen Enna und Paulsen in einem der Meetingräume der Oldenburger Polizeidirektion mit sechs Beamten der neuen SoKo zusammen. Staatsanwalt Pochert hatte die ersten Minuten über den Stand der Ermittlungen gesprochen, ohne auch nur einmal den Namen Hajo Greven zu nennen oder auf die Umstrukturierung der SoKo einzugehen.

Hanna Siemer, die neue SoKo-Leiterin, sprach als Zweite, ging direkt auf die bisherigen Ermittlungen ein und bezeichnete sie als unzureichend und in Teilen regelwidrig. Enna kannte die Kollegin nicht aus ihrer Zeit im Oldenburger Kommissariat, hatte aber von ihr gehört. Sie war seit zwei Jahren in Oldenburg, nachdem sie über zehn Jahre als stellvertretende Kommissariatsleiterin in einer niedersächsischen Kreisstadt gearbeitet hatte. Mit ihrer klaren, energischen Stimme und ihrem freundlichen, aber professionellen Auftreten machte sie auf Enna einen ausgesprochen kompetenten Eindruck.

Enna hob die Hand, als sie den Eindruck hatte, dass die Sitzung kurz vor dem Ende stand. »Wir benötigen Informationen über die mutmaßliche Tatwaffe, da wir nicht ausschließen können, dass der Elektroschocker bereits vor zwanzig Jahren eine Rolle gespielt hat.«

Hanna Siemer warf einem ihrer Kollegen einen Blick zu. »Fabian, du hast doch heute Morgen die Asservate aus Nordenham gesichtet.«

»Darauf wollte ich gleich zu sprechen kommen. Der Elektroschocker war nicht dabei. Ich habe bereits bei den Kollegen der Kriminaltechnik angerufen und darum gebeten, nach dem Gerät zu suchen.« Er griff nach seinem Handy, gab etwas ein und schaute wieder hoch. »Die Mail ist gerade gekommen. Der Elektroschocker ist nicht aufzufinden.«

Ein Raunen ging durch die Gruppe. Staatsanwalt Pochert räusperte sich hörbar. »Ich werde mich darum kümmern.«

»Hat der Fingerabdruck auf dem Elektroschocker nicht entscheidend zur U-Haft des Hauptverdächtigen beigetragen?«, warf Hanna Siemer mit ruhiger Stimme ein.

»Durchaus«, bestätigte Pochert. »Aus diesem Grund kann ich mir auch nicht vorstellen, dass mit dem Beweisstück nachlässig umgegangen wurde.«

»Ich denke, wir sollten das unverzüglich klären«, sagte Hanna Siemer. »Ich werde zwei Kollegen nach Nordenham schicken.« Sie sah Pochert direkt an. »Sie sehen das sicher genauso, Herr Staatsanwalt?«

»Durchaus. Der direkte Weg scheint mir in diesem Fall angemessen zu sein.«

»Fabian und Tobias«, sagte die SoKo-Leiterin. »Ihr macht euch gleich auf den Weg. Bericht direkt zu mir.«

Sie verteilte weitere Aufgaben und schloss die Sitzung. Als Enna und Paulsen den Raum verlassen wollten, hob Hanna Siemer die Hand. »Auf ein Wort, Kollegin Andersen.«

Enna nickte Paulsen zu, der daraufhin den Raum verließ.

»Wie ich hörte, haben Sie die entscheidenden Hinweise gegeben, die jetzt zur Neustrukturierung der SoKo geführt haben.«

»Die beiden Fälle scheinen eng miteinander verknüpft zu sein.«

»Ich sehe das genauso und wollte Ihnen nur meine volle Kooperation anbieten.«

»Danke.«

»Kollege Greven ist seit gestern Nachmittag suspendiert, im Moment werden sein Haus und sein Arbeitsplatz nach dem Abschiedsbrief von Sonja Feddersen durchsucht. Ich glaube zwar nicht, dass die Kollegen ihn finden werden, aber Ihr Foto und Ihre Aussage werden ausreichen.«

»Wissen Sie, wie es Frau Feddersen geht?«

»Kurz vor unserem Meeting habe ich die Info bekommen, dass sie außer Lebensgefahr ist. Sobald sie vernehmungsfähig ist, würde ich Sie bitten, dass wir zusammen Frau Feddersen befragen.«

»Gerne. Ich habe auch noch Fragen im alten Fall an sie. Und ich muss Jan Feddersen befragen. Ich habe Kriminaldirektor Heinzen gebeten, mir einen Besuchstermin in der U-Haft zu machen.«

»Ich würde Sie bitten, die Suche nach dem Elektroschocker abzuwarten. Sollten wir ihn nicht finden, wird es vielleicht noch heute einen Haftprüfungstermin geben.«

»Ich fürchte, Jan Feddersen wird ohnehin nicht mit uns sprechen«, sagte Enna.

»Das wird sich zeigen.« Hanna Siemer wiegte den Kopf hin und her. »Vielleicht erfährt ja sein Anwalt, wer seinen Mandanten aus der U-Haft geholt hat. Ich könnte mir vorstellen, dass Herr Feddersen dann eher geneigt ist, mit Ihnen zu sprechen.«

»Einen Versuch wäre es wert.«

Achtundzwanzig

Enna hielt in der Nähe von Karsten Schmidts Haus. Sie stieg aus und ging die letzten Meter am Weserdeich entlang. Nach zweimaligem Klingeln öffnete ihr Karsten Schmidt, nickte ihr zu und trat zur Seite.

In der Küche setzte er wortlos Wasser auf, kochte Tee und deckte den Tisch. »Sie trinken eine Tasse Tee mit?«

Enna nickte. »Gerne!«

Er setzte sich zu ihr, schenkte ein und reichte ihr die Teesahne.

»Woher wissen Sie, dass der Typ hier war? Werde ich observiert?«

Enna lächelte. »Nein, bei Ihnen haben wir da keine Notwendigkeit gesehen.«

»Also dieser rothaarige Schnüffler?«

»Darüber darf ich Ihnen keine Auskunft geben«, sagte Enna.

»Reicht mir schon.« Karsten Schmidt nippte an seiner Teetasse, setzte sie wieder ab und sah Enna direkt an. »Ich habe ihn nicht ins Haus gelassen.«

»Ich weiß. Woher kennen Sie Martin Rose?«

Karsten Schmidt ließ sich Zeit mit seiner Antwort. »Er hat mir damals Geld angeboten, damit ich bestimmten Projekten wohlgesonnener bin. Als ich das abgelehnt und ihm mit der Polizei gedroht habe, hat er mir Fotos gezeigt.«

»Was war auf den Bildern zu sehen?«, fragte Enna, als Karsten Schmidt nicht weitersprach.

»Eigentlich vollkommen harmlose Aufnahmen. Ich war zu der Zeit häufiger im Spielcasino in Bad Zwischenahn. Er behauptete, er könne es so drehen, dass ich als spielsüchtig dastehe. Ich sollte angeblich hohe Summen dort verloren haben und …« Er zuckte mit den Schultern. »Okay, ich hatte da so eine Phase, aber ich habe nie mehr Geld verloren, als ich mir leisten konnte. Ich habe diesem Mistkäfer die Tür vor der Nase zugeschlagen. Was dann passiert ist, habe ich Ihnen schon erzählt. Mein Hund wurde vergiftet, immer wieder stand ich mit einem platten Reifen da und merkwürdige Gerüchte machten die Runde.«

»Was wollte der Mann jetzt von Ihnen?«

»Ich solle meinen Mund halten, sonst würde ich es bereuen.« Karsten Schmidt stand auf, verließ die Küche und kam mit einem Handy zurück. Er startete eine Aufnahme. Deutlich war ein Mann zu hören, der drohte und ihn aufforderte, nicht mit der Polizei zu sprechen. Karsten Schmidts Stimme erklang. Er antwortete ruhig und bat darum, sein Grundstück zu verlassen. Der Mann wurde deutlicher und fragte, ob er gerne Besuch bekommen wolle. Diese Leute würden nicht so zimperlich mit ihm umgehen. Er könne für nichts garantieren. Am Ende der Aufnahme hörte Enna eine Tür zuknallen.

»Würden Sie mir die Audiodatei überlassen und eine Aussage machen?«, fragte Enna, die sich keinesfalls sicher war, dass Karsten Schmidt den Mut aufbringen würde, sich gegen den Privatdetektiv zu wehren.

»Und dann? Diese Menschen kommen doch immer davon. Mit allem.«

»Wenn wir sie nicht aufhalten«, sagte Enna.

»Ich bin nicht sehr mutig.« Er lächelte matt. »Man könnte auch sagen, ich bin feige.«

»Das glaube ich kaum. Manchmal ist es besser, wenn man nachgibt und auf den richtigen Zeitpunkt wartet.«

»Und der ist jetzt gekommen?«

Enna nickte.

Karsten Schmidts Blick richtete sich ins Leere. Schließlich sah er auf. »Ja, vielleicht haben Sie recht. Es ist Zeit, diesen Typen zu zeigen, dass die Welt nicht immer nach ihrer Pfeife tanzt.«

Johann Dirks empfing Enna vor dem Haupthaus. Sie hatte sich auf der Fahrt nach Butjadingen mit ihm verabredet und ihn ein weiteres Mal angerufen, als sie bei Karsten Schmidt losgefahren war.

»Wie geht es Frau Feddersen?«, fragte Dirks, bevor Enna ihn begrüßen konnte.

»Sie ist außer Lebensgefahr. Mehr gibt die Klinik nicht heraus.«

Johann Dirks atmete erleichtert auf. »Das ist erst mal das Wichtigste. Alles andere wird sich finden. Entschuldigen Sie, ich habe Sie noch gar nicht begrüßt. Kommen Sie doch herein.«

Enna folgte ihm in Jan Feddersens Büro und Dirks bot ihr einen Platz an dem Besprechungstisch an.

»Ich verstehe gar nicht, warum Sonja das gemacht hat«, sagte Johann Dirks. »Gibt es denn einen Abschiedsbrief?«

»Tut mir leid, Herr Dirks. Über laufende Ermittlungen darf ich nicht mit Außenstehenden sprechen. Die Kollegen aus Nordenham werden vermutlich noch auf Sie zukommen.«

»War es denn kein Suizid?« Johann Dirks schreckte leicht zurück. »Aber Sie dürfen ja sicher nicht darüber reden.« Er räusperte sich. »Was kann ich für Sie tun?«

»Wir sprechen gerne zweimal mit Zeugen. Es kommt nicht selten vor, dass ihnen im Nachklang der Befragung noch etwas einfällt.«

»Verstehe. Aber ich glaube nicht …« Er ließ den Satz unvollendet.

»Sie haben seinerzeit ausgesagt, dass Sie an dem Nachmittag, an dem Ihr damaliger Chef und seine Frau verschwunden sind, nicht auf dem Hof waren.«

»Stimmt. Ich hatte frei und musste zum Arzt. Ich hatte Probleme mit einer früheren Verletzung an der linken Hand.«

Enna wusste aus den Akten und den Teambesprechungen, dass die damalige SoKo die Aussagen überprüft hatte. Nach dem Arztbesuch war Dirks nach eigenen Angaben nach Oldenburg gefahren, um dort einen Freund aus Jugendtagen zu besuchen. Der Freund hatte den Besuch bestätigt.

»Danach war ich in Oldenburg bei einem Freund«, sagte Johann Dirks unaufgefordert. »Erst am Abend habe ich von der Sache erfahren.«

»Wer hat Sie informiert?«

»Hinnerk. Wenn ich mich richtig erinnere, hat Jan ihn angerufen und er ist gleich zu ihm gefahren.«

»Wie war das Verhältnis zwischen Jan und seinem Onkel?«

Johann Dirks kratzte sich an der Stirn. »Da fragen Sie den Falschen. Hinnerk war selten auf dem Hof, und wenn, war er bei seinem Bruder. Ich weiß es wirklich nicht.«

»Und Ihr Kontakt zu Jan Feddersen?«

»Ganz gut. Der Junge war immer umgänglich, und wenn er mit mir zusammen auf dem Hof gearbeitet hat, hat er auf mich gehört.« Johann Dirks schloss kurz die Augen und schien sich die damalige Zeit wieder ins Gedächtnis zu rufen. »Ich glaube sogar, er war lieber bei mir als bei seinem Vater.« Dirks stockte. »Also ich meine nicht privat, sondern wenn er auf dem Hof half. Tjark hatte da nicht so die Geduld und war wohl sehr streng. Alte Schule halt. Das war aber auch schon vor zwanzig Jahren nicht mehr zeitgemäß.« Er nickte nachdenklich. »Aber was danach kam, war für Jan sicher der eigentliche Albtraum.«

»Sie waren ja noch ein paar Jahre auf dem Hof als Vorarbeiter. Da hatten Sie ja sicher auch weiter Kontakt zu Jan Feddersen.«

»Ja, natürlich. Die erste Zeit war für ihn schwer, da hat er sich bei mir nicht so viel blicken lassen. Aber nach ein paar Monaten hat er auch hin und wieder auf dem Hof ausgeholfen.«

Enna nickte zustimmend. »Andere Zeugen sprachen auch davon, dass Jan Feddersen relativ schnell wieder zu einem normalen Leben zurückgefunden hat. Erstaunlich, wenn man bedenkt, dass seine Eltern zu der Zeit weiter als vermisst gegolten haben.«

»Mag sein. Ich kenne mich damit nicht so gut aus. Diese psychologischen Sachen, meine ich.«

»Hat Jan Ihnen gegenüber von seinen Eltern gesprochen?«

Johann Dirks zuckte mit den Schultern. »Das ist einfach zu lange her. Daran kann ich mich beim besten Willen nicht erinnern.«

»An überhaupt keine Situation, die mit dem Verschwinden von Jans Eltern zu tun hatte?«

Johann Dirks rieb sich mit dem Finger über den Nasenrücken, senkte den Kopf und schien zu überlegen. »Man hat schon gemerkt, dass der Junge eine schwere Last mit sich rumschleppt. Was ja nicht sehr verwunderlich war. Wahrscheinlich habe ich auch versucht, ihn aufzumuntern. Von mir aus hätte ich die Sache bestimmt nicht angesprochen. Das ist nicht meine Art.«

»Und wie sind sein Onkel und seine Tante damit umgegangen?«

»Hinnerk sicher mehr so wie ich. Sonja hat sich immer viel um Jan gekümmert. Ich glaube schon, dass sie mit ihm darüber gesprochen hat. Doch, bestimmt.« Er hielt inne. »Aber Sie können Sonja ja bald selbst fragen.«

»Sie war eine Art Mutterersatz für Jan?«, fragte Enna weiter, obwohl sie die Antwort schon kannte.

»Denke schon. Selbst hat Sonja ja keine Kinder. Die beiden haben sich gut verstanden.«

»Sie haben den Hof ja nach ein paar Jahren verlassen.«

»Stimmt. Ich konnte das nicht mehr mit ansehen, wie Hinnerk alles zerstörte, was sein Bruder aufgebaut hatte. Aber das habe ich alles schon Ihrem Kollegen erzählt.«

Enna nickte.

Johann Dirks schaute auf die Uhr. »Haben Sie noch viele Fragen? Ich muss mich leider wieder kümmern.«

Enna stand auf und reichte ihm die Hand. »Vielen Dank, dass Sie sich die Zeit genommen haben.«

Johann Dirks begleitete sie bis zur Haustür.

»Wer macht im Moment die Arbeit auf Ihrem Hof?«, fragte Enna, als Johann Dirks ihr noch einmal die Hand zum Abschied reichte.

»Ich. Am Abend und frühmorgens. Ich habe mir Urlaub genommen. Geht nicht anders. Das bin ich Jan schuldig. Er konnte so schnell niemanden finden, der sich auf dem Hof auskennt.«

»Ja, er ist sicher froh, dass er auf Sie zählen kann.« Enna nickte Dirks zu und stieg in ihr Auto.

Auf der Fahrt nach Oldenburg ging Enna noch einmal die beiden Befragungen in Gedanken durch. Wenn Karsten Schmidt eine Aussage machen und ihnen die Audiodatei weiterleiten würde, hätten sie einen Hebel, um Martin Rose vorzuladen. Zusammen mit Paulsens Beobachtungen würde er sich nicht aus der Affäre ziehen können. Allerdings waren alle weiteren Straftaten verjährt, die Rose mutmaßlich vor über zwanzig Jahren begangen hatte. Würde der Staatsanwalt mitziehen, wenn sie Roses Fingerabdrücke abnehmen und einen DNA-Abstrich bei ihm machen wollten? Würde eine Durchsuchung der Büroräume und der privaten Wohnung überhaupt noch Ergebnisse liefern können? Auch in diesem Punkt war Enna sich nicht sicher, ob der Staatsanwalt grünes Licht geben würde.

Johann Dirks hatte sich durchaus kooperativ verhalten, trotzdem wunderte sich Enna, dass er kaum etwas über Jan Feddersen preisgegeben hatte. Konnte er sich wirklich nicht erinnern oder hatte er tatsächlich so wenig Kontakt zu dem Sohn seines Chefs gehabt?

Enna rief Paulsen über die Freisprechanlage an. »Ich bin auf der Rückfahrt. In einer halben Stunde sollte ich im Büro sein.«

»Wir sind alle noch hier«, sagte Paulsen.

»Hast du eigentlich Johann Dirks Alibi überprüft und mit seinem Jugendfreund in Oldenburg gesprochen? Dort soll er nach dem Arztbesuch hingefahren sein.«

»Die Arztpraxis gibt es nicht mehr. Allerdings wurde der Termin den Kollegen damals zweifelsfrei bestätigt. Sein Freund …« Enna hörte, wie Paulsen blätterte. »… ja, hier. Ein Ingo Lammers. Er ist nirgendwo gemeldet. Tot ist er auch nicht. Bleibt noch das Ausland oder dass er obdachlos ist.«

»Du hast ihn also nicht gefunden?«

»Bisher nicht. Ich habe in der Oldenburger Obdachlosenunterkunft angerufen. Dort kannte man aber keinen Ingo Lammers. Den Streetworker, der sich auch um Obdachlose kümmert, habe ich noch nicht erreicht. Er kommt übermorgen aus dem Urlaub zurück.«

»Vielleicht sollten wir noch in den umliegenden Städten anfragen«, schlug Enna vor.

»Er kann überall sein, Enna. Bremen, Hamburg, Berlin oder irgendwo in Süddeutschland. Wo soll ich da anfangen und wo aufhören?«

»Vermutlich hast du recht. Vielleicht ist es ja auch nicht so wichtig. Bis gleich, Paulsen.«

»Ganz sicher?«, fragte Enna. Soeben hatte Jens in der Runde berichtet, dass der Elektroschocker in Nordenham nicht auffindbar sei.

»Definitiv«, bestätigte Jens. »Ich habe zweimal nachgefragt.«

Paulsen räusperte sich. »Ich habe vor ein paar Minuten erfahren, dass der Haftprüfungstermin von Jan Feddersen«, er sah auf die Uhr, »vor zehn Minuten begonnen hat.«

Enna nickte und griff nach dem Handy, das vor ihr auf dem Tisch lag. Sie stand auf. »Ich rufe den Kriminaldirektor an.«

Als sie auf dem Flur stand, meldete sich Albrecht Heinzen. »Enna, du hast schon davon gehört?«

»Ja. Ist etwas bei den Durchsuchungen herausgekommen?«

»Ich habe meinen Stellvertreter nach Nordenham geschickt. Er sollte sich jeden Augenblick melden.«

»Und Hajo Greven?«

»Nicht auffindbar. Er geht nicht ans Handy, in seinem Haus haben wir ihn nicht angetroffen.«

»Auf der Flucht?«, fragte Enna kopfschüttelnd.

»Ich hoffe nicht. Aber ausschließen kann ich es zum jetzigen Zeitpunkt auch nicht.«

»Besteht für mich oder meine Familie eine Gefahr?«

Albrecht Heinzen stöhnte. »Auch das will ich nicht ausschließen. Für Hajo Greven ist gerade eine Welt zusammengebrochen.«

»Warten wir's ab«, murmelte Enna. »Informierst du mich, sobald es Neuigkeiten gibt?«

»Selbstverständlich.«

Neunundzwanzig

Enna parkte im Halteverbot vor Elias' Schule, legte ein Schild mit »Polizei im Einsatz« hinter die Frontscheibe und sprang aus dem Auto. Außer Atem kam sie im Ganztagsbereich der Grundschule an, suchte nach einer Betreuungsperson und fragte, wo sich die Kinder der ersten Klasse aufhielten. Die junge Frau zeigte auf den Hof hinter der Schule, Enna lief weiter, eilte durch eine Tür und erreichte den Innenhof.

Eine der Erzieherinnen kam auf sie zu. »Hallo, Frau Andersen, wollen Sie schon Elias abholen?«

Enna zwang sich, ruhig zu antworten. »Ja, wissen Sie, wo er ist?«

Die Erzieherin deutete auf einen Bereich mit mehreren hohen Bäumen. »Ich habe ihn mit seinen Freunden bei den Bäumen gesehen.«

Enna nickte und lief weiter. Elias stand in einer Gruppe von fünf Jungen, die, wie Enna schnell heraushörte, darüber diskutierten, was sie als Nächstes spielen wollten. Einer der Jungen stieß Elias an, der drehte sich um und bemerkte Enna.

»Warum jetzt schon, Mama?«

Enna atmete tief durch. »Ich brauche heute nicht mehr zu arbeiten und dachte, dass wir vielleicht etwas zusammen machen wollen.«

Elias warf ihr einen zerknirschten Blick zu. »Wir spielen gerade so schön.«

Enna zögerte kurz, nickte aber schließlich. »Gut. Was hältst du davon, dass ich da drüben auf der Bank auf dich warte und wir dann in einer halben Stunde nach Hause fahren?«

»Ja, Mama.« Er wandte sich zu seinen Freunden um, Enna seufzte und setzte sich auf eine Holzbank, von der aus sie einen guten Überblick über den gesamten Außenbereich der Schule hatte.

Hatte sie überreagiert? Konnte Hajo Greven ihr oder ihrer Familie gefährlich werden? Bei einem ihrer letzten Fälle waren sie und vor allem Elias direkt in den Fokus einer kriminellen Organisation geraten. Sie hatte sich später geschworen, es nie wieder so weit kommen zu lassen.

»Wollte Elias nicht mit?«

Enna schreckte aus ihren Gedanken hoch. Sie hatte nicht bemerkt, dass Elias' Klassenlehrerin sich neben sie auf die Bank gesetzt hatte.

»Nein, ich bin auch zu früh.«

»Die Spielphasen sind noch sehr wichtig für die Kleinen. Die Kinder brauchen viel Bewegung. Es fällt nicht allen leicht, sich eine halbe oder manchmal Dreiviertelstunde zu konzentrieren. Elias macht das aber sehr gut. Da brauchen Sie keine Bedenken zu haben.«

Enna nickte. Ihr Sohn war einer der ruhigeren Jungen, zurückhaltend, vorsichtig und mitfühlend. Im Kindergarten hatte er lieber mit den Mädchen gespielt als mit den Jungen.

»Er scheint Freunde gefunden zu haben«, sagte Enna mit Blick auf Elias, der jetzt mit zwei seiner Klassenkameraden am Zaun des Schulhofs entlangging.

»Ja, durchaus. Sie wissen ja, dass er keiner dieser Jungs ist, die schnell aufbrausen und sich auch mal raufen.« Die Lehrerin folgte Ennas Blick. »Die beiden Jungen, mit denen er sich dort hinten gerade unterhält, passen ganz gut zu Elias. Sie sind auch von der ruhigeren Sorte.«

Elias hatte ihr von Noah und Benjamin erzählt. Enna hatte ihm vorgeschlagen, sie an einem Wochenende einzuladen.

»Ja, da bin ich ganz froh drum.«

Die Lehrerin musterte sie. »Sie sind nicht zufällig heute früher hier, oder?«

Enna schüttelte den Kopf. »Ich bin bei der Kriminalpolizei als Hauptkommissarin tätig. Leider kommt es vor, dass man auch persönlich bedroht wird. Und die Familie.«

»Und das ist gerade der Fall?«, fragte die Lehrerin.

»Nein, nicht direkt. Aber nach einem Vorfall im letzten Jahr bin ich etwas vorsichtiger geworden. Ein Verdächtiger hat sich unserem Zugriff entzogen.«

»Verstehe.«

»Sollten sich meine Befürchtungen tatsächlich bestätigen, würde ich Elias in der kommenden Woche vielleicht ein paar Tage zu Hause lassen müssen.« Enna war froh, dass das Wochenende vor der Tür stand. Sie würde erst übermorgen entscheiden müssen, ob Elias am Montag zur Schule gehen sollte.

»Das ist sicher nicht leicht für Sie«, sagte die Lehrerin. »Rufen Sie mich doch bitte am Sonntag an und sagen mir Bescheid. Ich werde nächste Woche auf jeden Fall ein Auge auf Elias haben.«

»Danke!«

Sie saßen noch eine Weile schweigend auf der Bank und schauten den Kindern beim Spielen zu, bis Elias auf Enna zugerannt kam.

»Nichts? Weder am Arbeitsplatz noch in seinem Haus?«, fragte Enna, nachdem ihr Albrecht Heinzen am Telefon von den Durchsuchungen bei Greven in Nordenham berichtet hatte. Sie hatte sich mit einer Tasse Kaffee an den Küchentisch gesetzt, während Elias sich eine Folge seiner Lieblingsserie im Fernsehen ansah.

»Es wird zwar noch der Laptop durchsucht und wir haben eine Reihe von Dokumenten beschlagnahmt, aber auf den ersten Blick ist nichts dabei, was uns weiterbringt. Die Kriminaltechniker, die bei Sonja Feddersen waren, sind befragt worden. Sie haben keinen Abschiedsbrief gefunden. Ihres Wissens war Hajo Greven mindestens zehn Minuten alleine im Gebäude.«

»Und Greven? Ist er immer noch nicht aufgetaucht?«

»Nein, sein Handy ist ausgestellt, also auch nicht zu orten. Sein Dienstwagen steht auf dem Parkplatz des Nordenhamer Kommissariats. Er muss mit seinem Privat-Pkw unterwegs sein.«

»Ist er zur Fahndung ausgeschrieben?«

»Aus welchem Grund, Enna? Es gibt Indizien, das auf jeden Fall, aber sie werden im Moment nicht für einen Haftbefehl reichen. Da muss ich dem Staatsanwalt leider recht geben. Wenn er sich bis Montag nicht gemeldet hat, werden wir ihn als vermisst einstufen. Es sei denn, wir haben bis dahin klare Beweise für seine Manipulationen.«

»Und Jan Feddersen?«

»Ist, wie nicht anders zu erwarten, aus der U-Haft entlassen worden. Sein Anwalt hat eine Dienstaufsichtsbeschwerde angekündigt. Vermutlich gegen Hajo Greven und den Staatsanwalt.«

Zumindest etwas, fuhr es Enna durch den Kopf. »Ich will mich am Sonntagnachmittag mit meinem Team zusammensetzen. Bis dahin brauche ich einen Streifenwagen vor meinem Haus.«

»Werde ich veranlassen. Ich kann mir aber nicht vorstellen, dass Hajo Greven bei dir auftaucht.«

»Und wo ist er? Dass seine Karriere beendet ist, kann er dadurch nicht verhindern. Eine Haftstrafe wird ihn nach meiner Einschätzung kaum erwarten. Oder siehst du das anders?«

»Das entscheidet das Gericht. Aber ich denke, er kommt mit Bewährung davon.«

»Warum ist er also nicht erreichbar? Ich sehe nur zwei mögliche Gründe: Entweder dreht er gerade durch und dann ist ein möglicher Rachefeldzug nicht weit oder es geht um etwas ganz anderes.«

»An was denkst du?«

»Vielleicht ist Greven viel tiefer in die Machenschaften verstrickt, als wir es uns bisher vorstellen konnten. Entweder hat es mit den Ermittlungen vor zwanzig Jahren zu tun oder mit dem Tötungsdelikt an Hinnerk Feddersen.«

»Ich verstehe nicht, was du mir sagen willst«, warf der Kriminaldirektor ein.

»Doch, das tust du, Albrecht. Du willst es nur nicht wahrhaben.«

Enna rief Paulsen auf dem Handy an und erfuhr, dass das Team noch bei der Arbeit war. Sie setzte ihn über die neuen Informationen ins Bild und bat darum, dass sie sich am Sonntag gegen vierzehn Uhr im Kommissariat trafen.

»Wir werden hier sein«, sagte Paulsen. Er räusperte sich. »Du denkst, Greven macht eine Dummheit und taucht bei dir auf?«

»Noch einmal gehe ich kein Risiko ein. Ich habe meine Waffe mit nach Hause genommen.« Sie stöhnte leise. »Mag sein, dass ich überreagiere.«

»Besser als andersrum«, murmelte Paulsen. »Hast du eine Ahnung, was da läuft bei Greven?«

Enna erläuterte ihm ihre Theorie, die sie zuvor bereits Albrecht Heinzen dargelegt hatte.

»Starker Tobak, Enna. Greven ist vielleicht ein Arsch, aber dass er einen Verdächtigen tötet, halte ich doch für …« Er verschluckte die letzten Worte und schwieg.

»Die Theorie ist gewagt, ich weiß. Es muss einen Grund haben, warum Greven so verzweifelt einen Täter präsentieren will und warum er untergetaucht ist.«

»Vielleicht braucht er nur ein paar Tage Abstand. Immerhin ist er suspendiert. Ich an seiner Stelle würde meine Sachen packen und mich irgendwo verkriechen. Nichts und niemanden sehen wollen und einfach nur darüber nachdenken, wie es weitergeht.«

»Ja, das wäre auch eine Variante. Aber wie gesagt, ich will kein Risiko mehr eingehen.«

»Ja, das verstehe ich. Bis Sonntag, Enna.«

Enna warf einen Blick auf Aaron, der neben ihr im Bett lag. »Nicht müde?«

»Nein.«

Enna ahnte, was Aaron auf der Seele lag. Er hatte mitbekommen, dass sie ihre Dienstwaffe mit nach Hause genommen und die Schutzweste in den Schrank neben der Garderobe gelegt hatte.

»Es ist eine reine Vorsichtsmaßnahme«, sagte sie. »Ich wollte dich nicht beunruhigen.«

»Deine Waffe und die Schutzweste?«

Enna nickte.

»Und?«, fragte Aaron.

»Der Kollege aus Nordenham … du erinnerst dich doch.«

»Ja, natürlich.«

»Er ist suspendiert und im Moment weiß niemand, wo er sich aufhält. Es ist extrem unwahrscheinlich, dass er hier bei mir auftaucht, aber …« Enna seufzte.

»Wie unwahrscheinlich?«

»Aaron, das ist nur schwer zu sagen. Ich habe die Vermutung, dass er viel tiefer in den Fall verwickelt ist als bisher angenommen.«

»Verstehe ich nicht. Tiefer?«

»Unter Umständen hat er den Bruder des damaligen Opfers getötet.«

Aaron schluckte schwer und schwieg.

»Das ist nur eine Theorie, weder Albrecht noch Paulsen konnten sich damit anfreunden. Sie halten es beide für abwegig.«

»Mir reicht es, wenn du es für möglich hältst. Und jetzt vermutest du, dass dieser Mann sich an dir rächen will?«

»Ich bin einfach übervorsichtig geworden, was das angeht, Aaron. Es wäre schon …« Sie hielt inne. Hatte gerade ihr Gartentor gequietscht? Wenn man es ganz öffnete, gab es dieses charakteristische Geräusch. Sie horchte zum auf Kipp stehenden Fenster. Nein, da war nichts. »… also, es wäre schon sehr unrealistisch. Der Kollege muss so oder so mit seiner Entlassung rechnen, und einen Prozess wird es aller Wahrscheinlichkeit nach auch geben, aber ich denke, er kommt mit einem dunkelblauen Auge davon.«

Aaron musterte sie. Glaubte er ihr, glaubte sie überhaupt ihren eigenen Worten? Die Lage war verworren. Das Tötungsdelikt war nicht ihr Fall. Sie würde sich auf die neue SoKo verlassen müssen. Hajo Greven würde wieder auftauchen und erklären, was ihn zu den Manipulationen veranlasst hatte.

Enna beugte sich zu Aaron und küsste ihn zärtlich. »Lass uns schlafen. Morgen ist Samstag. Wenn das Wetter hält, fahren wir an die Küste. Wie wäre es mit Spiekeroog? Die haben jetzt eine Schnellfähre und wir könnten uns da fast den ganzen Tag am Strand aufhalten.«

»Mit oder ohne Waffe?«

Enna rollte mit den Augen. »Ohne natürlich.«

»Gut. Dann Spiekeroog. Wann fährt die erste Fähre?«

Dreißig

Enna schreckte auf. Ihr Blick fiel auf den Wecker mit den Leuchtziffern. Kurz vor Mitternacht. Was war das für ein Geräusch gewesen? Die Gartenpforte oder eine Autotür? Sie sprang aus dem Bett, lief zur Schlafzimmertür, öffnete sie leise und huschte hindurch. Im Badezimmer zog sie die bereitliegenden Jeans an, holte die Waffe aus dem Versteck und war im nächsten Augenblick auf der Treppe ins Erdgeschoss. Auf dem Weg durch den Flur griff sie nach der Schutzweste, streifte sie im Gehen über und blieb an der Haustür stehen. Sie zwang sich, ruhig zu atmen, horchte, die Waffe entsichert und im Anschlag.

Da war es, das Quietschen der Pforte. Sie war sich ganz sicher. Sie schlich in die Küche, bewegte sich an der Wand entlang bis zum Fenster. Vorsichtig beugte sie sich vor. War das ein Schatten auf dem schmalen Weg zum Haus? Enna ärgerte sich, dass sie den defekten Bewegungsmelder, der die Lampe über der Haustür steuerte, nicht repariert hatte. Sie schlich zurück in den Flur und positionierte sich an der Haustür. Aber würde Greven – sollte er es sein, der draußen herumschlich – durch die Tür kommen? Wäre die Terrassentür nicht viel geeigneter? Alle Fenster und Türen im Erdgeschoss hatte Enna ein halbes Jahr zuvor nach neuestem Standard sichern lassen. Sie hielt es für unmöglich, dort mehr oder weniger geräuschlos einzudringen. Blieb die Eingangstür mit dem Sicherheitsschloss. Würde sie selbst das Schloss knacken können? Vermutlich ja, aber ganz sicher nicht, ohne dass jemand auf der anderen Seite es mitbekommen würde.

Enna erstarrte. Durch das schmale Seitenfenster der Tür leuchtete ein Licht auf. Eine Taschenlampe oder ein Handylicht? Sollte sie die Tür öffnen und den Eindringling überraschen oder im Flur auf ihn warten? Bevor sie eine Entscheidung treffen konnte, warf sich jemand mit Wucht gegen die Eingangstür, jemand schrie laut auf. *Ist das Paulsen? Was ist vor der Tür los?* Wieder ein Schrei. Mit der Waffe im Anschlag öffnete Enna die Tür – da kniete Paulsen auf dem Rücken eines Mannes, der mit aller Kraft versuchte, sich zu befreien.

»Ich brauche Hilfe«, schrie Paulsen und zeigte mit dem Kopf neben sich. Auf dem Boden lagen Handschellen. In einer schnellen Bewegung ließ Enna die Waffe ins Holster gleiten, griff nach den Handschellen, wartete kurz, bis Paulsen sein Gewicht verlagert hatte, zog die rechte Hand des Mannes zu sich und legte ihm die erste Schelle an. Paulsen packte die linke Hand des Mannes, bog sie nach hinten und Enna fixierte auch sie. Schließlich richtete sich Paulsen auf und zog den Mann nach oben. Hajo Greven stand vor ihnen und starrte Paulsen wutentbrannt an.

»Bist du vollkommen übergeschnappt!«, schrie er Paulsen an.

»Das fragt der Richtige«, murmelte Paulsen und stieß Greven nach vorne ins Haus. »Ruf die Kollegen. Die sollen ihn abholen«, rief er Enna zu, bevor er mit Greven in der Küche verschwand.

Als Enna ihm folgte, kam Aaron die Treppe heruntergelaufen. »Was ist passiert? Alles in Ordnung?«

»Paulsen war draußen und hat ihn überwältigt.«

»Deinen Ex-Kollegen?«

Enna nickte und sah, dass Elias auf der obersten Treppenstufe stand. Sie lief an Aaron vorbei, nahm Elias auf den Arm und wandte sich zu Aaron um. »Sag Paulsen, dass ich komme, sobald Elias wieder schläft. Er ist in der Küche.«

»Mach ich.«

Aaron ging nach unten, während Enna Elias ins Kinderzimmer brachte.

»Was ist denn da unten?«, fragte Elias mit schläfriger Stimme, als Enna ihn zurück in sein Bett gelegt hatte.

»Onkel Paulsen ist noch gekommen. Schlaf jetzt wieder. Alles ist gut.«

Elias war kurz darauf wieder eingeschlafen. Enna deckte ihn zu und schloss leise die Tür des Kinderzimmers. Aaron wartete auf dem Flur auf sie und sah sie fragend an.

»Ich weiß auch noch nicht, was passiert ist. Habt ihr bereits einen Streifenwagen geordert?«

»Paulsen wollte warten, bis du da bist.«

»Okay. Ich kläre das.« Sie hauchte Aaron einen Kuss auf die Wange. »Wartest du im Bett auf mich?«

Hajo Greven saß auf einem Küchenstuhl, Paulsen stand hinter ihm, eine Hand auf seine Schulter gelegt. Enna zeigte auf die freien Stühle. »Ich glaube, Herr Greven wird keinen Ärger machen.« Sie sah ihn direkt an, als sie und Paulsen sich zu ihm setzten. »Oder?«

»Ich weiß nicht, was das Ganze hier soll. Ich wollte nur mit Ihnen sprechen.«

»Um Mitternacht?«, fragte Enna, die zuvor im Schlafzimmer die Schutzweste abgelegt und sich einen Pullover angezogen hatte.

»Ja, das war wohl etwas zu spät«, murmelte Greven.

»Was wollten Sie von mir mitten in der Nacht?«, fragte Enna mit ruhiger Stimme. Sie konnte sich immer noch nicht vorstellen, dass Hajo Greven in ihr Haus eindringen wollte, um sie anzugreifen oder gar zu töten.

»Ich wollte gerade klingeln«, Greven warf einen ärgerlichen Blick zu Paulsen, »als dieser Grobian mich angefallen hat.«

»Vorsicht, Freund!«, warnte ihn Paulsen.

»Und was wollten Sie von mir?«

»Ich suche Hilfe, jemanden, der mir glaubt. Alles spricht im Moment gegen mich. Aber ich wollte den Abschiedsbrief nicht unterschlagen.«

»Sondern?«, fragte Paulsen, dem man anhörte, dass er Greven kein Wort glaubte.

»Frau Feddersen hat mir ohne Druck oder was auch immer genau so von dem Ablauf der Geschehnisse erzählt, wie es in meinen Berichten steht. Ja, mein Fehler war, dass ich allein bei ihr war und keinen Kollegen dabeihatte. Aber das hatte sie verhindert. Sie wollte nur mit mir unter vier Augen sprechen.« Hajo Greven sah Enna direkt an. »Was hätten Sie da gemacht?«

»Erzählen Sie weiter«, sagte Enna, ohne auf seine Frage einzugehen.

»Wie gesagt, es hat sich genauso abgespielt, wie es im Bericht steht. Ich war auch überrascht, als ich das gehört habe, aber da Frau Feddersen das Protokoll unterschrieben hat, bin ich davon ausgegangen, dass sie mich nicht angelogen hat. Ich habe zu dem Zeitpunkt auch keinen Grund gesehen, und ja, ich war froh, dass ich weitere Indizien gegen Jan Feddersen gefunden hatte. Aber das wäre jeder an meiner Stelle gewesen.«

»Und der Abschiedsbrief?«

»Der hat mich vollkommen von den Socken gehauen. Das können Sie sich ja vielleicht vorstellen. Mir war sofort klar, was das für mich bedeuten würde und …« Er schluckte schwer und starrte ins Nichts.

Greven wirkte auf Enna glaubwürdig, so abwegig seine Geschichte auch klang. War er ein so guter Schauspieler oder hatte Enna mit ihrer Theorie vollkommen danebengelegen?

»Mir leuchtet nicht ein, weshalb Sie den Abschiedsbrief unterschlagen haben. Das haben Sie doch soeben zugegeben oder habe ich Sie falsch verstanden?«

Hajo Greven griff in die Seitentasche seiner Jacke und holte einen Umschlag heraus, den er Enna reichte. »Hier ist der Brief. Ich habe ihn nicht vernichtet, sondern wollte ihn nur vorerst zurückhalten.«

»Warum?«, fragte Enna und fühlte sich im gleichen Augenblick wie in einem Film, dessen Drehbuch sie strikt folgte. War Greven der Regisseur dieser Posse, in der sie mitspielen sollte?

»Weil ein groß angelegtes Komplott hinter allem steckt. Ich bin in eine Falle getappt und sollte als Sündenbock dienen.«

»Sündenbock?«, fragte Enna. »Wofür?«

Hajo Greven hob seine Arme leicht an, als wenn ihm die Fixierung Schmerzen bereiten würde. »Können Sie mir die Handschellen bitte abnehmen?«

»Kommt gar nicht infrage«, brummte Paulsen. »Die bleiben schön dran. Deine Geschichte ist doch der reinste Bullshit.«

»Wer wollte Sie zum Sündenbock machen?«, stellte Enna ein weiteres Mal ihre Frage.

»Jan Feddersen, wer sonst. Das war alles von langer Hand geplant. Wahrscheinlich haben er und seine Tante den Plan ausgeheckt, um mich reinzulegen. Erst kommt er in Untersuchungshaft, weil die Beweise erdrückend sind, und dann stellt sich heraus, dass ich angeblich einen Fehler nach dem anderen gemacht habe. Er kommt frei und wird wohl kaum wieder unter Verdacht kommen.«

»Wäre ich nicht rechtzeitig bei Sonja Feddersen gewesen, wäre sie heute tot«, sagte Enna. »Wollen Sie mir ernsthaft weismachen, dass sie sich für Jan Feddersen opfern wollte, nur um den Abschiedsbrief glaubhaft zu machen?«

»Sie hat zu tief in die Handgelenke geschnitten. Die Aufregung oder was weiß ich. Vielleicht wollte sie aber auch tatsächlich nicht mehr leben und hat ihrem Liebhaber einen letzten Dienst erwiesen. Woher soll ich das wissen.«

»Und weil Sie das gleich erkannt haben, haben Sie den Abschiedsbrief unterschlagen?«

»Nicht unterschlagen. Ich habe ihn zurückgehalten, weil ich Beweise für das Komplott brauchte. Hätte ich das nicht getan, wäre ich doch sofort suspendiert worden und hätte keine Chance mehr gehabt, meine Unschuld zu beweisen.«

Paulsen stand auf und hielt sein Handy hoch. Enna zögerte kurz, nickte aber schließlich. Paulsen verließ die Küche.

»Was macht er jetzt?«, fragte Greven ängstlich.

»Er ruft einen Streifenwagen, der Sie abholt. Sie werden bis morgen früh inhaftiert. Ich glaube kaum, dass ich jetzt noch den Staatsanwalt erreiche. Er und Kriminaldirektor Heinzen werden entscheiden, wie es mit Ihnen weitergeht.«

»Das ist der absolute Wahnsinn. Ich wollte nur mit Ihnen sprechen und Sie um Hilfe bitten.«

Paulsen kam wieder in die Küche. »Spätestens in einer Viertelstunde sind sie hier.«

Enna ging auf den Flur und rief Albrecht Heinzen an. Nach dem vierten Versuch nahm er mit müder Stimme das Gespräch an.

Einunddreißig

»Was für eine absurde Geschichte!«, sagte Pia, nachdem Enna und Paulsen über ihren nächtlichen Einsatz berichtet hatten. »Und Greven ist nicht mehr in Gewahrsam?«

Enna nickte. »Er ist unter strikten Auflagen entlassen worden.«

»Der Staatsanwalt hat ihm seine Story nicht abgenommen«, sagte Paulsen, den Enna bereits am Samstagnachmittag informiert hatte. »Ob seine Aktion in der Nacht zu Samstag als versuchter Einbruch gewertet wird, ist noch nicht entschieden.«

»Ich habe vorsorglich Anzeige erstattet«, sagte Enna. »In Grevens Auto ist ein Dietrich-Set gefunden worden.« Sie hob abwehrend die Hände, als Pia etwas einwenden wollte. »Ich weiß, wir haben diese Teile alle in unserem Schreibtisch liegen und benutzen sie hin und wieder. Greven hatte sie weder in der Hand, als Paulsen ihn erwischt hat, noch in der Tasche dabei. Sein Auto stand aber nur zwanzig Meter entfernt an der Straße.«

Jens hob die Hand. »Ist es vollkommen ausgeschlossen, dass Hajo Greven die Wahrheit sagt?«

»Zumindest könnte er selbst wirklich dran glauben«, sagte Enna. »Aber das ist nicht unser Fall. Vertrauen wir darauf, dass die Kollegen der SoKo das sehr genau prüfen werden.«

Jens wiegte den Kopf hin und her. »Wir verfolgen in dem alten Fall auch einen Ermittlungsstrang, der von einer Art Verschwörung ausgeht. Wäre es nicht möglich, dass Hinnerk Feddersen zu viel wusste und nicht mehr schweigen wollte? Und deshalb getötet wurde?«

»Von Denzin und Konsorten?«, warf Paulsen ein. »Das halte ich für eine absurde Räuberpistole. Da würde ich noch eher zu Ennas Verdacht tendieren, dass Greven etwas mit dem Mord an Hinnerk Feddersen zu tun hat.«

»Das eine schließt das andere nicht aus«, sagte Jens.

»Wir behalten das im Auge, konzentrieren uns aber erst mal auf die Theorie, dass der Mörder oder die Mörderin des Feddersen-Ehepaars im familiären Kreis zu finden ist. Außerdem nehmen wir weiterhin Oliver Denzin und Martin Rose und ihre Machenschaften rund um Tjark Feddersen unter die Lupe«, beschloss Enna.

»Wir machen also weiter?«, fragte Pia.

Enna schaute in die Runde. »Wenn alle einverstanden sind. Die Woche, die wir uns noch gegeben haben, endet morgen. Ich würde noch eine dranhängen wollen. Wie seht ihr das?«

Pia nickte zustimmend, Paulsen und Jens ebenfalls.

»Gut, dann wäre das geklärt. Wie gehen wir weiter vor?«

»Du bist sicher, dass Elias und dir keine Gefahr mehr droht?«, fragte Aaron am Abend.

»Wie kann ich sicher sein, Aaron? Greven darf sich mir und Elias nicht mehr nähern. Der Richter hat ein absolutes Kontaktverbot ausgesprochen. Greven muss sich jeden Tag in Nordenham auf dem Kommissariat melden. Tut er es nicht, kann es für ihn schnell in der U-Haft enden.«

»Aber dann wird es eventuell schon zu spät sein.«

»Ein Streifenwagen wird regelmäßig bei Elias' Schule vorbeifahren. Ich bringe ihn zur Schule und hole ihn auch wieder ab.«

»Morgen kann ich Elias abholen, übermorgen leider nicht.«

Enna beugte sich zu Aaron und strich ihm zärtlich über den Arm. »Morgen wäre super. Danke!«

»Ehrlich gesagt habe ich schon überlegt, einen Waffenschein zu beantragen«, sagte Aaron. »Das wird dauern, aber solche Situationen wie neulich wird es vielleicht noch häufiger geben.«

»Hast du schon einmal eine Waffe in der Hand gehabt?«

Aaron schüttelte den Kopf.

»Es ist nicht so einfach, auf einen Menschen zu zielen und im Notfall auch abzudrücken. Du müsstest regelmäßig Schießtraining machen, ansonsten erhöht die Waffe eher die Wahrscheinlichkeit, dass eine Situation eskaliert.«

»War vermutlich eine blöde Idee, die ich mal schnell wieder vergessen werde.« Er seufzte. »Dann werde ich mich wohl von meiner toughen Frau beschützen lassen müssen.«

Es fühlte sich gut an, dass sich jemand Sorgen um sie machte. Nach dem Unfalltod von Simon, Elias' Vater, hatte Enna lange Zeit das Gefühl gehabt, alleine mit allem überfordert zu sein. Greta, Elias' Großmutter väterlicherseits, hatte sie so gut es ging unterstützt, konnte aber Simon nicht ersetzen.

»So tough bin ich schon lange nicht mehr«, sagte Enna. »Und das ist gut so. Die Prioritäten haben sich geändert, seit ich alleine mit Elias bin. Und als wir uns kennengelernt haben, noch weiter.«

Aaron lächelte. »Meine auch.« Er küsste sie leidenschaftlich.

Noch lange saßen sie eng aneinandergeschmiegt beisammen.

Enna stellte ihr Auto auf dem Parkplatz der Klinik Wesermarsch ab. Der 2017 errichtete Neubau lag direkt neben der B 212 etwa vier Kilometer vor Nordenham. Sie hatte am Montagmorgen mit dem behandelnden Arzt gesprochen, der keine Einwände gegen ein halbstündiges Gespräch mit Sonja Feddersen gehabt hatte.

Nachdem Enna die Stations- und Zimmernummer von Sonja Feddersen im Empfangsbereich erfragt hatte, fuhr sie mit dem Aufzug in den zweiten Stock und stand kurz darauf vor der richtigen Zimmertür. Sie klopfte an und trat ein.

Sonja Feddersen lag in einem Einzelzimmer, ihr Bett war leicht hochgestellt.

»Hallo, Frau Feddersen«, sagte Enna, als sie vor dem Bett stand. »Wie geht es Ihnen?«

»Moin, Frau Andersen.« Sie ließ Ennas Frage unbeantwortet.

»Darf ich mich zu Ihnen setzen?«

Als Sonja Feddersen nickte, zog Enna sich einen Stuhl heran und nahm Platz. »Hat man Sie informiert, dass ich heute komme?«

»Ja, ich wurde gefragt, ob ich mit Ihnen sprechen will.«

»Die Ermittlungen zum Tod Ihres Mannes liegen nicht in meinen Händen. Es gibt inzwischen eine neue Sonderkommission, die letzte Woche ihre Arbeit aufgenommen hat. Herr Greven ist nicht mehr im Dienst.« Enna hatte mit der SoKo-Leiterin Hanna Siemer abgesprochen, dass sie Sonja Feddersen zuerst befragen würde und die Kollegen am Dienstag.

»Ist er entlassen worden?«

»Suspendiert. Beamte können nicht so einfach entlassen werden. Es gibt eine Untersuchung und ich gehe davon aus, dass Herr Greven nicht wieder in den Dienst zurückkehrt.«

Sonja Feddersen nickte.

»Ich hätte zunächst ein paar Fragen, die die Zeit vor über zwanzig Jahren betreffen. Ist das für Sie in Ordnung?«

Wieder nickte sie.

»Wie gut kannten Sie Ihren Schwager und Ihre Schwägerin?«

»Nicht sehr gut. Ich war damals noch nicht lange mit Hinnerk verheiratet. Die beiden waren zwar auf unserer Hochzeit, aber wie das so ist, bei dem ganzen Trubel kommt man kaum dazu, sich mit jedem Gast länger zu unterhalten.

Später war ich noch einmal mit Hinnerk zusammen auf dem Hof. Eefke hatte uns zum Essen eingeladen. Tjark war natürlich auch da, aber ich hatte damals den Eindruck, als wäre die Einladung allein von Eefke ausgegangen.«

»Ihr Mann stand damals unter Verdacht. Wir haben bisher keine Indizien oder gar Beweise gefunden, dass er etwas mit dem Tod seines Bruders und seiner Schwägerin zu tun hat.«

»Hinnerk hätte das niemals getan. Schon gar nicht hätte er Eefke etwas angetan. Er mochte sie sehr und hat immer gut von ihr gesprochen. Auch Tjark hat er im Grunde genommen bewundert. Die beiden Brüder waren als Kinder und Jugendliche unzertrennlich. Hinnerk ist ja der Jüngere und hat immer zu Tjark aufgeschaut. Auch später noch. Ihm war schon klar, dass Tjark der bessere Geschäftsmann war und dass ein so großer Hof mehr ein Unternehmen als ein Bauernhof ist.«

»Aber die beiden hatten schon Streit – auch noch zu der Zeit, als Sie bereits mit Hinnerk verheiratet waren?«

Sonja Feddersen zuckte mit den Schultern. »Was soll man bei zwei Hitzköpfen auch anderes erwarten. Die Brüder waren beide schnell auf hundertachtzig. Da gab ein Wort das andere.«

»Johann Dirks kennen Sie ja sicher. Er hat ja auch später noch ein paar Jahre für Ihren Mann gearbeitet.«

»Natürlich kenne ich Johann.«

»Er hat mir erzählt, dass er etwas von einem Streit mitbekommen hat, der sogar in einer kleinen körperlichen Auseinandersetzung endete. Wissen Sie davon?«

Sonja Feddersen seufzte. »Eine dumme Sache war das. Und so unnötig. Hinnerk hatte drei Grundstücke geerbt. Eins hatte er, als wir uns kennengelernt haben, schon verkauft. Damals hat er sich eingebildet, sein Grundstück wäre für eine Windkraftanlage geeignet. Irgendwer hat ihm das eingeredet. Dieses dämliche Geschwätz hier auf dem Land. Hinnerk hat dann Tjark gebeten, ihn zu unterstützen. Ich habe ihm gleich gesagt, dass Tjark das niemals machen würde. Mein Schwager hatte seine Grundsätze und hätte niemals sein politisches Amt missbraucht, um Familienmitgliedern Vorteile zu verschaffen. Außerdem war das von Hinnerk eine fixe Idee. Niemand hat sich für das Grundstück interessiert. Es war auch überhaupt nicht geeignet, hat mir später jemand erzählt, der sich damit auskennt.«

»Es gab also keine Firma, die ein Auge auf das Grundstück geworfen hatte?«

»Nicht wirklich. Und Hinnerk wusste auch, dass Tjark gar nicht viel machen konnte, wenn dort überhaupt niemand bauen will. Das war wieder einmal nur ein Anlass, um sich mit Tjark zu streiten. Fragen Sie mich nicht, warum das immer so enden musste. Keiner von beiden wollte das eigentlich, aber sie haben es nie geschafft, mal klein beizugeben. Sturköpfe, alle beide.« Sonja Feddersen standen die Tränen in den Augen. »Hinnerk hätte auch auf dem Hof arbeiten können. Er hätte nur mal fragen und über seinen Schatten springen müssen. Aber das war ja schon zu viel verlangt. Er war ja schließlich ein Feddersen und die haben so was nicht nötig.« Sie hielt inne und senkte den Kopf. »Jetzt sind beide tot.«

»Warum hat Jan Feddersen seinem Onkel auf dem Altenteil Wohnrecht gewährt?«

»Können Sie sich das nicht denken?«

»Wegen Ihnen?«

Sonja Feddersen nickte. Jetzt liefen ihr die Tränen über die Wangen. Sie ließ es geschehen.

»Wie lange waren Sie ein Paar?«

»Zwei Jahre, zwei Monate und dreizehn Tage«, flüsterte Sonja Feddersen. »Eine halbe Ewigkeit.«

»Jan hat Schluss gemacht?«

Sonja Feddersen nickte. »Aber wir beide wussten, dass es von Anfang an ein Fehler war. Und die Zeit gekommen war. Jan hat es nur ausgesprochen.«

»Wann war das?«

»Vor acht Jahren. Er war siebenundzwanzig und ich achtunddreißig. Ich musste ihn gehen lassen.«

»Aber es ist wieder passiert?«, fragte Enna mit zurückhaltender Stimme.

»Nur ganz selten. Ein- bis zweimal im Jahr. Wir kamen nicht voneinander los.«

»Und das letzte Mal?«

»Das war drei Wochen, bevor Hinnerk …« Sie verstummte.

»Ist da etwas Besonderes passiert?«

»Es sollte das letzte Mal sein. Das allerletzte Mal. Aber das haben wir uns immer wieder vorgenommen.«

»Warum haben Sie sich nicht von Hinnerk getrennt?«

Sonja Feddersen sah erstaunt auf. »Ich habe ihn doch geliebt. Das konnte ich ihm nicht antun.«

Enna nickte. War sie gerade auf das Motiv von Jan Feddersen gestoßen? Sie würde ein Protokoll anfertigen und es der neuen SoKo zur Verfügung stellen. Hanna Siemer würde entscheiden müssen, wie sie mit der Information umgehen wollte.

»Hatten Sie jemals den Eindruck, dass Ihr Mann mehr über das Verschwinden seines Bruders und der Schwägerin wusste, als er Ihnen gesagt hat? Damit will ich nicht sagen, dass er dafür verantwortlich sei.«

»Nein, hatte ich nie. Hinnerk hätte es vor mir nicht verheimlichen können. Er war doch am Boden zerstört, als er das alles erfahren hat. Nur die Sorge um Jan und den Hof hat ihn sozusagen gerettet. Ich hatte schon Angst, dass er wieder zum Alkohol greifen würde. In der ersten Zeit – als wir gerade auf den Hof gezogen waren – war Hinnerk für Jan da. Jeden Tag. Und für den Hof. Ich weiß, dass Hinnerk mit dem Betrieb überfordert war, und ich habe ihn auch angefleht, Johann Dirks zu halten. Aber er hat nicht auf mich gehört.«

Enna sah auf die Uhr. Ihre halbe Stunde war überschritten. Jeden Augenblick konnte der Oberarzt oder die Stationsschwester im Zimmer erscheinen.

»Ich würde gerne noch länger bleiben, aber der Arzt hat mir nur eine halbe Stunde gegeben.«

Sonja Feddersen nickte. »Was wird jetzt mit Jan?«

»Machen Sie sich keine Sorgen. Er ist aus der Haft entlassen worden. Ich glaube, es wird alles gut.«

Zweiunddreißig

Enna parkte auf dem Feddersen-Hof neben einem Trecker und ging auf die Eingangstür zu. Bevor sie sie erreichte, wurde die Tür von innen geöffnet. Jan Feddersen kam ihr langsam entgegen.

»Guten Tag, Herr Feddersen. Hat Ihr Anwalt Sie informiert, dass ich mich gerne mit Ihnen unterhalten möchte?«

Er nickte, machte aber keine Anstalten, sie ins Haus zu bitten.

»Ich würde verstehen, wenn Sie im Moment absolut kein Interesse an einem Kontakt mit der Kriminalpolizei haben, aber ich kann Ihnen versichern, dass ich mit den Ermittlungen der Nordenhamer Kollegen nichts zu tun hatte.«

»Ich weiß, dass Sie mir aus der Haft geholfen haben. Es scheint zumindest eine Person in Ihrem Club zu geben, die noch klar denken kann. Mein Anwalt sagte mir, dass dieser Polizist suspendiert wurde?«

»Ich darf über Interna mit Außenstehenden nicht sprechen, aber wenn Ihr Anwalt Ihnen die Information weitergegeben hat, wird er wissen, wovon er redet.«

Jan Feddersen stöhnte theatralisch. »Was dürfen Sie denn überhaupt noch? Das klingt ja alles ziemlich obrigkeitshörig.«

»Nicht unbedingt. Wenn ich mitbekomme, dass etwas schiefläuft, werde ich mich immer dazu äußern und, wenn es sein muss, auch aktiv werden. Trotzdem muss ich mich an die Regeln halten. Ohne das gibt es keinen funktionierenden Polizeiapparat.«

»Mag sein«, murmelte er, trat zur Seite und lud sie mit einer Handbewegung ins Haus ein.

»Kaffee?«, fragte Feddersen, als Enna in der modern eingerichteten Küche Platz genommen hatte. Er zeigte auf einen Kaffeevollautomaten. »Espresso, Latte oder ...?«

»Latte macchiato«, sagte Enna und wartete, bis er mit zwei Gläsern zu ihr an den Tisch kam.

»Sie haben Glück. Eigentlich hat mir mein Anwalt geraten, mit keinem Polizisten mehr alleine zu sprechen. Ich mache bei Ihnen eine Ausnahme.«

»Danke. Ich weiß das zu schätzen.« Enna trank einen Schluck. »Schmeckt ausgezeichnet. Wo bekommen Sie den Kaffee her?«

»Eine kleine Rösterei im Ruhrgebiet. Teuer, aber konstant gute Qualität. Ich kann Ihnen die Webadresse schicken.«

»Gerne.« Sie trank einen weiteren Schluck. »Wir sind kurz davor, die Ermittlungen zum Tod Ihrer Eltern einzustellen.« Enna hatte sich spontan für diesen Einstieg entschieden. Sie wollte sehen, wie Jan Feddersen auf die Nachricht reagierte.

»Vielleicht ist es besser so«, sagte er ruhig. »Sagt man nicht, die Zeit heilt alle Wunden? Es ist jetzt über zwanzig Jahre her, dass meine Eltern verschwunden sind und dort ...« Er schluckte schwer. »... mitten im Nirgendwo vergraben wurden.«

»Sie wissen, dass das Grundstück ursprünglich Ihrem Onkel gehört hat?«

Jan Feddersen warf ihr einen erstaunten Blick zu. »Tatsächlich? Nein, das wusste ich nicht. Sie glauben jetzt aber nicht, dass Hinnerk etwas damit zu tun hat, oder?«

»Ausschließen kann ich es nicht, aber bisher weist nichts darauf hin, dass er an der Tat beteiligt war. Die damalige SoKo hat sich viel zu früh und auch zu einseitig auf Ihren Onkel festgelegt. Das halte ich aus heutiger Sicht für einen gravierenden Fehler.«

»Hinnerk hat meinen Vater bewundert und verehrt. Umgebracht hat er ihn ganz sicher nicht. Das war mir auch schon damals klar, aber die Meinung eines Vierzehnjährigen wollte ja niemand hören.«

»Im Affekt kann auch friedlichen Menschen so einiges passieren«, sagte Enna. »Und Ihr Onkel war, wie Ihr Vater, eher cholerisch. Das sagen zumindest alle Zeugen.«

»Ohne Frage. Beide waren Hitzköpfe. Ich habe leider auch meinen Teil davon abbekommen. Was will man machen, man erbt nicht nur«, er zeigte auf die Küche, »Haus und Hof, sondern auch die Gene. Ich versuche aber, dieses nicht so angenehme Erbe einigermaßen im Griff zu halten.«

Enna nickte. »Ich habe noch ein paar Fragen zu den damaligen Geschehnissen.«

Jan Feddersen seufzte leise. »Wenn es unbedingt sein muss.«

»Als Sie an dem besagten Tag zurück nach Hause kamen, waren Sie nicht gleich erstaunt, dass weder Ihre Mutter noch Ihr Vater da waren?«

Jan Feddersen nickte nachdenklich. »Da muss ich etwas weiter ausholen.« Er fuhr sich mit der Hand durch die Haare. »Wahrscheinlich können Sie sich nicht vorstellen, wie das für mich in den ersten Wochen war, nachdem meine Eltern verschwunden waren. Ein Albtraum – ach, was sage ich, ein Albtraum ist nichts dagegen. Damit will ich sagen, dass ich viel von der Zeit verdrängt habe. Wahrscheinlich war das sogar notwendig, damit ich überhaupt überleben konnte. Um auf Ihre Frage zu kommen: Ich weiß schlicht nicht mehr, was ich gedacht habe. Es kam aber durchaus vor, dass niemand im

Haus war. Ich war damals schon sehr eigenständig. Auch meine Mutter war häufig mal außer Haus. Sie hatte eine gute Freundin in Fedderwardersiel.«

»Ich habe zweimal mit Frau Bruhn gesprochen.«

»Ja, Tante Doris habe ich sie damals genannt, obwohl wir ja gar nicht verwandt sind.« Er lächelte. »Geht es ihr gut?«

»Ja, ich glaube schon.«

»Sie war damals ein paarmal hier auf dem Hof – also, als ich dann mit Hinnerk und Sonja wieder eingezogen war. Ich war wohl sehr schroff zu ihr. Vielleicht sollte ich sie mal wieder besuchen.«

»Wussten Sie, dass Ihre Mutter sich von Ihrem Vater trennen wollte und sie kurz davorstand, mit Frau Bruhn ein Café in Greetsiel zu kaufen?«

Jan Feddersen schwieg eine Weile. Ihm war nicht anzumerken, was gerade in ihm vorging. Schließlich räusperte er sich. »Nein, das habe ich tatsächlich nicht gewusst. Wie kurz davor war es denn?« Er hatte leise gesprochen.

»Das kann ich nicht genau sagen. Aber es handelte sich wohl eher um Wochen als um Monate.«

»Wenn ich ehrlich bin, habe ich so etwas geahnt. Damals schon. Meine Mutter hat immer darauf geachtet, die Ehekonflikte von mir fernzuhalten, aber ich habe die Streitereien trotzdem mitbekommen.« Er hielt kurz inne. »Ein Café. Das hätte meiner Mutter bestimmt gefallen.«

»Wären Sie mit Ihrer Mutter nach Greetsiel gegangen?«

Jan Feddersen sah auf. »War das ihr Plan?«

Enna nickte.

»Ja, ich wäre nicht alleine hiergeblieben. Greetsiel. Warum nicht. Gibt es da ein Gymnasium?«

»Nein, dafür ist der Ort zu klein.« Enna wunderte sich über die Antwort, die klang, als würde er über ein geplantes Urlaubsziel sprechen. »Sie wissen also nicht mehr, was genau an dem Tag, als Ihre Eltern verschwanden, passiert ist?«, fragte Enna weiter.

»Morgens, meinen Sie? Da war alles normal, glaube ich. Aber das ist über zwanzig Jahre her und …« Er zuckte mit den Schultern. »Ich weiß nicht mal mehr, wann genau ich aus der Schule gekommen bin, ob ich hier etwas gegessen habe oder noch in der Stadt. Steht das nicht alles in Ihren Akten?«

»Es ging mir auch mehr darum, ob Ihnen im Nachhinein noch etwas eingefallen ist, was Sie damals in der Stresssituation nicht registriert haben.«

Jan Feddersen schüttelte den Kopf. »Nein, nichts.« Er zögerte. »Wollte meine Mutter sich eigentlich scheiden lassen?«

»Ich habe die Information nur aus zweiter Hand. Ich denke aber, über kurz oder lang wäre es wohl zu einer Scheidung gekommen.«

Jan Feddersen nickte. »Wäre sie nur eher ausgezogen. Dann würde sie vielleicht heute noch leben.« Er starrte eine Weile ins Nichts, bevor er sich leicht schüttelte und Enna direkt ansah. »Hatte meine Mutter einen anderen Mann kennengelernt?«

»Nein, ich bin mir ziemlich sicher, dass ich davon erfahren hätte. Das war nicht der Grund, weshalb sie sich von Ihrem Vater trennen wollte.«

»Hat er meine Mutter geschlagen?«

»Das kann ich nicht mit Sicherheit sagen. Haben Sie so etwas beobachtet?«

Jan Feddersen schüttelte den Kopf. »Nein. Aber ich war auch nicht immer im Haus und hatte schon damals einen guten Schlaf.«

Enna fuhr vom Hof und blieb bei der nächsten Gelegenheit stehen, holte ihren Laptop aus der Tasche und machte sich über das Gespräch mit Jan Feddersen Notizen.

Er hatte einen kooperativen und ehrlichen Eindruck gemacht. Die Antworten wirkten weder einstudiert noch hatte er sich selbst widersprochen. Warum hatte sie trotzdem das Gefühl, etwas übersehen zu haben? Feddersen hatte relativ gelassen auf die Informationen reagiert. Entweder hatte er bereits damals geahnt, dass die Ehe seiner Eltern vor dem Aus stand, oder es sich zu einem späteren Zeitpunkt zusammengereimt. Hätte sie an seiner Stelle aufgehorcht und darüber nachgedacht, ob nicht der Vater etwas mit dem Tod der Mutter zu tun haben könnte? Feddersen war kein Kriminalist, er ging als Sohn anders mit den Neuigkeiten um. Aber warum hatte er gefragt, ob sein Vater seine Mutter geschlagen hatte? Hatte er doch an eine Gewalttat seines Vaters gedacht?

Enna tippte die Fragen in den Laptop, ging sie noch einmal durch und war mit dem Ergebnis nicht zufrieden. Sie hatte etwas übersehen.

Sie griff nach dem Handy und wählte Paulsens Nummer.

»Ich bin jetzt so weit fertig und fahre zurück nach Oldenburg. Gibt es etwas Neues?«

»Bei den anderen weiß ich es nicht. Ich habe den Freund von Johann Dirks gefunden. Ein Mitarbeiter einer Obdachlosenunterkunft kennt ihn. Er schläft regelmäßig dort. Ich fahre heute Abend nach Bremen und hoffe, dass ich den Mann antreffe.«

»Dann bis gleich, Paulsen.«

Dreiunddreißig

Enna berichtete von den zwei Befragungen, verschwieg aber, dass sie immer noch grübelte, was sie bei Jan Feddersen übersehen hatte.

»Eine vollkommen verrückte Geschichte«, sagte Pia. »Was ist das für ein Verhältnis zwischen Sonja und Jan Feddersen? Offensichtlich war sie für ihn nicht nur Ersatzmutter, sondern auch … ja, was?«

»Jan Feddersen war erwachsen, als er ein Verhältnis mit Sonja eingegangen ist«, warf Paulsen ein. »Sie ist nur angeheiratet, also nicht einmal richtig verwandt. Passiert halt. Wenn Frauen erheblich jünger als der Mann sind, sagt kaum jemand etwas dazu.«

»Stimmt natürlich«, gab Pia zerknirscht zu. »Allerdings war Sonja so was wie eine Mutter für den Vierzehnjährigen. Einen faden Beigeschmack hat das Ganze schon. Psychologisch gesehen.« Sie sah Enna fragend an. »Oder?«

»Der Verlust der Eltern ist ganz sicher nicht spurlos an ihm vorbeigegangen«, sagte Enna. »Sonja war für ihn vermutlich die entscheidende Person, die ihm durch die schweren Jahre geholfen hat. Da waren natürlich tiefe Gefühle von beiden Seiten im Spiel. Als Jan nach dem Studium zurück auf den Hof gekommen ist, sind diese Gefühle wohl wieder aufgeflammt. Aber inzwischen waren beide erwachsen.« Enna hielt kurz inne. »Sollte die Initiative von Sonja ausgegangen sein, konnte sich Jan kaum dagegen wehren. Er hätte sonst ein zweites Mal seine Mutter verloren. Vielleicht konnte Jan auch nach der schwierigen Zeit keine normale Beziehung zu gleichaltrigen Frauen aufbauen. Über die Gründe lässt sich nur spekulieren. Und vielleicht hat Jan doch mehr mit dem Tod seiner Eltern zu tun, als wir bisher wissen.«

Enna sah in die Runde. Alle schwiegen.

»Auf jeden Fall eine verdammt schwierige Kiste«, sagte Paulsen in die entstandene Stille hinein.

Pia und Jens nickten.

»Ob das alles für unsere Ermittlungen relevant ist, wissen wir nicht. Machen wir erst mal weiter mit den Berichten.« Enna sah auf die Uhr. »Ich möchte spätestens in einer Stunde nach Hause kommen.« Aaron wartete vermutlich gerade vor Elias' Schule und würde dann mit ihm nach Hause fahren. Er würde kein Risiko eingehen, aber Enna spürte trotzdem ihre Unruhe wachsen. Dabei glaubte sie nicht, dass Hajo Greven ein weiteres Mal bei ihr auftauchen würde. Trotzdem blieb das Unbehagen.

Jens hob die Hand. »Dann fange ich mal an. Ich habe mich noch einmal explizit mit der ALOH AG beschäftigt und mit zwei Kennern der Szene gesprochen. Das Unternehmen hatte vor etwa zwanzig Jahren schwerwiegende Probleme. Zwei ihrer fest eingeplanten Standorte für Windkraftparks waren durch Gerichtsverfahren von Umweltverbänden blockiert, Investoren drohten abzuspringen. In dieser Situation war es ungemein wichtig für das Unternehmen, dass weitere Standorte schnellstmöglich genehmigt wurden. Dazu gehörten auch zwei im Landkreis Wesermarsch. Die Vermutung liegt nahe, dass das Interesse groß war, Widerstände aus dem Weg zu räumen. Wie wir wissen, sind beide Projekte in den zwei Folgejahren realisiert worden. Detailinfos wie immer in der Datenbank.«

»Interessante Informationen«, sagte Enna. »Ein weiteres wichtiges Puzzleteilchen, das passt.« Sie wandte sich an Pia. »Wie lief es bei dir?«

»Mühsam«, antwortete Pia. »Ich habe unseren rothaarigen Privatdetektiv unter die Lupe genommen. Martin Rose. Hauptschulabschluss, anschließend eine Lehre als Versicherungskaufmann, die er kurz vor dem Abschluss abgebrochen hat. Später diverse Jobs. Gebrauchtwagenhändler, Sicherheitsdienst bei Veranstaltungen, Nachtwächter, Immobilienverkäufer und noch das eine oder andere. Zu der Zeit hat er sich im Süden von Niedersachsen aufgehalten, ist anschließend nach Hannover, um dort in einer Detektei zu arbeiten. Aus welchem Grund er dann nach Oldenburg gekommen ist, um hier eine eigene Firma aufzumachen, konnte ich nicht herausfinden. Die ersten Jahre hat er alleine gearbeitet, wie Jens ja schon einmal recherchiert hat. Ich habe mit einem Kollegen bei der Oldenburger Kriminalpolizei gesprochen, der ihn aus dieser Zeit kennt. Rose habe sich viel im Rotlichtmilieu aufgehalten. Der Kollege vermutet, dass er Freier observiert hat, die er später mit seinen Fotos erpresst hat. Es gab seinerzeit eine Anzeige, die allerdings von dem Mann wieder zurückgezogen wurde. Möglicherweise hat Rose ihn unter Druck gesetzt. Allerdings ist Rose dann etwas vorsichtiger geworden und hat sich wohl«, sie malte Anführungszeichen in die Luft, »weiterentwickelt und neue Märkte erschlossen. Sprich, er hat untreue Männer beschattet und ist darüber an erste Aufträge von Firmen gekommen. Observierung von krankgeschriebenen Mitarbeitern und Ähnliches. Aus dieser Arbeit scheinen sich Kontakte zu dem schnell wachsenden Windkraftunternehmen entwickelt zu haben. Erst im Zuge der Ereignisse vor zwanzig Jahren, also Roses Versuch, Tjark Feddersen zu diskreditieren, hat er den ersten Mitarbeiter eingestellt. Einen Bekannten aus dem Rotlichtmilieu, Türsteher und Geldeintreiber. Der Mann ist leider nicht zu finden. Ich vermute, er hat sich ins Ausland abgesetzt, nachdem ihm eine Anklage wegen schwerer Körperverletzung drohte. Allerdings ging es da nicht um die Detektei, sondern um eine private Auseinandersetzung. Ich habe aber eine ehemalige Mitarbeiterin von Rose ausfindig gemacht, die heute in Göttingen lebt. Sie hat mir am Telefon einiges über die Detektei erzählt, will es aber nicht offiziell machen. Sie war zunächst im Büro tätig, wurde dann aber mehr und mehr von Rose als Lockvogel für Männer eingesetzt. Zunächst alles ganz harmlos. Sie hat mit Männern Kontakt aufgenommen und so getan, als sei sie an ihnen interessiert. Dabei ging es aber darum, die Männer und ihr Umfeld auszuspionieren. Als Rose von ihr verlangt hat, mit einem Mann intim zu werden, um mehr zu erfahren, hat sie die Notbremse gezogen und gekündigt. Rose hat sie daraufhin bedroht. Sollte sie Interna ausplaudern, würde er sie fertigmachen. Sie hat ihn sehr ernst genommen und ist aus Oldenburg weggezogen.«

»Passt alles«, murmelte Paulsen. »Aber der Schnüffler scheint mit allen Wassern gewaschen zu sein. Wir kommen einfach nicht an ihn ran. Oder sieht das hier jemand anders?«

Enna wiegte den Kopf. »Auf der Fahrt von Butjadingen nach Oldenburg habe ich mit dem Staatsanwalt gesprochen. Er hat sich ausnahmsweise kooperativ verhalten und eingewilligt, Rose offiziell vorzuladen. Das Schreiben sollte ihm schon zugestellt worden sein. Mittwoch um elf Uhr in den Räumen der Staatsanwaltschaft werden wir beide«, sie deutete auf Pia, »ihn vernehmen.«

»Ist das nicht zu früh?«, fragte Pia. »Brauchen wir nicht mehr?«

»Deshalb würde ich dich bitten, dich morgen noch einmal mit Sandra Larsen zu treffen. Wir brauchen eine offizielle Aussage von ihr.«

»Die Geschichte ist doch verjährt«, gab Jens zu bedenken.

»Durchaus, aber zusammen mit der Aussage von Karsten Schmidt ist sie ein deutliches Indiz, dass Rose auf Tjark Feddersen angesetzt war. Er und seine Frau sind getötet worden. Mord verjährt nicht. Also Grund genug, ihn zu vernehmen.«

»Mit welchem Ziel?«, fragte Paulsen. »Der lässt uns eiskalt auflaufen.«

»Das könnte passieren, aber vielleicht lässt ihn der Vorwurf Mord doch nicht so kalt. Wir müssen ihn halt aus der Reserve locken.«

»Er wird seinen Anwalt mitbringen.«

»Das ist mir schon klar, Paulsen. Hast du einen besseren Vorschlag? Wir haben alle möglichen Zeugen befragt. Ich sehe bei dem Ermittlungsstrang sonst nichts mehr, was uns weiterbringen würde.«

Paulsen nickte seufzend. »Dann versuchen wir es.« Er warf einen Blick auf seine Notizen und berichtete von seiner schwierigen Suche nach Johann Dirks' Jugendfreund. »Mit Glück erwische ich Ingo Lammers heute Abend und mit noch mehr Glück erinnert er sich an diesen Tag vor über zwanzig Jahren.«

Enna deckte Elias zu, der beim abendlichen Vorlesen eingeschlafen war. Sie strich ihm zärtlich über den Kopf und schaltete das Licht aus.

Auf dem Flur hörte sie Aaron in der Küche hantieren, gesellte sich mit einem Geschirrtuch in der Hand zu ihm und griff nach einem Topf, um ihn abzutrocknen.

»Anstrengender Tag?«, fragte er.

Enna erzählte von ihren beiden Befragungen. »So langsam wird einiges klarer.«

»Verrückte Konstellation. Tante und Neffe. Aber so ist das Leben: nicht planbar und manchmal fürchterlich kompliziert.«

»Die beiden haben irgendwann gemerkt, dass die Beziehung nicht gut gehen kann.«

»Schon komisch, was das Leben so mit sich bringt. Da ist immer viel Zufall dabei.«

Enna stellte den Topf in den Schrank. »Wir haben uns auch nur durch einen Zufall getroffen. Wenn meine Eltern damals nicht ermordet worden wären, wären wir uns kaum über den Weg gelaufen.«

Aaron reichte ihr die Salatschüssel, die er gerade abgewaschen hatte. »Wer weiß, vielleicht hättest du Jura studiert, wärst Richterin geworden und wir hätten uns im Gerichtssaal kennengelernt.«

Enna lachte. »Ich und Richterin? Das wäre nichts für mich gewesen. Selbst Jura hätte ich nicht studiert.«

»Wegen deinem Vater?«

Sie zuckte mit den Schultern. »Mag sein. Die Zeit mit ihm verblasst immer mehr. Manchmal weiß ich nicht mehr, ob ich mir einbilde, dass wir dies oder das zusammen gemacht haben, oder ob es wirklich passiert ist. Mal denke ich, wir wären ein Herz und eine Seele gewesen, dann wieder erinnere ich mich an unsere Auseinandersetzungen. Er fehlt mir und meine Mutter fehlt mir noch mehr.«

Aaron nickte nachdenklich. »Ich kann mir nur schwer vorstellen, was der plötzliche Verlust für eine tiefe Wunde hinterlassen hat. Ich glaube, als Dreizehnjähriger war ich noch ein halbes Kind. Ohne Eltern wäre ich in eine Art Koma gefallen.«

»Ja, so ähnlich war es auch. Ich dachte, mein Leben sei zu Ende. Es hat Monate gebraucht, bis ich wieder ein halbwegs normales Leben hatte. Und Jahre, bevor ich Fotos meiner Eltern ansehen konnte.«

»Du bist sicher froh, dass dein aktueller Fall bald abgeschlossen ist. Auf die eine oder andere Weise.«

»Ja, schon. Aber er hat mir auch gezeigt, dass ich mit meiner Geschichte noch nicht abgeschlossen habe. Vielleicht brauche ich professionelle Hilfe, eine Art Trauerbewältigung selbst nach den vielen Jahren.«

»Soll ich mich mal umhören?«, fragte Aaron.

Enna schüttelte den Kopf. »Nein, das muss ich selbst machen. Wenn ich schon den ersten Schritt nicht schaffe, kann ich die weiteren vergessen. Ich muss endgültig abschließen mit der Vergangenheit, meinen Frieden finden. Dann kann ich nach vorne schauen. Ich habe es mir zu einfach gemacht. Auch dass ich Polizistin geworden bin, hat damit zu tun. Vielleicht war das schon ein Schritt in die falsche Richtung.«

»Willst du aufhören?«, fragte Aaron erstaunt.

»Ganz ehrlich, ich weiß es nicht. Schaffe ich es, weiter mit den ganzen unaufgeklärten Kriminalfällen zu leben? War es ein Fehler, genau diese Abteilung zu übernehmen? Werde ich nicht immer wieder mit meiner eigenen Geschichte konfrontiert?« Enna hielt kurz inne. »Und dann habe ich auch noch den Fall meiner Eltern aufgeklärt. Ich dachte, wenn ich Licht in die damaligen Ermittlungen bringe und klar wird, wer sie tatsächlich erschossen hat, würde eine Last von mir abfallen. Im Moment weiß ich nicht, ob nicht genau das Gegenteil passiert ist.«

Aaron war anzusehen, wie geschockt er war. »Das tut mir leid, Enna. Ich war es auch noch, der dich da reingezogen hat.«

Enna legte ihre Hand auf seine. »Nein, ich war es, die ihre Geschichte verdrängt hat. Es war gut, dass ich daran erinnert wurde. Irgendwann wäre es auf mich zurückgefallen. Ich will dieses Trauma nicht in die nächste Generation weitertragen und Elias damit belasten. Es reicht, dass Elias seinen Vater verloren hat.«

»Du sagst mir, wenn ich helfen kann?«

»Natürlich. Du bist für Elias und mich schon eine große Stütze. Der kleine Mann liebt dich. Und die Große ebenfalls.« Sie beugte sich vor und küsste ihn zärtlich auf den Mund.

Vierunddreißig

Pia reckte sich und warf einen Blick auf den Wecker. Sechs Uhr. Sie drehte sich auf die andere Seite. Alina saß im Bett und lächelte sie matt an. »Guten Morgen!«

Pia sah sie erstaunt an. Eigentlich war sie es, die vor Alina aufstand, unter die Dusche sprang und Kaffee kochte. »So früh wach?« Sie richtete sich im Bett auf. »Schlecht geschlafen?«

Alina nickte. »Ich habe nachgedacht.«

»Worüber? Gibt es Probleme bei dir im Studium?«

»Nein. Ich habe über uns beide nachgedacht.«

Pia ahnte, worauf das Gespräch hinauslief. Seit Wochen hatte sie das Gefühl, als erwarte Alina von ihr etwas. Sie nickte und schwieg.

»Es läuft nicht gut, oder?«, fuhr Alina fort. »Hast du … wie sagt man das auf Deutsch?« Sie schien einen Augenblick nach der richtigen Formulierung zu suchen. »Hast du kalte Füße bekommen?«

Pia erschrak. Bisher war sie es in ihrer Beziehung gewesen, die Probleme oder vielmehr Problemchen angesprochen hatte. Alina war in dieser Hinsicht zurückhaltend und wartete eher ab, als dass sie aktiv wurde.

»Kalte Füße?«, sagte Pia. Sie hatte die Frage verstanden, wollte aber Zeit gewinnen.

»Gibt es noch eine Zukunft für uns beide?«, fragte Alina mit leiser Stimme. Sie hatte Pia dabei direkt angeschaut, ihre Augen waren feucht geworden.

Pia schluckte schwer. Auf diese Frage war sie nicht vorbereitet gewesen. Warum hatte sie ihr Unbehagen so lange vor sich hergeschoben? Hatte sie Angst gehabt, sich damit auseinanderzusetzen, Angst vor den Folgen, Angst vor einer Trennung?

Sie räusperte sich, um den Frosch im Hals loszuwerden. »Ja, natürlich. Ich will mich nicht von dir trennen. Ich liebe dich.«

Alina schienen ihre Worte nicht zu beruhigen. »Bist du dir ganz sicher? Ich spüre doch, dass etwas nicht stimmt. Geht es um die Hochzeit?«

»Ich weiß doch auch nicht, was mit mir los ist. Und ja, vielleicht ist es dieser Termin. Das klingt alles so endgültig, so ewig.« Pia erschrak über ihre eigenen Worte. »Nicht dass du mich falsch verstehst. Ich kann mir vorstellen, dass wir immer zusammenbleiben. Mehr noch, ich will es doch auch. Aber warum dieser Vertrag? Was anderes ist es doch nicht. Wegen irgendwelchen steuerlichen Vorteilen machen wir es doch nicht, oder?«

»Nein, natürlich nicht.«

»Warum dann?« Pias Stimme war kaum zu verstehen.

»Es ist mir wichtig. Klar, es ist nur ein Vertrag, ein Stück Papier, und in die Kirche können wir nicht. Ich weiß nicht einmal, ob meine Eltern kommen werden. Aber …« Sie sprach nicht weiter und senkte den Kopf.

»Ich weiß doch, dass dir das viel bedeutet, Alina. Meine Gedanken darum haben auch nichts mit meinen Gefühlen für dich zu tun. Ich habe mich einfach gefragt, warum wir das machen. Nur, um aller Welt unsere Liebe zu zeigen? Wir verstecken uns doch auch so nicht. Alle unsere Freunde und Bekannten wissen, dass wir zusammen sind. Selbst deinen Eltern hast du es gesagt.«

»Vielleicht will ich noch einen Schritt weiter gehen?«

»Weiter? Was meinst du damit?«

Alina schwieg, Pia überlegte fieberhaft, um was es Alina ging. War etwa die Rede von einem Kind?

»Du meinst …« Pia wagte es nicht, ihre Gedanken auszusprechen.

Alina nickte. »Ich möchte ein Kind mit dir zusammen. Oder auch zwei. Das ist nicht so leicht, das weiß ich wohl. Aber es gibt inzwischen viele Möglichkeiten. Selbst auf natürliche Weise.«

Ein Kind, ein Baby. Konkret hatten sie nie über ein gemeinsames Kind gesprochen. Dabei waren sie mit einem Paar befreundet, Sophie und Lisa, die schon lange davon träumten.

»Ist Lisa schwanger?«, fragte Pia.

»Ja. Ich weiß es erst seit gestern. Sie ist im dritten Monat.«

»Verrückt. Ich dachte, sie meinen es nicht wirklich ernst.« Pia strich zärtlich über Alinas Wange. »Ich wusste nicht, dass du dir das so sehr wünschst.«

»Nicht unbedingt sofort. Aber vielleicht in zwei oder drei Jahren.« Sie warf Pia einen flehenden Blick zu. »Kannst du dir das gar nicht vorstellen?«

»Ich …« Pia zog Alina zu sich und umarmte sie. »Es kommt etwas plötzlich. Im Moment ist das ja auch nicht … ich meine, klar, ich kann mir das schon vorstellen. Nicht jetzt, aber später …«

Alina schmiegte sich schluchzend an Pia, die spürte, wie ihr T-Shirt nass wurde.

Pia schloss die Augen. Auch sie hatte schon über ein gemeinsames Kind nachgedacht, aber das Ereignis immer in die ferne Zukunft verbannt. Alina musste ihr Studium beenden, den Abschluss machen und erste Erfahrungen in der Praxis sammeln. Ihre eigene Karriere stand auch noch am Anfang. Sie konnte sich im Moment nicht vorstellen, weniger oder gar nicht mehr zu arbeiten.

Pia hielt Alina fest in den Armen, bis das Schluchzen langsam nachließ.

Sandra Larsen öffnete ihr die Tür. Es hatte Pia Mühe bereitet, sie davon zu überzeugen, sich noch einmal mit ihr zu treffen. Sandra Larsen nickte ihr zu und trat zur Seite.

In der Küche roch es nach frischem Kaffee. Sandra Larsen schenkte zwei Becher voll und reichte Pia einen, ohne sie vorher zu fragen. »Milch steht auf dem Tisch.«

Pia setzte sich und wartete, bis Sandra Larsen zu ihr kam, bevor sie sich Milch in den Kaffee goss und einen Schluck trank.

»Ich sag es Ihnen lieber gleich, ich unterschreibe nichts«, sagte Sandra Larsen. »Deshalb sind Sie doch hier, oder?«

Ich habe sie unterschätzt, fuhr es Pia durch den Kopf. *Jetzt bleibt nur noch, brutal ehrlich mit der Situation umzugehen.*

»Der Mann, dessen Foto ich Ihnen gezeigt habe und den Sie als Christian kannten, hat nie aufgehört, Menschen so zu manipulieren, wie er es mit Ihnen gemacht hat.«

Sandra Larsen zögerte kurz und schob dann ihr Kinn vor. »Und? Geht mich das was an? Wohl kaum. Ich bin durch mit der Sache. Und wenn ich eins weiß, dann, dass der Typ gefährlich ist.«

»Meine Kollegen und ich vermuten, dass der Mann etwas mit dem Tod von Tjark Feddersen und seiner Frau zu tun hat.«

»Er war's?«, fragte Sandra Larsen erschrocken.

»Mit Sicherheit können wir das noch nicht sagen. Aber …« Pia ließ den Satz bewusst unvollendet und fuhr dann fort. »Ich hatte Ihnen ja bereits gesagt, dass mögliche Straftaten im Zusammenhang mit Ihrer damaligen Anzeige lange verjährt sind. Auch der eigentliche Drahtzieher der Aktion kann dafür nicht mehr belangt werden.«

»Und was soll das Ganze dann?« Sandra Larsens Stimme klang schrill.

»Ein weiterer Zeuge hat ausgesagt, dass er von Martin Rose, das ist sein richtiger Name, massiv unter Druck gesetzt wurde. Nicht nur damals, sondern auch vor ein paar Tagen.«

»Dann haben Sie doch, was Sie wollen.«

Pia wiegte den Kopf. »So einfach ist das nicht. Bei einer Befragung kann es ausschlaggebend sein, wenn wir den Verdächtigen mit verschiedenen Zeugenaussagen konfrontieren können.« Sie hob abwehrend die Hände, als Sandra Larsen etwas sagen wollte. »Ich garantiere Ihnen, dass wir Sie keiner Gefahr aussetzen und jederzeit in der Lage sind, den Mann von Ihnen fernzuhalten. Er wird eine richterliche Anordnung bekommen, damit er sich Ihnen nicht nähern darf. Sollte er es dennoch tun, würde er Gefängnis riskieren.«

Sandra Larsen schien sich etwas zu entspannen, sah Pia aber immer noch äußerst skeptisch an. »Aber wofür genau brauchen Sie meine Aussage? Er hat doch nichts zu befürchten, haben Sie mir gerade gesagt. Der lacht doch darüber.«

»Dieser Mann hat damals durch diverse Aktionen versucht, Tjark Feddersen zu schaden. Es ist ihm aber nicht gelungen. Sie verstehen, was ich sagen will?«

»Dass er Tjark ermordet hat?« Sie wirkte wenig überzeugt.

»Oder es in Auftrag gegeben hat oder anderweitig damit zu tun hatte. Wir brauchen Beweise, dass Rose damals aktiv gegen Tjark Feddersen agiert hat. Erst dann ist es überhaupt möglich, ihn vorzuladen.«

»Muss ich vor Gericht aussagen?«

»Davon gehe ich nicht aus. Sollten wir Rose nachweisen können, dass er in den Mord involviert war, ist Ihre Aussage unwichtig, weil die Tat lange verjährt ist. Ich brauche lediglich eine Unterschrift unter Ihrer Aussage.«

Sandra Larsen warf ihr einen misstrauischen Blick zu. »Wieso glaube ich Ihnen das nicht? Wenn dieser Mann Tjark ermordet hat, ist er doch zu allem fähig. Der steht am nächsten Tag hier vor meiner Tür und …« Sie rang nach Luft.

»Warum sollte er das machen, wenn wir ihn nicht überführen können? Er bekommt ein Kontaktverbot und wir patrouillieren regelmäßig vor Ihrem Haus.« Pia sah ihr direkt in die Augen. »Sie sind es Tjark Feddersen schuldig, dass Sie das Protokoll unterschreiben. Und das wissen Sie auch. Hätten Sie schon damals die Wahrheit gesagt, wäre er unter Umständen heute noch am Leben.«

Sandra Larsen schwieg und senkte betroffen den Kopf.

»Es war mutig, dass Sie die Anzeige zurückgezogen haben, aber seien Sie ehrlich zu sich selbst, Sie haben es vor allem getan, weil Sie Angst hatten, selbst in die Schusslinie zu geraten. Habe ich recht?«

Sandra Larsen nickte, ohne aufzusehen.

Pia zog ein vorgefertigtes Protokoll aus der Tasche und legte es vor Sandra Larsen auf den Tisch. »Das ist das Einzige, was Sie jetzt noch für Ihren ehemaligen Chef und seine Frau tun können. Lesen Sie das Protokoll durch. Bitte.«

Die Frau sah auf, atmete einmal tief durch und zog schließlich das Protokoll zu sich heran.

Pia wählte Ennas Nummer, wartete, bis sie sich meldete, und berichtete ihr von dem Gespräch mit Sandra Larsen.

»Das mit dem Kontaktverbot bekomme ich durch«, sagte Enna. »Gute Arbeit, Pia. Fährst du jetzt zurück nach Oldenburg?«

»Ich sitze im Wagen und wollte gerade losfahren. Sag mal, kann ich vielleicht für heute freibekommen? Ich habe da noch eine private Sache, die ich unbedingt regeln muss.«

»Alles in Ordnung bei dir?«

»Hoffe ich. Ich brauche einfach den Rest des Tages frei. Morgen bin ich wieder voll dabei. Versprochen!«

»Dann sehen wir uns morgen. Du müsstest aber bitte noch kurz das Protokoll vorbeibringen.«

Pia atmete erleichtert auf. »Bin schon auf dem Weg.«

Fünfunddreißig

Paulsen schielte zum Wecker. Kurz vor zwölf Uhr mittags. Er war erst gegen fünf ins Bett gekommen, nachdem er die ganze Nacht nach Ingo Lammers gesucht hatte. Als der Freund von Johann Dirks nicht in der Obdachlosenunterkunft aufgetaucht war, hatte Paulsen sich vom Leiter des Hauses erklären lassen, wo in Bremen Obdachlose ihre Nächte verbringen. Die Odyssee durch die Hansestadt war nicht spurlos an Paulsens Seele vorbeigegangen. Zu viele Menschen am Rande der Existenz, gealtert durch die harte Zeit auf der Straße, den Alkohol oder Drogen. Er hatte gefühlt mit Hunderten von Männern und wenigen Frauen gesprochen, nach Lammers gefragt und gesucht und ihn nicht gefunden. Er schien wie vom Erdboden verschluckt.

Paulsen quälte sich aus dem Bett und stieg unter die Dusche. Das Wachwerden dauerte bis zur zweiten Tasse Kaffee, die er sich nach der Dusche in der Küche zubereitete. Erst gegen vierzehn Uhr traf er im Kommissariat ein und setzte sich zu Enna ins Büro.

»Nichts?«, fragte sie.

Paulsen schüttelte den Kopf. »Ich kenne jetzt Bremen bei Nacht, aber Lammers habe ich nicht gefunden.«

»Ich bin mir nicht sicher, ob der Aufwand lohnt. Johann Dirks ist nur eine der vielen Spuren, die wir verfolgen. Es ist zu viel Wasser die Weser hinuntergeflossen, um sein Alibi noch überprüfen zu können.«

»In beide Richtungen«, murmelte Paulsen. Als Enna ihn fragend ansah, fuhr er fort. »Ebbe und Flut. Das Wasser fließt zweimal am Tag auch in die andere Richtung.«

Enna lächelte. »Zumindest hast du deinen Humor nicht verloren.«

»Wenn sonst nichts anliegt, versuche ich es heute Abend noch einmal in der Obdachlosenunterkunft. Es nervt mich, dass ich ihn nicht gefunden habe. Er muss irgendwo in Bremen stecken. Der Leiter der Unterkunft war sich vollkommen sicher, dass Lammers seit mindestens drei Jahren regelmäßig bei ihm auftaucht – und sei es nur zum Duschen.«

»Vielleicht liegt er irgendwo tot unter einer Brücke und ist noch nicht gefunden worden.«

»Wäre denkbar. Und bei dir? Hat Pia sich schon gemeldet?«

Enna nickte. »Vor einer halben Stunde. Sie bringt gleich das unterschriebene Protokoll rein und macht dann für heute Schluss.«

»Gut!« Paulsen kratzte sich am Kopf. »Wird das für morgen reichen? Der Rotschopf ist clever.«

»Ich weiß. Ich wollte gleich noch einmal zu Sonja Feddersen in die Klinik fahren und sie nach Martin Rose fragen. Dummerweise habe ich das bei unserem Gespräch nicht gemacht.«

»Die letzten zwei Strohhalme?«

»Sozusagen. Jens und ich haben noch ein paar Informationen zu Martin Rose gefunden. Ich bin mir aber nicht sicher, dass sie uns weiterhelfen.«

Paulsen stand auf. »Ich setze mich dann mal an meinen Bericht. Gegen vier habe ich noch einen Termin. Privat. Also eigentlich keinen Termin, sondern ein Date.« Er schmunzelte. »Ich habe Katja etwas vernachlässigt.«

»Ihr bekommt das hin?«

»Ich hoffe.« Paulsen schloss kurz die Augen. »Nein, im Moment bin ich mir sogar ziemlich sicher.«

Katja winkte ihm zu, als Paulsen zwei Stunden später das Café in der Innenstadt betrat. Er lief auf ihren Tisch zu, sie stand auf und umarmte ihn. »Wie lange hast du Zeit?«

»Heute Abend muss ich noch einmal nach Bremen. Ein Versuch noch.«

»Wieder die ganze Nacht?«

»Nein, sicher nicht. Ich habe noch zwei, drei Stellen, an denen ich noch nicht war. Ein Bremer Kollege hat sie mir heute verraten.«

Eine junge Frau trat an ihren Tisch und Paulsen bestellte, während Katja einige Prospekte aus ihrer Tasche zog und auf den Tisch legte.

»Was ist das?«

»Ich war im Reisebüro.« Katja griff nach einer Broschüre und reichte sie ihm. »Warst du schon mal auf Mallorca?«

»Lange her. War mehr so eine Männer-Tour. Eine Woche Koma. Viel habe ich nicht von der Insel gesehen.«

Katja tippte auf den Prospekt. »Seite vier. Ein kleines, feines Hotel im Südosten der Insel. Da gibt es wunderbare Buchten mit fantastischen Stränden. Wir nehmen uns einen Leihwagen und erkunden die Insel. Im Osten kann man in den Bergen wandern, in die Altstadt von Palma müssen wir und …« Sie brach ab. »Du siehst nicht begeistert aus.«

Paulsen betrachtete skeptisch die Hotelfotos. »Ist das nicht noch etwas zu früh für uns?«

»Oder genau richtig? Wer nicht wagt, der nicht gewinnt. Zwei Wochen für uns ganz alleine. Keine Arbeit, kein Stress, Sonne, Strand, Spanien.«

»Wann hast du Urlaub?«

»Ab der ersten Oktoberwoche. Ich habe wegen dem Wetter schon recherchiert.«

»Und?«

»Das Wasser ist noch schön warm um diese Zeit, hin und wieder muss man mit ein paar Regentropfen rechnen, aber eher mit Sonne und Temperaturen zwischen zwanzig und dreißig Grad.«

»Klingt gut«, sagte Paulsen. Er hatte Angst, dass es für diesen Schritt noch zu früh war und ihre Beziehung ein jähes Ende finden könnte. Auf der anderen Seite hatte Katja recht. Wenn sie nicht ins kalte Wasser sprangen, könnte es irgendwann auch zu spät sein. Er musste abklären, ob er Urlaub bekommen konnte. Der Fall würde sie ohnehin nur noch bis zum Wochenende beschäftigen. Entweder lösten sie ihn oder er verschwand wieder – dieses Mal vermutlich für immer – im Archiv.

»Was sagst du jetzt dazu?«, holte Katja ihn aus seinen Gedanken zurück.

»Ja.« Paulsen fuhr sich mit der Hand durch die Haare. »Ich sage Ja.« Er stand auf und zog sein Handy aus der Tasche. »Ich rufe gleich meine Chefin an. Dann machen wir Nägel mit Köpfen und buchen.«

Kurz vor Mitternacht fuhr Paulsen auf den Hof der ehemaligen Güterabfertigung der Bahn, deren Gebäude und Hallen seit vielen Jahren von Künstlern und Künstlerinnen als Ateliers, Proben- und Aufführungsräume und Galerie genutzt wurden. Auf der zur Bahnstrecke hinweisenden Seite hatten laut seinem Bremer Kollegen einige Obdachlose ihr Quartier aufgeschlagen.

Paulsen ging an dem Gebäudekomplex entlang, der sich, wie er im Internet recherchiert hatte, über sechshundert Meter längs der Bahnschienen erstreckte. Nach einigen Minuten traf er auf den ersten Schlafplatz, der in einer der ehemaligen Rampen der Güterabfertigung eingerichtet worden war. Zwei Männer saßen dort und tranken Bier im Schein einer Kerze. Paulsen grüßte sie und gesellte sich zu ihnen.

»Was gibt's?«, fragte der jüngere der beiden mit aggressiver Stimme.

»Ich suche einen Mann. Er heißt Ingo Lammers.«

»Bulle?«, lallte der Ältere.

»So was Ähnliches. Privatdetektiv. Sein Sohn hat mich beauftragt, ihn zu suchen. Es geht um ein Erbe.«

»Geld und Häuser«, sagte der Jüngere lachend. »Willst du uns verscheißern?«

»Ein Geldbetrag, den er nur bekommt, wenn er sein Erbe annimmt.«

»Viel?«

»Den genauen Betrag kenne ich nicht. Klein kann er aber nicht sein, sonst hätte mich der Sohn wohl kaum beauftragt.«

»Lammers? Wie sieht er aus?«

Paulsen hielt dem Mann sein Handy hin. Er hatte sich aus der Datenbank das letzte Passfoto von Ingo Lammers geladen. »Das ist schon ein paar Jahre alt. Etwas anderes habe ich nicht.«

Der Mann sah ihn misstrauisch an. »Und was ist für uns drin?«

»Du kennst ihn?«, fragte Paulsen.

»Kann sein, kann nicht sein«, antwortete der Jüngere ausweichend.

Paulsen holte fünfzig Euro aus der Tasche und hielt sie hoch. »Wo finde ich ihn?«

»Erst den Schein.«

Paulsen hob sein Handy und machte im nächsten Augenblick ein Foto von dem Obdachlosen. Anschließend reichte er ihm den Fünfzigeuroschein. »Für den Fall, dass du mich verarschen willst«, sagte er. »Ich finde dich, egal wo du bist.«

»Scheiße, Mann, du kannst mir vertrauen.« Der Mann zeigte nach links die Schienen entlang. »Das ist die letzte Rampe. Da ist er.«

»Sicher?«

»Muss er hier vielleicht vorbei, wenn er da hinwill oder was? Der ist da. Aber glaub nicht, dass er noch so aussieht wie auf dem Foto.« Der Mann lachte laut. »Scheiße, ist der alt geworden.«

Paulsen nickte den beiden Männern zu und machte sich auf den Weg. An den weiteren Rampen ging er mit ausgeschalteter Taschenlampe vorbei und hielt erst nach gut fünf Minuten an der letzten. Dort saß ein Mann in seinen Schlafsack eingehüllt und sah in den Himmel.

»Fantastisch«, sagte er, ohne seinen Blick von den Sternen abzuwenden. »Ich liebe diesen Blick.« Er hob seine Hand. »Sehen Sie den Hellen? Das ist der Jupiter. Den kann man in diesen Nächten besonders gut sehen.«

»Ingo Lammers?«

Der Mann senkte langsam seinen Blick zu Paulsen. »Wer will das wissen?«

»Jan Paulsen.«

»Polizei?«

Paulsen nickte.

»Was wird mir vorgeworfen?«

»Nichts. Es geht um eine lange zurückliegende Zeugenaussage.«

»Sieh an. Die Mühlen der Justiz arbeiten langsam.«

Paulsen wunderte sich über die gewählte Ausdrucksweise des Mannes, die so gar nicht zu seinem Äußeren passte. Allerdings sah er weder Flaschen noch roch der Mann nach Alkohol.

»Sie wissen, weshalb ich hier bin?«

»So viele offizielle Zeugenaussagen macht ein Mensch in seinem Leben nicht.« Er tippte mit dem Finger auf seine Stirn. »Da oben ist noch alles in Ordnung.« Er sah sich um. »Trotz meiner misslichen Lage.« Er zeigte auf den Platz neben sich. »Wollen Sie sich nicht setzen?«

Paulsen kam der Aufforderung nach. »Warum leben Sie hier?«

»Das ging ganz schnell. Ein paar falsche Entscheidungen gepaart mit meiner Arroganz und Dummheit. Dann hat mich meine Partnerin verlassen und ich bin regelrecht aus allen Wolken gefallen. War ein harter Aufprall, den ich so gerade eben überlebt habe. Wenn Sie meine blumige Sprache entschuldigen.«

»Es kann jeden erwischen. Das ist mir schon klar.«

»Absolut jeden. Ich habe schon Geschichten gehört, da könnte ich Bücher mit füllen. Aber wer will das lesen? Ich fürchte, da wird sich kaum jemand finden.«

»Vermutlich nicht«, stimmte ihm Paulsen zu.

Ingo Lammers sah ihn lächelnd an. »Sie stellen gar keine Fragen? Ein merkwürdiger Polizist sind Sie.«

»Sie werden mir sicher bald erzählen, was Sie wissen. Warum sollte ich drängeln?« Er sah hoch in den Sternenhimmel. »Bei diesem Blick.«

Ingo Lammers nickte und ließ sich lange Zeit, bevor er sich Paulsen zuwandte. »Es geht um Johann, oder?«

»Johann Dirks.«

»Eine Seele von Mensch. Grüßen Sie ihn von mir, wenn Sie ihn sehen.«

»Mache ich gerne.«

»Hat er etwas zu befürchten? Die Sache von damals ist doch sicher schon verjährt.«

Paulsen entschied sich, ehrlich zu antworten. »Bis auf Mord ist alles verjährt.«

»Also verjährt. Johann ermordet niemanden. Weder damals noch heute. Ich lege meine Hand für ihn ins Feuer.«

Paulsen schwieg.

»Johann hat mich um den Gefallen gebeten. So ganz die Unwahrheit gesagt habe ich übrigens nicht. Wir waren tatsächlich verabredet. Dass Johann nicht gekommen ist, wissen Sie vermutlich schon. Suchen Sie nur nach jemandem, der Ihnen das bestätigt?«

Paulsen ließ sich seine Überraschung nicht anmerken. »Das ist richtig.«

»Und ich soll der Judas sein?«

»Die Entscheidung kann ich Ihnen nicht abnehmen.«

»Sie sind wirklich ein merkwürdiger Polizist.« Ingo Lammers hielt inne und schien zu überlegen. »Gibt es einen Prozess?«

»Wenn es kein Mord war, dann nicht. Verjährte Vergehen werden nicht verhandelt.«

»Warum ist es wichtig, dass das, was passiert ist, nach so langer Zeit aufgeklärt wird?«

»Die Opfer, ein Mann und seine Ehefrau, haben es verdient, dass die Wahrheit ans Licht kommt. Ihr damals vierzehnjähriger Sohn ebenfalls.«

»Was würde passieren, wenn Johann sich dazu entschließt zu schweigen?«

»Nach meiner Einschätzung würden die Ermittlungen endgültig eingestellt werden.«

»Wie sicher ist Ihre Einschätzung?«

»Fünfundneunzig Prozent. Mindestens.« Paulsen wusste, dass er sich mit seiner Aussage sehr weit aus dem Fenster lehnte. Niemand konnte sagen, wie der Staatsanwalt bei einer wackeligen Beweislage entscheiden würde. Es gab ausreichend Beispiele für Indizienprozesse, die auch ohne durchschlagende Beweise zu einer Verurteilung geführt hatten.

»Zeigen Sie mir Ihren Ausweis?«

Paulsen zog die Plastikkarte aus der Tasche und reichte sie ihm.

Sechsunddreißig

Enna und Pia gingen auf das Gebäude der Staatsanwaltschaft zu. Sie hatten bereits eine Stunde im Kommissariat zusammengesessen, um noch einmal die Strategie für Martin Roses Vernehmung durchzugehen. Als Erstes stand die Besprechung mit dem Staatsanwalt Julius Pochert an, um elf Uhr würden sie dann in den Befragungsraum wechseln.

»Sie wollen also aufs Ganze gehen«, sagte Pochert, nachdem Enna ihm zunächst noch einmal die bisherigen Ermittlungen dargelegt und ihm anschließend die Strategie erklärt hatte.

»Wir haben nicht viel, aber schon ein paar Trümpfe in der Hand«, sagte Enna. »Es wird darauf ankommen, wie Rose und sein Anwalt reagieren. Von daher können wir auch nur bedingt eine Strategie festlegen. Und ja, es könnte sein, dass wir hoch pokern müssen.«

»Solang Sie es nicht überreizen«, warf Pochert ein.

»Das weiß man leider häufig erst nach dem Spiel.«

Pochert deutete ein Augenrollen an. »Ich werde mich zurückhalten und mich lediglich einbringen, wenn meine Autorität gefragt ist.«

»Gegebenenfalls können wir auch eine Pause machen, sollte es Bedarf zur Absprache zwischen uns geben«, schlug Enna vor.

Julius Pochert warf einen Blick auf seine Armbanduhr, die, so vermutete Enna, ein kleines Vermögen gekostet hatte. Er stand auf und nickte den beiden Frauen zu. »Meine Damen, dann sehen wir uns in einer Viertelstunde im Befragungsraum.«

Enna wartete, bis der Staatsanwalt den Raum verlassen hatte, und öffnete dann das Fenster des kleinen Besprechungszimmers.

»Nervös?«, fragte Enna, als sie sich wieder zu Pia setzte.

Pia reagierte nicht direkt auf ihre Frage. »Warum hast du nicht Paulsen mitgenommen? Der hat erheblich mehr Erfahrung.«

»Ich hoffe, dass zwei Frauen die bessere Wahl sind. Außerdem kennt Rose Paulsen aus der Bar. Spiel du deine Rolle. Wir müssen Rose aus der Reserve locken. Kümmere dich nicht um die Sprüche des Anwalts. Sprich Rose immer direkt an und verliere nicht den Augenkontakt.«

»Ja, das habe ich schon verstanden. Trotzdem …«

»Wird schon schiefgehen.« Enna schaute auf ihr Handy. »Hat Paulsen sich schon bei dir gemeldet? Er war gestern noch einmal in Bremen auf der Suche nach dem Freund von Johann Dirks.«

Pia schüttelte den Kopf.

»Dann hat er ihn wohl nicht gefunden.«

Wolfgang Bachmann, Martin Roses Anwalt, reichte Julius Pochert die Hand und nickte Enna und Pia zu. Er trug einen Maßanzug mit edler Krawatte und musterte die Kommissarinnen mit arrogantem Blick. Martin Rose hielt sich im Hintergrund und bestätigte lediglich die persönlichen Angaben, die Pochert abfragte.

»Sie sind hier als Zeuge vorgeladen«, fuhr der Staatsanwalt fort. »Im Zuge des Todesermittlungsverfahrens Tjark und Eefke Feddersen ist Ihr Name mehrfach aufgetaucht.«

Bachmann räusperte sich. »Mein Mandant ist ausgesprochen erstaunt über die Vorladung. Er hat weder Herrn Tjark Feddersen noch seine Frau Eefke persönlich gekannt und stand auch geschäftlich nicht mit ihnen in Verbindung.«

»Das wird sich sicher alles in den nächsten Minuten klären«, sagte Pochert und gab Enna ein Zeichen, dass sie übernehmen solle.

Sie wandte sich direkt an Martin Rose. »Meine erste Frage wäre bereits beantwortet. Sie haben also weder mit Herrn Feddersen noch mit seiner Frau während Ihrer beruflichen Tätigkeit zu tun gehabt?«

»Das sagten wir bereits«, warf Bachmann mit spöttischem Unterton ein.

»Kennen Sie Karsten Schmidt aus Butjadingen?«, fragte Enna weiter.

Bachmann beugte sich zu Rose und sprach leise mit ihm. Kurz darauf richtete er sich wieder auf. »Mein Mandant kann sich nicht an einen Mann dieses Namens erinnern.«

Enna legte Rose das Foto vor, das Paulsen von Rose und Schmidt geschossen hatte. »Erinnern Sie sich an diese Begegnung?«

Martin Rose warf einen kurzen Blick auf das Bild, schien für einen Moment den Atem anzuhalten, hatte sich aber gleich wieder unter Kontrolle. Dieses Mal beugte er sich zu seinem Anwalt und sprach leise mit ihm.

»Auf dem Foto ist tatsächlich mein Mandant zu sehen. Er hat in der letzten Woche bei dem Herrn geklingelt und ihn um eine Auskunft gebeten.«

Julius Pochert ergriff das Wort. »Herr Kollege, in diesem Fall halte ich es für angeraten, dass Sie sich kurz mit Ihrem Mandanten unter vier Augen besprechen. Keiner von uns hat Interesse daran, die Befragung unnötig in die Länge zu ziehen. Fünf Minuten Pause?«

Wolfgang Bachmann warf ihm einen erstaunten Blick zu, nickte aber schließlich. Pochert stand auf, Enna und Pia folgten ihm.

»Sie sind nicht zufrieden mit meiner Entscheidung?«, fragte der Staatsanwalt, als sie auf dem Flur vor dem Befragungsraum warteten.

»Ich halte es für strategisch nicht sinnvoll, dem Zeugen gerade jetzt Zeit zu lassen, mit seinem Anwalt eine Geschichte abzusprechen. Wir haben nur wenige Trümpfe und kommen sicher schnell an den Punkt, wo wir Martin Rose als Beschuldigten vernehmen müssen.«

»Genau deshalb lasse ich ihm jetzt die Chance, sich für die Wahrheit zu entscheiden. Wenn wir ihn jetzt ins offene Messer laufen lassen, wird er jede Kooperation verweigern.«

»Wir werden sehen«, sagte Enna und sah auf die Uhr. »Fünf Minuten, haben Sie gesagt?«

»Nun«, sagte Pochert, als sie sich wieder an den Tisch gesetzt hatten. »Ist Ihrem Mandanten eingefallen, woher er Herrn Schmidt kennt?«

»Ja, durchaus. Mein Mandant hat da eben etwas verwechselt. Er kennt Herrn Schmidt aus lange zurückliegenden Ermittlungen im Rahmen seiner Arbeit als Privatdetektiv. Herr Rose kam zufällig bei dem Haus des Herrn vorbei und hat ihn nur kurz begrüßt.« Er hielt inne. »Darf ich erfahren, wer das Foto gemacht hat?«

»Das geschah im Zuge unserer Ermittlungsarbeiten«, sagte Enna. »Herr Karsten Schmidt hat uns gegenüber eine schriftliche Aussage gemacht, dass er von Ihrem Mandanten vor über zwanzig Jahren unter Druck gesetzt worden sei, bestimmte Bauvorhaben vorrangig zur Genehmigung vorzubereiten.«

»Ohne auf den Vorwurf einzugehen: Sollte es sich tatsächlich so ereignet haben, hat seit Langem die Verjährung eingesetzt, was Ihnen ohne Zweifel bekannt sein dürfte.«

»Die Genehmigungen hingen unmittelbar mit der politischen Tätigkeit von Herrn Tjark Feddersen zusammen«, sagte Enna. »Es ist von …«

»Ah, von daher weht der Wind«, unterbrach Bachmann Enna. »Wird mein Mandant als Beschuldigter angesehen?«

»Nein, im Moment ist er hier als Zeuge«, sagte Pochert. »Und ich würde Sie bitten, Frau Andersen nicht ins Wort zu fallen, Herr Kollege.«

Wolfgang Bachmann hob seine Hand in einer entschuldigenden Geste.

Enna legte das nächste Foto vor, das Sandra Larsen auf einer zwanzig Jahre alten Aufnahme zeigte. »Kennen Sie diese Frau?«

Martin Rose warf einen Blick auf das Foto und nickte. »Ich glaube schon, allerdings ist das mindestens zwanzig Jahre her. Sabine oder so ähnlich. Kann das sein?«

Enna lächelte, während sich Pia leicht vorbeugte. »Sie haben mit dieser Frau unter falschem Namen Kontakt aufgenommen und ihr eine Beziehung vorgetäuscht. Letztlich ging es darum, sie davon zu überzeugen, ihren Chef, Tjark Feddersen, des sexuellen Übergriffs zu beschuldigen.«

»Unsinn!«, fuhr Rose Pia an und richtete sich auf dem Stuhl auf. »Diese Frau war labil und depressiv veranlagt. Ich habe ihr seinerzeit geraten, die Anschuldigungen fallen zu lassen. Und soweit ich das verfolgen konnte, hat sie auch genau das gemacht.«

Wolfgang Bachmann hatte die Hand auf Roses Arm gelegt und zog ihn jetzt auf seinen Stuhl zurück. »Ich muss doch sehr bitten, Herr Kollege. Was sind das für abstruse Anschuldigungen, die nicht nur vollkommen aus der Luft gegriffen sind, sondern, sollten sie der Wahrheit entsprechen, lange verjährt sind.«

»Herr Kollege. Ich denke, Sie sind sich schon im Klaren, worauf die Fragen hinauslaufen«, sagte Pochert. »Ihr Mandant bestreitet, jemals mit Tjark Feddersen zu tun gehabt zu haben. Er hat gerade selbst zugegeben, dass er durchaus eine Verbindung zu dem Kreistagsabgeordneten hatte.«

»Über eine dritte Person. Darüber hinaus ist das absolut irrelevant in Bezug auf Ihre Ermittlungen.«

»Herr Kollege, Sie wissen, dass das ein Gericht sicher anders sehen würde. Ihr Mandant hatte Kontakt zu Tjark Feddersen.« Pochert wandte sich an Enna und nickte ihr zu.

»Wir haben eine Zeugin, die zu Protokoll gegeben hat, dass Sie vor zwanzig Jahren Kontakt mit dem Bruder von Herrn Feddersen hatten«, sagte Enna und legte eine Pause ein, um Martin Rose Zeit zu geben, sich zu äußern. Als er schwieg, legte sie Rose ein Foto von Hinnerk Feddersen vor. »Sie kennen diesen Mann?«

»Mag sein«, presste er hervor.

Der zweite Besuch bei Sonja Feddersen am vorherigen Nachmittag hatte sich gelohnt.

»Die Zeugin sagt aus, dass Sie Herrn Hinnerk Feddersen suggeriert haben, sein Grundstück sei für einen größeren Windpark der ALOH AG geeignet. In wessen Auftrag haben Sie gehandelt?«

Martin Rose schwieg, aber ihm war anzusehen, dass ihm der Schreck in die Glieder gefahren war. Er atmete flach, seine Augenlider flatterten und seine linke Hand zitterte leicht.

»Diese Behauptungen sind absurd«, polterte Wolfgang Bachmann. »Was heißt überhaupt Zeugin? Was sagt der Bruder selbst dazu?«

»Er ist vor zwei Wochen getötet worden«, sagte der Staatsanwalt. »Vielleicht möchte uns Ihr Mandant verraten, wo er zu dem Zeitpunkt war?« Pochert sah zu Enna, die den Tag und die Uhrzeit nannte.

Martin Rose sprang auf. »Sie sind ja vollkommen übergeschnappt!« Er fegte mit einer schnellen Bewegung das Glas und die Wasserflasche vom Tisch. »Ich habe …« Wolfgang Bachmann legte ihm die Hand auf die Schulter, drückte ihn wieder auf den Stuhl und sprach beruhigend auf ihn ein.

Enna hatte einen letzten Trumpf, den sie ausspielen konnte und der ihr erst am Tag zuvor in die Hände gefallen war. Nachdem sie durch Sonja Feddersen von Hinnerks und Roses Verbindung erfahren hatte, war sie auf gut Glück ins Büro von Tjark Feddersens Partei gefahren und hatte sich nach Mitarbeitern erkundigt, die schon zur Zeit seines Verschwindens dort tätig gewesen waren. Tatsächlich fand sich eine damalige Kollegin, die noch immer im Parteibüro beschäftigt war. Als Enna ihr ein Foto von Martin Rose zeigte, konnte sie sich plötzlich an eine bestimmte Situation erinnern.

»Wir haben eine weitere Zeugin, die seinerzeit im Büro von Tjark Feddersen gearbeitet hat«, sagte Enna, ohne auf Roses emotionalen Ausbruch einzugehen. »Sie hat Sie anhand eines Fotos identifiziert. Sie waren an dem Tag, als Tjark Feddersen und seine Frau verschwunden sind, bei ihm im Büro. Die Zeugin hat laute Stimmen gehört, die nach einem Streit klangen. Anschließend sind Sie, Herr Rose, aus dem Zimmer gekommen und kurz darauf ist Tjark Feddersen Ihnen wutentbrannt gefolgt.« Enna machte eine kurze Pause und fuhr fort. »Auch für diesen Tag benötigen wir von Ihnen die Angabe, wo Sie sich nach dem Vorfall aufgehalten haben.«

Im Befragungsraum wurde es still. Die Spannung war mit Händen zu greifen. Martin Rose hatte den Kopf gesenkt, seinem Anwalt hatte es für einen Augenblick die Sprache verschlagen, doch er sammelte sich rasch.

»Sie beschuldigen meinen Mandanten zweier Tötungsdelikte?«, rief er mit empörter Stimme. »Ist das Ihr Ernst?«

»Wir fragen lediglich nach dem Alibi Ihres Mandanten«, antwortete Julius Pochert mit stoischer Ruhe. »Nicht mehr, aber auch nicht weniger.«

Er warf Enna einen fragenden Blick zu. Als sie nickte, stand er auf. »Ich denke, wir machen eine halbstündige Pause. Beraten Sie sich mit Ihrem Mandanten. Vielleicht sehen wir ja anschließend manches klarer.«

Siebenunddreißig

Dreieinhalb Stunden später machten sich Enna und Pia auf den Weg. Die gut eineinhalb Kilometer vom Sitz der Staatsanwaltschaft zum Kommissariat liefen sie zu Fuß durch die große Oldenburger Fußgängerzone.

Julius Pochert hatte recht behalten. Ihren allerletzten Trumpf, die Audiodatei von Karsten Schmidt, brauchten sie nicht mehr auszuspielen. Die erste kurze Pause schien Wirkung gezeigt zu haben. Nach der zweiten Unterbrechung hatte Martin Rose ein Geständnis abgelegt über seine Lobbyarbeit – wie er es nannte – zugunsten eines mittelständischen Unternehmens, dessen Namen er nicht nennen wollte. Rose hatte über einen Zeitraum von einem Dreivierteljahr versucht, Bauprojekte, die sich in der Planungsphase befanden, zu beschleunigen. Seinerzeit sei Tjark Feddersen der Politiker gewesen, der auf das strikte Einhalten des Genehmigungsverfahrens bestanden habe und nicht dazu zu bewegen gewesen sei, eine flexiblere Haltung einzunehmen. Die Gefahr habe im Raum gestanden, dass er sich zum Gegner der Projekte entwickeln würde und seinen politischen Einfluss zum Stopp einzelner Vorhaben einsetzen könnte. Neben der versuchten Einflussnahme auf Karsten Schmidt bestätigte Rose die Gespräche mit Hinnerk Feddersen, die Bekanntschaft mit Sandra Larsen, der er zur Anzeige geraten habe, und die Verwicklung in den Skandal um Gerrit Hansen. Sein Plan war es gewesen, Tjark Feddersen von allen Seiten unter Druck zu setzen, um ihn zu einem Verzicht auf sein Mandat im Kreistag zu bewegen oder zumindest zu einem Umdenken in Richtung Unterstützung der Bauvorhaben. Erst auf Ennas Drängen gab Martin Rose zu, dass er Eefke Feddersen und Doris Bruhn bei einer Fahrt nach Greetsiel observiert und später über den Immobilienmakler herausbekommen hatte, was die beiden Frauen planten. Am Tag, als Tjark Feddersen und seine Frau verschwanden, hatte Martin Rose Feddersen mit den Trennungsabsichten konfrontiert und behauptet, seine Frau habe ein Verhältnis mit ihrer besten Freundin. Tjark Feddersen habe ihm zunächst lautstark widersprochen und sei, nachdem Rose ihm Fotos und weitere Belege gezeigt habe, wutentbrannt aus dem Büro gelaufen. Was anschließend passiert sei, sei ihm nicht bekannt.

Für die folgenden Stunden bis zum Abend konnte er kein Alibi vorweisen, stimmte allerdings einem DNA-Abstrich und dem Abgleich seiner Fingerabdrücke mit den seinerzeit gesicherten Spuren auf dem Feddersen-Hof zu.

Für die Tatzeit zu Hinnerk Feddersens Tod konnte er mehrere Zeugen nennen, die mit ihm zusammen eine Rennradtour durch das Oldenburger Land unternommen hatten.

Martin Rose hatte weiter zugegeben, Gerüchte zum Korruptionsverdacht gegen Tjark Feddersen in Umlauf gebracht und zwei anonyme Anzeigen an die Staatsanwaltschaft geschickt zu haben. Dass die Ermittlungen sich später auch gegen die ALOH AG gerichtet hatten, war von ihm nicht vorgesehen gewesen. Nur durch Insiderinformationen aus dem inneren Kreis der SoKo hatte er das Schlimmste abwenden können. Wer die Kontaktperson innerhalb des Polizeiapparats gewesen war, wollte Martin Rose nicht preisgeben.

»Das war's mit der Windkraftanlagenspur, oder?«, fragte Pia, als das Kommissariat in Sicht kam.

»Wenn sich Roses Angaben und sein Alibi bestätigen, sehe ich auch kaum noch Chancen. Er steckt auch so schon knietief in der ganzen Sache mit drin.«

»Du meinst, dass Tjark Feddersen seine Frau …« Pia ließ den Satz in der Luft hängen.

»Zumindest wird das durch die neuen Informationen wahrscheinlicher. Seine Reaktion auf Roses Enthüllungen lässt deutliche Rückschlüsse auf seine emotionale Verfassung zu. Er scheint außer sich gewesen zu sein. Seine Frau will ihn nicht nur verlassen, sondern betrügt ihn auch noch mit einer Frau. Das muss für ihn der Super-GAU gewesen sein.«

»Sieht ganz danach aus«, sagte Pia, hielt die Eingangstür für Enna auf und wartete, bis Enna an ihr vorbei in den Flur gegangen war. »Ist es das Aus für den Fall? Stellen wir die Ermittlungen ein?«

Enna zuckte mit den Schultern. Über genau diese Frage dachte sie seit Roses Geständnis nach. Gab es noch einen Ermittlungsansatz, den sie nicht bis zum Ende verfolgt hatten? Hinnerk Feddersen war tot. Ihre bisherigen Ermittlungen waren nicht nennenswert über den Stand der damaligen SoKo hinausgekommen. Enna konnte sich nicht vorstellen, dass Jan Feddersen seinen Vater getötet hatte. Ein Vierzehnjähriger hätte dem Druck der folgenden Wochen nicht so standgehalten. Sie wusste aus eigener Erfahrung, was es bedeutete, in diesem Alter beide Eltern zu verlieren. Wäre er selbst Täter gewesen, hätte es Hinweise in seinem Verhalten in den Wochen und Monaten nach der Tat geben müssen.

Jens trat auf den Flur. »Wie ist es gelaufen?«

»Nicht ganz so, wie wir es uns erhofft haben«, sagte Pia. »Ist Paulsen nicht da?«

»Er war hier, ist aber noch einmal nach Bremen. Wenn ich das richtig verstanden habe, braucht er noch eine Unterschrift unter der Aussage von diesem …«

»Ingo Lammers«, half Enna ihm aus.

»Genau. Der Mann, der Johann Dirks das Alibi gegeben hat.«

Enna nickte. »Hat er gesagt, wann er wieder da ist?«

»Nein. Ist wohl nicht so leicht mit dem Herrn Lammers.«

»Wir setzen uns zusammen, wenn Paulsen wieder da ist«, sagte Enna. »Wir haben ohnehin noch reichlich Schreibarbeit vor uns.«

Nachdem Enna das Befragungsprotokoll geschrieben hatte, reichte sie es an Pia weiter, die Ergänzungen einfügte. Anschließend schickte Enna die Unterlagen zum Staatsanwalt. Nach einem Blick auf die Uhr wählte sie Paulsens Handynummer. Nach dem dritten Klingelton sprang die Mailbox an. Enna legte auf und bekam wenige Minuten später eine Nachricht von Paulsen:

Schlechter Empfang – melde mich später – bin noch nicht fertig.

Enna schrieb ihm zurück, dass sie für heute Schluss machten und sie sich am nächsten Tag um neun Uhr zur Besprechung sehen würden.

»Mama!«, rief Elias überrascht, als er Enna entdeckte. Sie stand vor der Schule, um ihren Sohn nach der Nachmittagsbetreuung abzuholen.

»Freust du dich nicht?« Elias hatte Alina erwartet, doch Enna hatte ihr abgesagt.

Elias umarmte Enna, die sich zu ihm hinuntergebeugt hatte. »Natürlich freue ich mich«, sagte Elias.

Enna schmunzelte. »Dann ist ja gut.«

»Ist Aaron auch schon da?«, fragte Elias, als sie zum Auto gingen.

»Wenn es keinen Stau gegeben hat …«

Wenige Minuten später parkten sie vor Ennas Garage. Elias hatte einen Jubelschrei ausgestoßen, als er Aarons Wagen gesehen hatte. Sobald Enna ihm die Tür geöffnet hatte, sprang er aus dem Auto und lief zu Aaron, der im Hauseingang stand. Enna griff nach der Schultasche, folgte ihrem Sohn und küsste Aaron zur Begrüßung.

»Was meint ihr? Fahren wir an die Nordsee? Dangast?«, fragte Aaron und zeigte auf einen Rucksack im Flur. »Proviant habe ich schon besorgt.«

»Ihr schließt den Fall?«, fragte Aaron am Abend. Sie saßen im Wohnzimmer, hörten leise Musik und tranken Rotwein. Enna hatte ihm zuvor von Martin Roses Befragung und seinem Geständnis erzählt.

»Ich hoffe nicht, dass wir dazu gezwungen werden. Eventuell hat Paulsen noch einen Zeugen gefunden, der seinerzeit ein falsches Alibi gegeben hat.«

»Vielversprechend?«

»Der Vorarbeiter. Eigentlich war er an dem besagten Tag gar nicht auf dem Hof. Sein Freund in Oldenburg hat seinen Besuch damals aber bestätigt.«

»Verstehe. Es klingt, als wenn er für dich als Täter nicht in Betracht kommt.«

»Er hat kein Motiv. Seine Beziehung zu Tjark Feddersen war nicht sehr persönlich. Mit dem Sohn hatte er zwar Kontakt, aber nach unseren Erkenntnissen auch nur über die Arbeit.«

»Der Ehemann erschlägt seine Frau oder sie stürzt, nachdem er sie geschlagen hat. Der Vorarbeiter kommt dazu und …« Aaron warf Enna einen zweifelnden Blick zu.

»… tötet ihn und beseitigt beide Leichen?«, ergänzte Enna. »Möglich, aber wie sollen wir ihm das nachweisen? Wie gesagt, weit und breit kein Motiv.«

»Hatten die beiden keine Konflikte?«

Enna schüttelte den Kopf. »Im Gegenteil. Sie haben sich wohl gut verstanden. Der Vorarbeiter hatte ziemlich freie Hand, da Feddersen häufig unterwegs war.«

»Genau. Hast du mir nicht erzählt, dass er für den Landtag kandidieren wollte und jemanden suchte, der ihn vertritt? Wäre das nicht ein Motiv?«

»Seinen Job hätte er mit Sicherheit behalten. Außerdem hatte er ohnehin vor, seinen Traum von einem eigenen Hof zu verwirklichen. Was er ja auch einige Jahre später geschafft hat.«

Aaron nickte. »Dann bleibt nur noch der Sohn.«

»Den schließe ich aus. Er hätte in den Wochen und Monaten nach dem Verschwinden anders reagiert, wenn er seinen Vater getötet hätte. Ganz davon abgesehen wäre er ihm körperlich unterlegen gewesen. Und er hätte jetzt nicht mit mir reden müssen. Niemanden hätte das nach der Nummer mit der ungerechtfertigten U-Haft gewundert. Er war sehr offen und kooperativ.«

»Schließ die Akten. Vielleicht ist das für alle Beteiligten am besten.« Aaron warf Enna einen liebevollen Blick zu. »Dich eingeschlossen.«

Enna legte den Kopf in den Nacken und schloss die Augen. »Nur wenn es absolut aussichtslos ist, noch weitere Hinweise und Zeugen zu finden. Der Sohn hat es verdient, dass der Tod seiner Eltern aufgeklärt wird.«

Aaron nickte nachdenklich. »Ja, vielleicht hast du recht und gerade dieser Fall sollte gelöst werden. Nicht nur für den Sohn, sondern auch für dich.«

Achtunddreißig

»Sorry! Ich habe verschlafen.« Atemlos platzte Paulsen um Viertel nach neun in die Küche des Kommissariats.

»Ganz neue Sitten«, murmelte Pia kopfschüttelnd.

Paulsen zog den letzten Stuhl vor und setzte sich. »Ist gestern wieder spät geworden. Ingo Lammers war nicht so einfach zu überzeugen, das Befragungsprotokoll zu unterschreiben.«

»Aber er hat unterschrieben?«, fragte Jens. »Das Alibi von Johann Dirks war also erfunden?«

Enna schob Paulsen eine Tasse Kaffee hin. »Jetzt lasst Paulsen doch erst mal durchatmen.«

Paulsen trank einen Schluck Kaffee und lehnte sich auf dem Stuhl zurück. »Ja, Johann Dirks hat für den betreffenden Nachmittag kein Alibi. Und bei euch? Habt ihr den Privatschnüffler festgenagelt?«

»Mehr oder weniger«, sagte Enna und berichtete ausführlich von der Befragung. »Zwei der Zeugen für den Zeitraum von Hinnerk Feddersens Tod habe ich schon erreicht. Sie bestätigen, dass Rose an der Fahrradtour teilgenommen hat. Für den Nachmittag vor über zwanzig Jahren kann er kein Alibi nachweisen. Er war angeblich auf dem Rückweg vom Parteibüro in Nordenham nach Oldenburg. Sein Anwalt hat jetzt noch die

Daten seiner damaligen Lebensgefährtin durchgegeben, die, sollte sie sich erinnern, seine Ankunft in Oldenburg bestätigen kann. Ich habe sie noch nicht erreicht.«

»Dann bleibt uns offensichtlich nur noch Johann Dirks«, schlussfolgerte Paulsen.

»Motiv?«, fragte Enna und schaute in die ratlosen Gesichter am Küchentisch. »Niemand tötet nur so einen Menschen. Selbst wenn er Feddersen überrascht hat, als seine Frau verunglückt ist, hätte er allenfalls darauf gedrungen, die Polizei zu rufen.«

»Hatte Dirks etwas mit Eefke Feddersen am Laufen?«, fragte Paulsen, winkte aber gleich darauf ab. »Unwahrscheinlich, schon klar. Ihre Freundin hätte davon gewusst. Und sie war wohl kaum der Typ für eine Affäre.«

»Sind wir uns da ganz sicher?«, warf Jens ein.

Pia nickte. »Hätte sie mit ihrer Freundin ein neues Leben geplant, wenn sie eine Liebesaffäre mit dem Vorarbeiter ihres Mannes gehabt hätte?« Sie wandte sich an Enna. »Was meinst du?«

»Doris Bruhn hätte davon gewusst oder es zumindest geahnt. Ich schließe auch aus, dass die beiden eine geheime Beziehung hatten.«

Paulsen stand auf und drehte ganz gegen seine sonstige Gewohnheit zwei Runden in der Küche, blieb am Tisch stehen und stöhnte leise. »Leute, wir wollen doch jetzt so kurz vor dem Ziel nicht aufgeben. Ich habe nächtelang nach Lammers gesucht und mit ihm gerungen, bis er endlich unterschrieben hat.« Er setzte sich wieder an den Tisch. »Rollen wir das Ganze doch noch mal auf. Wie groß ist das Zeitfenster, in dem Tjark und Eefke Feddersen getötet und vergraben werden konnten? Dabei lassen wir jetzt mal außen vor, dass Eefke mutmaßlich von ihrem Mann getötet wurde.«

»Ursprünglich hatte Jan Feddersen ausgesagt, er sei irgendwann am Nachmittag nach Hause gekommen«, sagte

Jens. »Aufgrund seiner Aussage haben die Kollegen damals den Zeitpunkt auf fünfzehn Uhr dreißig festgelegt. Hinnerk Feddersen wurde von Jan zum ersten Mal um kurz nach vier angerufen. Das Gespräch war kurz und ging angeblich auf den AB. Hinnerk hat angegeben, dass er die Mailbox erst später abgehört hat und dann gleich zum Hof gefahren ist. Eine genaue Zeitangabe konnte er nicht machen. Der erste Anruf bei der Polizei ging um achtzehn Uhr neun ein.« Jens blätterte in seinem Notizbuch. »Nach unseren neuen Informationen muss Jan allerdings spätestens um vierzehn Uhr auf dem Hof gewesen sein. Das wäre also ein Zeitfenster von vier Stunden.«

»Okay«, sagte Paulsen, der mitgeschrieben hatte. »Um vierzehn Uhr trifft der Junge auf dem Hof ein. Gehen wir weiter davon aus, dass Tjark Feddersen nach dem Gespräch mit Rose direkt zum Hof gefahren ist, um seine Frau zur Rede zu stellen. Jan kommt dann nach Hause und hört, wie sich seine Eltern streiten. Da es nicht zum ersten Mal passiert, geht er auf sein Zimmer, macht eventuell seine Hausaufgaben oder hört mit Kopfhörer Musik. Als es leise wird, geht er nach unten, um nach seiner Mutter zu schauen. Wir haben jetzt allenfalls fünfzehn Uhr, vermutlich früher. Jan findet seine Mutter in der Küche, über sie gebeugt sein Vater.« Paulsen hielt inne. »Was passiert dann?«

»Er stürzt sich auf seinen Vater und tötet ihn«, schlug Jens vor.

»Hätte er das so einfach geschafft?«, zweifelte Paulsen. »Angenommen, es kommt zu einer körperlichen Auseinandersetzung. Tjark wehrt seinen Sohn ab, verletzt ihn vielleicht.«

»Er rennt aus dem Haus«, spann Pia den Faden weiter. »Die Polizei anzurufen, ist keine Zeit. Ein Handy hatte zu der Zeit noch nicht jeder. Außerdem ist Tjark Feddersen hinter seinem Sohn her.«

»Will er ihn töten?«, fragte Paulsen.

»Nein«, sagte Enna. »Er will ihn beruhigen, ihm erklären, was passiert ist. Aus seiner Sicht war es ein Unfall.«

»Aber der Sohn sieht das anders«, übernahm wieder Paulsen. »Er flüchtet vor seinem Vater. Der verfolgt ihn und holt ihn ein. Es kommt zu einer Art Kampf. Zumindest sieht es für Außenstehende danach aus.«

»Jetzt kommt Johann Dirks ins Spiel«, sagte Jens. »Er ist aus irgendeinem Grund nach dem Arztbesuch noch einmal zum Hof zurückgekehrt. Er sieht, dass sein Chef seinen Sohn traktiert oder gar schlägt und geht dazwischen. Tjark ist so außer sich, dass er auf seinen Angestellten einschlägt, der wehrt sich, Tjark wird dabei getötet.«

Enna wiegte den Kopf hin und her. »So schnell stirbt ein Mensch nicht. Die Rechtsmedizin hat keine Knochenbrüche oder andere Verletzungen bei Tjark gefunden. Und bei dem jetzigen Szenarium weiß Johann Dirks nichts von der toten Eefke Feddersen.«

»Dann hat er die beiden halt im Haus angetroffen«, sagte Paulsen. »Er hat Angst, dass Tjark Feddersen in seiner rasenden Wut seinen Sohn tötet, und greift ein. Dabei kommt es zum Tod von Tjark. Als Johann Dirks und Jan realisieren, was passiert ist, entschließen sie sich, die beiden Leichen verschwinden zu lassen.«

»Ich glaube nicht, dass Jan dabei geholfen hat, seine Eltern in ein Fahrzeug zu verfrachten und später zu vergraben«, sagte Enna. Als niemand in der Runde ihr widersprach, fuhr sie fort. »Wenn Johann Dirks Tjark getötet hat, gab es mit hoher Wahrscheinlichkeit eine zweite Person, die ihm geholfen hat. Tjark Feddersen soll weit über hundert Kilo gewogen haben. Ihn aus dem Haus zu bekommen und in ein Fahrzeug zu hieven, wäre alleine kaum möglich gewesen.«

»Hinnerk Feddersen«, sagte Paulsen und sprang wieder auf. »Er hat doch den Anruf direkt angenommen und ist sofort zum

Fall für mich, der mich an meine eigene Vergangenheit erinnert, sie wieder aufleben lässt. Das habe ich in den ersten Tagen der Ermittlungen verdrängt, zur Seite geschoben. Die Vergangenheit war für mich vorbei, ich dachte, sie bewältigt zu haben. Ja, bis zu einem bestimmten Punkt stimmt das auch, ich bin erwachsen, habe einen Beruf, einen Sohn, der gerade in die Schule gekommen ist, und einen Lebensgefährten, der mich über alles liebt, und ich ihn. Ich bin eine ganz normale Frau, aber nur nach außen.« Sie sah Jan Feddersen zum ersten Mal direkt in die Augen. »Sie wissen, was ich damit meine. Wir tragen beide etwas mit uns herum, das wir nicht abschütteln können. Ja, wir können damit leben, lieben und alt werden. Aber es bleibt. Immer.«

Enna atmete tief durch und unterdrückte ihre Tränen. Noch nie hatte sie in einer solchen Klarheit und Deutlichkeit von ihrem Schicksal und der Last, die immer noch auf ihren Schultern lag, gesprochen. Es tat gut, fühlte sich an, als stände sie an der Nordsee und atmete die frische salzige Luft ein, ohne Filter, ohne Angst zu ersticken, mit Blick auf das weite Meer.

Die Küchenuhr an der Wand tickte. Schließlich wischte Jan Feddersen sich die Tränen aus den Augen und sah Enna an. Sein Blick sagte ihr alles, was sie wissen wollte. Sie hatten richtiggelegen mit ihrer Annahme, dass der Sohn der Familie kein leeres Haus vorgefunden hatte.

»Wollen Sie mir erzählen, was damals an diesem Tag geschah?«

Jan Feddersen schwieg.

»Wir wissen inzwischen, dass Sie weit eher aus der Schule nach Hause gefahren sind, als Sie der Polizei gesagt haben.« Enna wartete, ob Jan Feddersen eine Reaktion zeigen würde, und fuhr fort, als er sich nicht regte. »Wir wissen weiter, dass Johann Dirks nicht wie damals angegeben in Oldenburg war.

Auch das Alibi Ihres Onkels wackelt. Wir wissen, dass Sie oder Herr Dirks bereits am Nachmittag mit ihm telefoniert haben.«

»Was genau wollen Sie von mir?«, fragte Jan Feddersen mit leiser, brüchiger Stimme.

»Wenn wir diese Ermittlungsergebnisse so an die Staatsanwaltschaft weitergeben, ist die Gefahr groß, dass gegen Sie und Johann Dirks wegen Mordverdacht Anklage erhoben wird. Zumindest kommt es zu einer erweiterten Untersuchung, die durchaus an die Öffentlichkeit gelangen könnte.« Enna hielt kurz inne. Jan Feddersen war nicht anzusehen, was er gerade dachte oder fühlte. »Sollte es sich aber zum Beispiel um Körperverletzung mit Todesfolge oder Totschlag im Affekt handeln, wird es keine weiteren Ermittlungen geben. Beide Taten wären verjährt. Die Staatsanwaltschaft würde den Fall abschließen und zu den Akten legen.«

Jan Feddersen nickte. »Das ist mir bewusst.« Er zögerte lange, bevor er fortfuhr. »Ihre Kollegen sind bei Johann auf dem Hof?«

»Ja.«

»Kann ich ihn anrufen?«

Enna nickte. »Ich sage meinen Kollegen Bescheid.«

Jan Feddersen stand auf, Enna griff nach ihrem Handy und wählte Paulsens Nummer. Während Feddersen die Küche verließ, bat sie Paulsen darum, Dirks ungestört telefonieren zu lassen.

Zehn Minuten später kam Jan Feddersen zurück. »Möchten Sie noch einen frischen Kaffee?« Als Enna zustimmte, ging er zur Küchenzeile, holte zwei Becher aus dem Schrank und füllte sie am Kaffeevollautomat. Zurück am Tisch reichte er ihr einen der Becher und setzte sich zu ihr.

»Sie haben recht. Ich bin eher aus der Schule gekommen als angegeben. Etwa um vierzehn Uhr dreißig kam ich auf dem Hof an. Ich stellte damals immer mein Fahrrad an der Bushaltestelle ab, damit ich den Weg nicht laufen musste. Allerdings war der Reifen platt und ich musste schieben.« Er schloss die Augen und schien sich die Situation wieder ins Gedächtnis zu rufen. »Ich habe meine Eltern streiten gehört und bin dann direkt rauf in mein Zimmer. Ich habe Musik über Kopfhörer gehört. Irgendwann – ich weiß heute nicht mehr, wie lange ich Musik gehört habe – hat meine Mutter geschrien und da war der Aufprall.« Er rang nach Luft und brauchte eine Weile, bevor er weitersprechen konnte. »Mir war gleich klar, dass etwas passiert sein musste. Ich rannte runter. In der Küche beugte mein Vater sich über meine Mutter. Da war kein Blut zu sehen, aber ich habe gespürt, dass sie tot war. Eine unglaubliche Wut hat mich gepackt, ich habe mich auf ihn gestürzt und wollte …« Er verbarg für einen Moment sein Gesicht in den Händen. »Ich weiß nicht, was ich wollte. Hätte ich klar denken können, wäre mir bewusst gewesen, dass ich nicht einfach so gegen ihn ankomme. Er hat mich weggestoßen, ich bin wieder und wieder auf ihn los. Ich weiß nicht, wie lange das gedauert hat. Er hat mich angeschrien und gleichzeitig geschlagen. Plötzlich wurde er von mir weggerissen und ich konnte mich befreien. Das war Johann. Er war mindestens so kräftig wie mein Vater, nur jünger. Der hat dann auf Johann eingeschlagen, drehte vollkommen durch. Johann hat ihn schließlich mit einem Messer – es muss in der Küche gelegen haben – von sich ferngehalten. Das hat ihn aber nicht abgehalten. Er ist wieder auf Johann los, wie im Wahn. Irgendwann blieb Johann wohl nichts anderes übrig, als zuzustechen. Mein Vater ist zurückgetaumelt und fiel auf den Boden. Ich glaube nicht, dass der Stich sehr tief war, aber er hat gereicht, um ihn für den Augenblick zur Vernunft zu bringen. Dann aber ist etwas passiert. Johann und ich vermuten, dass er einen Herzinfarkt bekommen hat. Es ging ganz schnell, Johann hat noch versucht, ihm zu helfen. Aber es war zu spät.«

Jan Feddersen sah sich in der Küche um. »Es sah hier damals anders aus. Hinnerk hat die Küche, nachdem er mit Sonja eingezogen ist, komplett erneuert.«

»Was ist anschließend passiert?«

»Johann hat mich aus der Küche gezogen, hat mich beruhigt und irgendwann habe ich Hinnerk angerufen. Er ist auch sofort gekommen. Die beiden, also Hinnerk und Johann, haben dann alles in die Hand genommen. Sonja kam auch, ist mit mir weggefahren und hat sich um mich gekümmert. Mit der Polizei habe ich erst nach vielen Tagen gesprochen. Und den Rest wissen Sie ja.«

»Warum hat Johann Dirks oder Ihr Onkel nicht gleich die Polizei gerufen? Dirks hat in Notwehr gehandelt.«

»Johann hatte Angst, dass sie ihm das anhängen. So hat er es mir zumindest erklärt. Wer hätte schon geglaubt, dass der große Tjark Feddersen seine Frau ermordet hat? Und ob es nicht doch der Messerstich war, der zum Tod meines Vaters geführt hat, war auch wohl nicht klar.«

»Und Ihr Onkel?«

Jan Feddersen zuckte mit den Schultern. »Ich weiß nicht, ob er gleich in der Situation schon darüber nachgedacht hat, den Hof zu übernehmen. Ich will ihm jetzt auch nichts mehr unterstellen. Er war da und hat geholfen. Das war für mich in dem Augenblick wichtig. Und auch in den Jahren danach. Ich habe vor allem Sonja eine Menge zu verdanken. Dass ich später den Hof übernommen habe, hat Hinnerk nie so richtig überwunden. Unser Verhältnis wurde ab da immer schlechter. Vielleicht hätte ich auf ihn zugehen sollen und Frieden schließen.« Er senkte den Kopf. »Aber jetzt ist es zu spät dafür.« Nach einer Weile fügte er hinzu: »Wie für so vieles.«

»Wussten Sie, dass Ihre Mutter nach Greetsiel umziehen und sich scheiden lassen wollte?«

»Nein, das habe ich erst von Ihnen erfahren. Natürlich habe ich mitbekommen, wie es um die Ehe stand, aber ich wusste auch von Klassenkameraden, dass ihre Eltern sich oft stritten und trotzdem zusammenblieben.«

»Und später? Wie haben Sie es geschafft, mit dem Wissen, dass Ihre Eltern tot sind, umzugehen?«

»Es war ein nicht endender Albtraum. Ohne Sonja hätte ich das niemals durchgehalten. Nicht eine Woche. Sie hat mir Halt gegeben und sich um mich gekümmert wie noch nie jemand vor ihr. Es hat geholfen, aber nur so weit, um mich am Leben zu halten. Ich habe nach außen funktioniert, aber tief in mir war alles zerstört. Erst im Studium habe ich mich langsam freischwimmen können.« Er sah auf. »Kann man das so nennen? Freischwimmen?«

»Ja, durchaus.«

»Ich hätte nicht zurückkommen dürfen. Aber den heruntergewirtschafteten Hof verkaufen konnte ich nicht. Er ist seit Generationen im Besitz meiner Familie. Und dann haben Sonja und ich einen Fehler gemacht. Aber das war mir damals natürlich nicht klar. Ich wollte es auch, zumindest habe ich gedacht, dass ich es wollte. Widerstand leisten hätte ich ohnehin nicht können. Nicht bei Sonja, die mich gerettet hat. Es hat lange gedauert, bis ich oder vielleicht auch wir beide verstanden haben, dass es keine Liebe ist oder nicht die Liebe, die es für eine Beziehung zwischen Mann und Frau braucht.« Er rang nach Luft. »Aber das ist eine andere Geschichte, die hier nicht hergehört.«

Vierzig

Johann Dirks und Sonja Feddersen bestätigten Jan Feddersens Aussage noch am selben Tag. Enna kostete es in den darauffolgenden Tagen viel Überzeugungsarbeit, um Staatsanwalt Julius Pochert von weiteren Ermittlungen und einer Anklage abzuhalten. Kriminaldirektor Heinzen, als ehemaliger SoKo-Leiter, unterstützte sie dabei tatkräftig. Ihm war es auch zu verdanken, dass nach Einstellung der Ermittlungen keine Pressemitteilung herauskam, die mit hoher Wahrscheinlichkeit weitere Nachfragen und Nachforschungen der Medien mit sich gebracht hätte.

Alle Straftaten, die Martin Rose begangen hatte, waren lange verjährt. Karsten Schmidt zog seine Anzeige gegen Rose zurück, der Staatsanwalt stellte die Ermittlungen ein.

Die Ermittlungen gegen Oliver Denzin, Informationen aus den damaligen Sonderkommissionen weitergegeben zu haben, wurden eingestellt. Auch diese mögliche Straftat war verjährt.

Die SoKo um Hanna Siemer hatte weitere Verdachtsmomente gegen Hajo Greven gefunden. Der Staatsanwalt klagte ihn ein Dreivierteljahr nach Beendigung der Ermittlungen wegen Totschlags an Hinnerk Feddersen an. Am Schluss der Verhandlungen stand eine Vereinbarung zwischen

Verteidigung und Anklage. Hajo Greven bekannte sich schuldig und kooperierte mit der Staatsanwaltschaft.

Enna bekam Hajo Grevens Geständnis einen Tag nachdem es schriftlich bei der Staatsanwaltschaft eingegangen war.

Greven war an dem Abend, als es zu dem tödlichen Ereignis kam, zu Hinnerk Feddersen gefahren, um ihn ein weiteres Mal zu befragen. Er war der festen Ansicht, den Mörder von Tjark und Eefke Feddersen vor sich zu haben, setzte ihn im Laufe der Befragung immer weiter unter Druck in der Absicht, noch an diesem Abend ein Geständnis von ihm zu bekommen. Vor der Fahrt zum Feddersen-Hof hatte er getrunken. Er war frustriert, dass ihm der Fall abgenommen werden sollte, obwohl er derjenige war, der seit Beginn der Ermittlungen vor über zwanzig Jahren dabei gewesen war.

Hinnerk Feddersen hatte aggressiv auf die Anschuldigungen des Kriminalkommissars reagiert. Er ließ sich nach Grevens Aussage dazu hinreißen, ihn mit einem Elektroschocker zu bedrohen. Es war zu einem Kampf gekommen, in dessen Folge Hinnerk Feddersen zwei Stromstöße versetzt bekam. Als Greven von Feddersen abgelassen hatte, richtete dieser sich wieder auf, griff nach einem Messer und kam auf Greven zu. Der Kriminalkommissar wehrte sich mit einem großen Kissen, schaffte es, Feddersen das Messer aus der Hand zu schlagen und ihn zu Fall zu bringen. Die folgenden Minuten schilderte Greven als Kurzschlusshandlung, die er sich selbst nicht erklären konnte. Er drückte Hinnerk Feddersen das Kissen aufs Gesicht und ließ erst von ihm ab, als der Mann sich nicht mehr rührte. Erst jetzt wollte Greven realisiert haben, dass er Feddersen getötet hatte.

Er hatte noch am selben Abend alle Spuren beseitigt, den Elektroschocker besonders gründlich gesäubert und dem Toten das Gerät in die Hand gedrückt, um seine Fingerabdrücke zu platzieren. Dann hatte er ihn in Jan Feddersens Stall so versteckt, dass die Kriminaltechniker ihn finden mussten. Die Ergebnisse der Kriminaltechnik fälschte er und fügte Jan Feddersens Fingerabdruck hinzu.

Am Folgetag war er nach dem Notruf von Sonja Feddersen zusammen mit Enna und Paulsen zum Hof gekommen. Erst als die Beweislage nach der Inhaftierung von Jan Feddersen immer brüchiger wurde, hatte er den Elektroschocker aus dem Asservatenraum entwendet und ihn entsorgt.

Der Prozess fand die große mediale Aufmerksamkeit, die sich Pochert gewünscht hatte. Geschickt verstand er es, seine Rolle bei den Ermittlungen in positives Licht zu rücken.

Hajo Greven wurde nach einmonatiger Prozessdauer zu einer Freiheitsstrafe von sechs Jahren verurteilt.

Nachdem ihr Team den Fall aufgeklärt hatte, nahm Enna Kontakt zu dem Journalisten Frank Weilbach auf. Sie bat um Verständnis, dass sie keine Details zum Fall von Tjark und Eefke Feddersen weitergeben dürfe, bot ihm aber als Ersatz Informationen über die Machenschaften eines Oldenburger Windkraftunternehmens an. Zunächst hatte Weilbach kein Interesse an dem Material, aber nachdem Enna ihm einige Details präsentiert hatte, nahm er sich die Zeit, die ganze Geschichte anzuhören.

In den Folgemonaten brachte er eine Artikelserie in einer überregionalen Zeitung unter, die sich mit den kriminellen Methoden in der norddeutschen Windkraftszene beschäftigte. Zwar nannte er nicht den Namen des Unternehmens, aber für informierte Leser war es offensichtlich, wer gemeint war. Auch die Detektei Rose wurde so detailliert beschrieben, dass man nach kurzer Recherche im Internet zu einem eindeutigen Ergebnis kam. Martin Rose schloss ein halbes Jahr später seine Detektei. Die genauen Umstände, die zur Schließung führten, wurden nie öffentlich. Oliver Denzin verlor seinen Posten und auch der Vorstandsvorsitzende der ALOH AG reichte seinen Rücktritt ein. Nach Ennas Informationen hatte das Unternehmen in den Folgemonaten trotz Einsatzes von zwei renommierten PR-Agenturen große Mühe, seinen guten Ruf in der Branche wieder aufzubauen.

Sonja Feddersen wurde nach ihrer Entlassung aus der Klinik auf eigenen Wunsch in eine psychiatrische Klinik verlegt. Drei Monate später zog sie aus dem Altenteil des Hofes aus und nahm sich eine Wohnung in Nordenham.

Jan Feddersen begann, nun, da er über den Tod seiner Eltern nicht mehr schweigen musste, das Geschehene in einer Therapie aufzuarbeiten. Einige Zeit später heiratete er und seine Frau zog im Feddersen-Hof ein. Doris Bruhn wurde auf seinen Wunsch die Taufpatin seines ersten Sohnes.

Einundvierzig

Enna suchte Aarons Hand und hielt sie fest in ihrer. Sie hatten am Morgen gemeinsam Elias zur Schule gebracht und waren anschließend nach Dangast gefahren.

»Immer wieder schön, dieser Blick über den Jadebusen«, sagte Enna. Sie stand auf der Deichkrone, das Wasser hatte kurz zuvor den Höchststand erreicht. Unzählige Schafe weideten auf beiden Seiten des Deiches und schienen den Sommertag ebenso zu genießen wie Enna und Aaron.

»Gehen wir weiter?«

Enna nickte. Eine Weile liefen sie schweigend nebeneinanderher.

»Kommst du gut zurecht mit der Therapeutin?«, fragte Aaron, als sie sich auf einer Holzbank hinter dem Deich eine Pause gönnten.

»Ja, komme ich. Ich habe unglaubliches Glück gehabt, dass sie so schnell Termine für mich hatte.«

Aaron nickte. »Das klingt doch gut. Vielleicht findest du ja so deinen Frieden mit der Vergangenheit.«

»Ich habe auf jeden Fall das Gefühl, auf einem guten Weg zu sein.« Enna strich Aaron über die Wange. »Danke, dass du so viel Geduld mit mir hast. Ich weiß, dass ich manchmal etwas übers Ziel hinausgeschossen bin.«

»Nein, das sehe ich nicht so. Ich liebe dich so, wie du bist. Wenn hier jemand zu danken hat, dann bin ich das. Ich durfte bei dir und Elias einziehen. Mein Leben hat sich um hundertachtzig Grad gewendet und ganz bestimmt nicht zum Schlechteren. Nein, ganz und gar nicht.«

»Du kannst ruhig fragen«, sagte Enna, die seine Hand in ihrer hielt.

Aaron warf ihr einen überraschten Blick zu. »Was meinst …« Er brach ab und schien verstanden zu haben, auf was Enna anspielte.

»Ich weiß doch, wie sehr du dir ein eigenes Kind wünschst«, sagte Enna leise. »Bisher bin ich dir bei dem Thema eher ausgewichen.« Sie lächelte. »Aber ich könnte mir vorstellen, dass sich das gerade ändert.«

Aaron zog sie an sich und küsste sie innig. »Ich bin … ich weiß gar nicht, was ich sagen soll.«

»Ich liebe dich, Aaron.«

Er löste sich von ihr, stand auf und kniete vor ihr. »Enna Andersen, willst du meine Frau werden?«

Enna zog ihn hoch. »Wenn du mein Mann werden willst, Aaron Bernard.«

Aaron strahlte sie an. »Ist das ein Ja?«

»Ja, ein ganz großes JA.«

Folge der Autorin auf Amazon

Wenn dir dieses Buch gefallen hat, folge Anna Johannsen auf Amazon. Dann erhältst du eine Benachrichtigung, wenn die Autorin ihr nächstes Buch veröffentlicht. Um der Autorin zu folgen, gehe bitte folgendermaßen vor:

Desktop:

1) Suche auf Amazon.de oder in der Amazon App nach dem Namen der Autorin.
2) Klicke auf den Namen der Autorin, um auf die Autorenseite zu gelangen.
3) Klicke auf den »Folgen«-Button.

Smartphone und Tablet:

1) Suche auf Amazon.de oder in der Amazon App nach dem Namen der Autorin.
2) Klicke auf einen Titel der Autorin.
3) Klicke auf den Namen der Autorin, um auf die Autorenseite zu gelangen.
4) Klicke auf den »Folgen«-Button.

Kindle eReader und Kindle App:

Wenn du dieses Buch auf einem Kindle eReader oder in der Kindle App liest, wird dir automatisch angeboten, der Autorin zu folgen, nachdem du die letzte Seite des Buches gelesen hast.

MIX

Papier | Fördert gute Waldnutzung

FSC® C083411

Zeitfracht Medien GmbH
Ferdinand-Jühlke-Straße 7
99095 Erfurt, Deutschland
produktsicherheit@kolibri360.de

Druck:
CPI Druckdienstleistungen GmbH
im Auftrag der
Zeitfracht Medien GmbH
Ein Unternehmen der Zeitfracht - Gruppe
Ferdinand-Jühlke-Str. 7
99095 Erfurt